돌아갈 수 있다면

다시 아홉 살로

돌아갈 수 있다면
다시 아홉 살로

전준우 지음

전준우 작가의 소설 《다시 아홉 살로 돌아갈 수 있다면》은 죽음에
대한 이야기를 다루고 있지만 단순히 상실에 대한 이야기가 아닙니다.
삶과 가족, 사랑의 깊이를 탐구하는 이 소설은 고통과 슬픔을 묘사하
는 데 그치지 않고, 인간 존재에 대한 근본적인 물음을 던지며 독자에
게 깊은 울림을 선사합니다.

작품은 액자소설의 형식을 통해, 상담심리사인 '나'의 시선에서 이
야기가 전개됩니다. '나'는 마흔 살의 남자를 만나 그의 이야기를 듣게
되는데, 그 남자는 아홉 살 아들을 교통사고로 잃고, 상실감에 시달리
고 있습니다. 그런데 그의 꿈속에서 아들이 나타나, 가족이 함께 보낸
9년의 시간을 9일로 압축해 보여 줍니다. 이 생생한 여정은 아버지에
게 사랑의 본질을 되새기게 하고, 그 과정에서 독자들은 아버지가 아
들을 얼마나 사랑했는지, 아들을 잃은 그 고통이 얼마나 깊은지 절실
하게 느끼게 됩니다.

작가는 이 이야기를 통해 사랑하는 사람과의 시간은 결코 되돌릴

수 없는 소중한 선물임을 상기시켜줍니다. 사랑하는 이들과 함께 보낸 순간들이 얼마나 소중한지, 그 시간을 다시 되돌릴 수 있다면 얼마나 좋을까 하는 아쉬움 속에서 독자들은 깊은 여운을 느끼게 될 것입니다. 또 이 작품은 우리가 살아가는 동안 겪게 되는 아픔과 그 상처를 어떻게 마주하고 치유할 수 있는지에 대해서도 깊은 물음을 던집니다. 작가는 상담심리사인 '나'를 통해 이야기를 전달함으로써 우리에게 타인의 아픔을 이해하고 공감하는 것에 대해서도 생각하게 합니다.

《다시 아홉 살로 돌아갈 수 있다면》은 우리가 사는 동안 잊고 있었던 것들, 평범한 일상 속에서 놓치고 있었던 감정들을 되돌아보게 하는 강력한 이야기입니다. 독자들은 이 소설을 읽으며 가족의 소중함과 사랑을 깨닫고, 삶의 진정한 의미를 되새길 수 있을 것입니다.

마지막으로 작품 곳곳에 숨겨진 작가의 섬세한 통찰력과 인생에 대한 성찰은 이 작품을 더욱 빛나게 합니다.

"인생은 있잖아, 정해진 길이 없어, 아들이 만들어가는 대로 만들어
지는 거야."라는 작품 속 그의 말처럼, 우리도 우리의 인생을 정해진
길이 아니라, 우리의 의지와 신념대로 살아갔으면 좋겠습니다. 그리고
이 책이 그 길에 길잡이가 되어줄 것이라 확신합니다.

– 강진경(교사,《유방암, 잘 알지도 못하면서》,《아이는 말하고, 엄마는 씁니다》 저자)

목차

01

그날이었다

마흔.

누군가에겐 이미 지나가버린 젊은 한때의 시절일 수도 있고, 누군가
에겐 아저씨, 아줌마 소리를 들을 법한 나이인지도 모른다. 요즘 표현
으로 꼰대라고도 이야기할 수 있을 그 나이. 반면에 마흔이라는 나이
는, 많은 의미를 내포하고 있는 나이이기도 하다. 10대와 20대, 30대를
거쳐 40대가 되면 지난 시간들을 바탕으로 앞으로의 인생을 계획하고,
만들어갈 수 있는 삶의 태도가 생기기 마련이다. 그야말로 마흔이라는
나이는, 인생의 반환점을 돌았다고도 이야기할 수 있는 나이 아닌가.
그만큼 세상을 이해할 수 있는 넉넉함이 생기는 나이인 셈이다.

마흔이 되던 해에 접어들 무렵, 언젠가 한 번쯤 읽어보았던 논어論
語를 다시 읽었다. 마흔쯤 되면 논어가 와닿는다고들 이야기하니 나도
읽어봤지만, 여전히 나는 논어가 어려웠다. 뭔가 학창 시절에 읽던 책
들과는 조금은 다른 느낌이 있긴 했지만, 크게 마음에 와닿는 것은 없
었다. 논어보다는 맹자孟子가 더 마음에 와닿는데, 몇몇 구절은 너무
나 크게 와닿아서 틈만 나면 조용히 묵상하는 게 일이었다. 아무 페이

지나 펼쳐서 읽어도 고개를 끄덕거리게 하는 훌륭한 조언들과 지혜가 무척 많이 숨어 있었다. 그중 가장 마음에 크게 와닿았던 내용은 다음과 같다.

맹자께서 말씀하셨다.
"사람들이 늘 하는 말이 있는데, 모두 말하기를 '천하와 나라와 집안'이라고 하니, 천하의 근본은 나라에 있고, 나라의 근본은 집안에 있으며, 집안의 근본은 자신에게 있는 것이다." 孟子曰 "人有恒言, '皆曰天下國家', 天下之本 在國, 國之本 在家, 家之本 在身."

부부 사이를 두고 종종 '부부는 일심동체夫婦一心同體'라는 표현을 쓰곤 하는데, 이 어록의 제목이 곧 일심동체一心同體였다. 내방자(사실 내방자, 혹은 고객으로 부르고 대하기보다는 부모님이나 친구, 동생, 형님과 누님을 대하듯이 그들을 대하려고 노력하지만, 표현의 명확성을 위하여 내방자라고밖에 표현할 수 없음이 무척이나 안타깝다.)의 심리를 더욱 명확하게 이해하고 더 나은 상담을 하기 위해 책을 멀리하는 편은 아니지만, 이번에 경험하게 된, 어쩌면 살면서 한 번쯤 만날지도 모를 특별한 만남을 통해 독서를 더 가까이, 또 깊이 있게 대하게 된 것이 사실이었다.

꽤 오랜 시간을 심리상담사로 일해오면서, 나는 눈을 마주 보고 그들의 이야기를 직접적으로 경청하며, 공감되는 부분을 찾기 위한 노력을 기울이는 것이 심리상담사가 갖추어야 할 필수 자질이라는 것을 알게 되었다. 그렇기에 그 나이 정도가 되면 누구나 할 수 있는, 어쩌면 으레 할 수 있는 이야기들을 '어떻게 하면 예쁘고, 또 내방자의 마음에 상처를 주지 않고 전달할 수 있을까.' 하는 정도의 고민을 했던 것 같다.

"제 이야기를 잘 들어주셔서 정말 감사합니다."

상담을 마친 내방자들에게서 종종 듣는 이야기지만, 나는 그저 그들의 이야기를 듣고 약간의 공감을 했을 뿐이었다. 사실 나는 사람들의 이야기를 듣는 게 재미있었다. 인간이란 모두 똑같지 않은가. '누구에게나 일어날 수 있는 일들에 대한 공감은 전혀 어렵지 않다'라는 것이 심리상담사로 근무하며 가지게 된 내 나름의 법칙이자 신념이었다. 그들의 이야기에 깊이 공감한 나머지 귓불이 빨개질 정도로 격분한 적도 있었고, 어떤 날에는 손을 마주 잡고 함께 눈물을 흘리기도 했다. 그러니까 그런 것들이 내게는 뛰어난 공감능력을 요구하는, 특별히 어려운 일들이 아니었다는 것이다. 나에게도 충분히 일어날 수 있는 일들이라는 생각을 하면서 그들의 이야기를 들었기에 어떤 것도 나에겐 공감할 수 없을 만큼 어려운 일이 아니었다. 그렇기에 그와의 상담은 나에게 대단한 충격과 괴로움을 안겨준 시간이기도 했다. 세상에는 머리와 가슴만으로는 온전히 공감할 수 없는 일이 분명히 존재한다는 것을 알게 해준 경험이었기 때문이다.

그가 방문한 날은 비가 내리는 화요일 오전 11시 무렵이었다. 벌써 두 달이나 지났지만, 불과 며칠 전에 대화를 나눈 것처럼 그때의 기억이 생생하다. 눅눅하고 차가운 냄새를 풍기는 가을비를 바라보면서, 나는 앞서 언급한 마흔이라는 나이가 주는 깊이에 대해 고민하고 있었다. 어쩌면 나보다 두세 살이 많은 상담 내방자의 인적 사항을 통해, 나와 비슷한 또래의 사람에게 어떤 문제가 있기에 심리상담까지 받으려고 하는 것일까, 하는 생각을 했기 때문이 아니었을까 싶다.

준수한 외모에 눈매가 서글서글한, 그러나 왠지 모르게 피곤하고 힘겨워 보이는 남자였다. 그는 아무리 젊게 보더라도 마흔다섯은 됨 직했는데, 어떤 이유 때문에 인생의 한 부분이 완전히 틀어져 버린 경험이 있는 사람에게서만 발견되는 고단함이 그의 몸 전체에서 풍겨나왔기 때문이다. 이를테면 강간, 집단폭행, 치명적인 사고로 인해 사지 일부분이 절단되는 충격을 받는 내방자의 경우가 그랬다. 행복과 기쁨이라는 것을 전혀 찾아볼 수 없는 어둡고 음울한 기운이 그들에게서 느껴졌는데, 그에게서도 비슷한 느낌을 받은 것이었다. 상담전문가라고는 해도 인간의 느낌이라는 게 얼마나 정확하겠느냐마는, 글쎄, 슬픔이나 기쁨, 행복이라는 기운은 말로 표현하지 않더라도 누구나 느낄 수 있지 않을까. 좀처럼 안절부절못하는 그의 모습에서 나는 안쓰러움을 넘어 일종의 동정심까지 갖게 되었다. 이런 내 생각을 아는지 모르는지, 입술을 깨물며 머뭇거리던 그가 한참 뒤 입을 열었다.

"상담을 좀 받고 싶어서 왔는데요."

"예, 반갑습니다. 어떤 문제가 있으신지요."

"이야기가 좀 길어질 텐데, 괜찮으신지 모르겠습니다."

"괜찮습니다. 내방하신 분들이랑 이야기도 나누고, 또 그러면서 더 나은 방향을 찾아가기 위해서 이런 일을 하는 건데요, 뭐."

그는 살며시 미소 지으며 말없이 고개를 끄덕였다. 그때 나는, 그의 미소 짓는 모습에서 상당히 미남이었을 그의 젊은 시절을 문득 상상해보았다. 이 남자는 누구였을까. 누군가의 아들이고, 누군가의 동료였을 이 남자. 혹은 누군가의 사랑하는 그 누구였을 이 남자는, 무슨 일 때문에 이곳에까지 오게 되었을까. 나는 이 남자와 나누게 될 대화들이 사뭇 궁금했다. 어쩌면 꽤 오랜 시간이 필요하게 될지도 몰랐다.

결론부터 말하자면, 그는 꽤 오랫동안 내 사무실을 방문했고, 자신이 그간 겪은 이야기들을 내게 허물없이 털어놓았다. 어떤 날에는 그의 이야기가 너무 흥미로워서 질문 한마디 하지 않은 채 시체처럼 듣고만 있었던 적도 있었다. 그의 눈동자에서 눈을 떼는 것이 힘겨울 정도였으니까. 어떤 날에는 질문하다 말고 감정이 격해진 나머지 한참 동안 눈물을 흘렸는데, 그런 내 모습을 가만히 바라보는 그를 대하는 것도 힘겨울 정도였다. 그런 날에는 퇴근 후에도 아무것도 할 수 없었다. 그저 가만히 앉아 그의 인생이, 또 그의 앞날이 조금은 더 행

복해지길, 또 초연해지길 바라고 기대하는 수밖에 달리 할 수 있는 게
없었다.

그런 놀라움과 흥분이 있었던가 하면, 그가 왜 굳이 먼 곳까지 찾아
와서 심리상담을 받아야 했는지도 충분히 이해할 수 있었다. 그의 이
야기는 꽤 오랫동안 심리상담전문가로 살아온 내가 들어보더라도 잘
짜인 거짓말 같았다. 마치 촘촘하게 짜인 그물처럼, 빈틈을 찾아볼 수
없는 이야기였다. 반면에 두서없이 쏟아지는 이야기 구성의 흐름이
일정하지 않아서 단박에 이해하는 데 적잖은 시간이 걸린다는 것도
그 이유였다. 그렇기에 그의 이야기를 절반 정도만 수긍하고, 절반은
감각이나 직업적 소명으로 흘려버릴 수도 있었다. 그러나 그의 눈빛
과 표정, 헝클어진 머리칼, 정리되지 않은 수염, 간간이 쥐었다 폈다 하
는 손과 주먹, 깊은 한숨 등을 통해 그가 하는 말이 결코 거짓말이 아
님을 알 수 있었고, 어쩌면 그렇기에 심리상담이 필요했던 것인지도
모를 것이라는 확신까지 갖게 되었다.

사실 상담 기간 동안 내가 했던 이야기들은 별로 없었다. 고작해야
"그래서 어떻게 되었습니까?"라거나 "그 뒤에는요?" 하는 식의 간단
한 질문과, 더 나은 이해를 위하여 시간의 재배열을 부탁한 것이 전부
였다. 이를테면 결혼생활을 이야기하다가 유년 시절의 경험담을 부탁
하는 식으로 말이다. 그의 이야기가 무척 놀라웠고 생소한 경험이긴

했지만, 또 그가 경험한 세상은 결국 그의 이야기에 불과하지만, 결국 나와 당신의 이야기일 수도 있다는 놀라운 깨달음 때문이었다. 결과적으로 나는 그저 묵묵히 그의 이야기를 들어줄 수밖에 없었고, 그렇기에 우리가 나눈 이야기들은 모두 그의 이야기를 토대로 기록되었음을 미리 밝히는 바이다.

한참 동안 고개를 숙이고 있던 그가 내뱉은 말은 이것이었다.

"작년 이맘때쯤, 아들이 죽었습니다."

나는 너무나 큰 충격 때문에 안타까운 표정으로 가만히 그의 얼굴만 바라보고 있었다는 사실을 밝히고 싶다. 그런 상황에서 내가 해야할 일은, 그야말로 지극히 간단하다. 가만히 들어만 주는 것이다. 자식을 잃은 부모 앞에서 무슨 위로를 하겠는가? 도대체 무슨 말이 그들에게 위로가 될 것이라 생각하는가?

"참 힘드시겠습니다."
"힘내세요."
"시간이 약입니다."
"산 사람은 살아야지요."

만약 당신이 자식을 잃은 부모에게 이런 위로의 말들을 전해주었다면, 당신은 하나님이 창조하신 위대하고도 복잡한 인간의 다양한 심리를 전혀 이해할 능력도, 읽을 능력도 없는 후안무치厚顔無恥한 인간이라는 점을 명백히 알아두길 바란다. 인간이 만든, 세상에 존재하는 무수히 많은 언어들 가운데 자식을 잃은 부모에게 해주어야 마땅한 표현이 대관절 무엇이 있단 말인가? 아무것도 없다! 그런 태도가 부족하다고 느낀다면 그저 그들의 손을 꼭 잡고 울어주어라. 아니면 그들을 끌어안고 함께 울어주어라. 어쩌면 가만히 서서 눈물을 뚝뚝 흘리는게 훨씬 옳은 태도인지도 모른다. 그렇게 울어라! 눈물이 나지 않는다면 그들의 이야기를 가만히 들어주어야 하는 게 마땅하다. 때때로 우리가 옳다고 여기는 언어는 강물에 떠내려가는 죽은 연어처럼 아무런 힘이 없는 법이다. 나 역시 무슨 이야기를 해주어야 할지도 몰랐고, 어떻게 해야 할지 몰라 가만히 앉아만 있었다.

한참을 가만히 앉아 있던 그가 이야기를 꺼냈다.

"어떤 이야기부터 시작해야 할지 모르겠는데, 그냥 두서없이 나오는 이야기니까, 편하게 들어주시면 되겠습니다."

나는 말없이 고개를 끄덕였다. 그가 이야기를 이어갔다.

"작년 이맘때쯤이었어요. 그날따라 학교에 가기 싫다고 하더라고요. 뭐, 방법이 있습니까? 학교는 가야 된다고 했죠. 아내는 일하러 가

17

고, 저도 출근을 해야 하니까. 막 안 간다고 떼를 쓰는데, 엉덩이를 두어 대 때렸어요. 그냥 손으로요. 그렇게 하면 들을 줄 알았죠. 근데 이놈이 안 간다고 더 떼를 쓰더라고요. 그래서 벽에 효자손이 걸려 있는데 아내가 그거로 엉덩이를 한 대 때렸어요. 손보다는 매가 아프니까요. 결국 우는 애를 그냥 학교로 보내고, 저도 아내도 출근을 했어요. 지금 생각하면 왜 그랬을까 싶고, 그냥 하루 연차 쓰고 아들이랑 좋은 곳에 놀러 갔었더라면 어땠을까, 하는 후회가 지금도 너무 많이 몰려와요.

한참 일하고 있는데 전화가 왔어요. 모르는 번호인데, 지역번호를 보니까 보이스 피싱은 아닌 것 같더라고요. 받았죠. 병원이라는 거예요. 병원? 무슨 일이시냐, 물어보니까 아들이 교통사고가 나서 병원에 실려왔는데 위독하다는 거예요. 이건 또 무슨 말 같지도 않은 소린가, 신종 보이스 피싱인가 싶어서 끊었어요. 또 전화가 오는데 그냥 안 받았어요. 근데 생각해보니까 번호를 검색해보면 되잖아요. 검색했더니 「도하병원」인 거예요. 다시 전화를 걸었죠."

"혹시 대성이 아버님 되십니까?"
"예, 맞습니다."
"학교 앞에서 교통사고가 났습니다. 음주운전자가 초록불에 횡단보도를 건너던 대성이를 못 보고 사고가 났어요. 위독한 상황인데 지금 빨리 병원으로….”

"막 뭐라 뭐라 하는데, 더 들을 필요가 없는 거죠. 애가 위독하다는데. 아무 생각이 없더라고요. 제발 살아만 있어라, 제발 살아만 있어라, 하고 혼자 중얼거리면서 병원까지 갔어요. 살면서 위독하다, 위급하다는 표현이 그렇게 마음에 크게 와닿은 적이 있었나 싶어요. 솔직히 어떻게 갔는지도 모릅니다. 신호도 무시하고, 막 그렇게 미친 사람처럼 운전해서 갔어요. 근데 한참 그렇게 가고 있는데 아내한테 전화가 왔어요. 대성이가 죽었다고요.

일단은 갔어요. 애를 봐야 되니까요. 죽었다는 게 실감이 안 나더라고요. 별의별 생각이 다 들었어요. 꿈이었으면 싶고, 알고 보니 애가 장난기가 발동해서 죽은 연기를 한 거였더라, 하고 의사 선생님이 이야기하시지 않을까 싶고. 너무 믿을 수 없는 상황이다 보니 어떻게든 현실을 부정하고 싶었던 거겠죠. 그렇게 병원에 도착해서 봤는데, 애가 침대에 조용히 누워 있는 걸 봤어요. 그냥, 그냥 자는 것 같더라고요. 얼굴이랑 머리를 쓰다듬으면서 일어나라고, 아빠 왔다고 이야기하는데 눈을 안 뜨고 가만히 누워 있는 거예요.

아내는 대성이를 보자마자 기절했던 모양이더라고요. 장인, 장모님이 나중에 오셨는데 아내가 기절해 있는 걸 보고 그렇게 힘들어하시는 거예요. 장모님도 저를 끌어안고 펑펑 우시는데, 뭐 드릴 말씀이 없죠. 저도 울고….”

잠시 동안 그는 말을 멈추고 가만히 있었다. 긴 한숨 소리를 내쉬는 그 찰나의 순간, 나는 분명히 보았다. 어쩌면 나는 살면서 결코 경험해 볼 수 없을지도 모를 참척慘慽의 고통이 서려 있는 그 표정을. 언어로는 도저히 표현할 길이 없는 참척의 고통을, 나는 그의 표정에서 분명히 느낄 수 있었다.

"3일이 어떻게 지나갔는지 모르겠어요. 그렇게 애지중지 키운 아기를 땅에 묻는데, 제가 관을 꼭 끌어안고 안 놔주려고 했거든요. '차라리 나를 아들이랑 같이 묻어라, 나도 같이 죽겠다.' 하고요. 주변 사람들이 말리는데도 막 떼를 썼거든요. 결국에는 아들을 묻고 잘 마무리했지만, 아들의 관을 묻을 때 그 심정은, 정말 이루 말할 수 없어요. 부모가 돌아가시면 땅에 묻지만 자식을 잃으면 가슴에 묻는다, 그런 표현을 쓰잖아요. 그때 처음으로, 정말 태어나서 처음으로 그 말이 공감이 되었습니다. 그리고 한동안은, 그냥 술로 살았던 것 같아요. 제가 원래 술은 안 마시거든요."

그와의 상담이 어떤 방향으로 흘러갈지 파악하기 위해 조심스럽게 질문을 던졌다.

"술은 원래부터 안 드셨던 겁니까?"
"네. 술이 약해서 잘 안 받는 체질입니다. 술에 취해서 이상한 소리나 하고 싸우고 떠드는 그런 분위기도 별로 안 좋아하고요. 담배는 원래 안 태웠어요. 그냥, 늘 아들을 안고 뽀뽀를 했던 습관이 있는데, 어릴 때 아버지 볼에 뽀뽀를 하면 담배 냄새가 났던 게 싫었거든요. 난 그러지 말아야지, 하는 생각에 그랬던 것 같아요. 할아버지가 폐암으로 돌아가셨던 것도 담배를 태우지 않은 이유였고, 그런 할아버지가 돌아가셨을 때 눈물을 흘리시던 아버지 모습이 어린 마음에 큰 충격이기도 했고요. 뭐, 그렇습니다. 근데 그날 이후로 술에 취하지 않으면, 술기운이 없으면 아들의 얼굴이 아른거려서 견딜 수가 없는 거예요. 주변 사람들이 '엄마 아빠가 이렇게 슬퍼하는 모습을 보면 하늘에 있는 대성이가 보고 얼마나 슬퍼하겠느냐, 훌훌 털고 잊어라, 시간이 약이다.' 뭐 이딴 소리를 지껄이는데, 진짜 맘 같아서는 다 죽여버리고 싶었습니다. 그냥 가만히 있어만 주면 되는데, 꼭 한마디씩 거드는 인간들이 있는 거예요. 도대체 니네가 뭔데 나한테 가르치려고 드냐, 니네가 자식을 잃은 고통이 어떤 건지나 아느냐, 그렇게 되묻고 싶더라고요.

남자와 여자가 가정을 꾸리면 행복한 가정을 만들어가기 위한 과정들이 있잖아요. 그 속에 나름의 재미도 있고요. 재산을 불려가는 것도 재미가 될 것이고, 사업을 키우거나 직장 생활을 하면서 만나는 즐겁고 행복한 일들, 또는 어려운 일들을 통해서 배우고 성장하는 것도 있고요. 그런데 그중에서도 가장 핵심, 가장 중심에 존재하는 게 가족의 행복이잖아요.

언젠가 아내가 '대성이랑 오빠가 있어야 우리 가정이 행복할 수 있다. 우리 중에 한 명이라도 없어지면 그 행복은 바로 사라진다.' 하고 이야기한 적이 있거든요. 당연한 것 아닙니까? 뭐, 돈이 없어서 불행한가요? 힘들 수는 있죠. 불행의 원인이 될 수도 있고요. 근데 행복의 절대적인 이유가 아니라는 건 철학자가 아니라도 압니다. 집이 월세라서 불행한가? 그것도 아니잖아요. 뭐, 직장이 없어서? 일이 안 풀려서? 사업이 안돼서? 그런 것도 아니거든요. 근데 아들이 그렇게 세상을 떠난 뒤로는 불행이란 게 이런 거구나, 하는 걸 정확하게 알았습니다. 일이 전혀 손에 잡히지가 않았습니다. 당연히 생활도 안 되고요. 자식이 죽었는데, 어떤 부모가 즐거운 마음으로 밥을 먹고 일을 하고 정상적인 생활을 하겠습니까? 행복할 수가 없잖아요. 사랑하는 아들이 죽었는데 죽도록 힘들지 않다면 거짓말이겠죠. 진짜, 그야말로 생지옥이에요. 사는 게 사는 게 아니에요. 아내랑 대화도 잘 안 하게 되고, 평생 불면증이라고는 없었는데 잠도 안 오고, 그렇게 힘들더라고요. 차라리 죽는 게 낫겠다는 생각도 들고요."

자식을 잃은 고통이 어떠한 것인지 경험해보지 못한 나, 그 앞에서 고개를 숙인 채 한참 동안 아무 말 없이 앉아 있던 그의 모습. 우리 둘 사이에서는 말로 다 할 수 없는 처연함이 묻어나왔다. 메마른 가을 아침의 공기도 그날따라 무척 탁하게 느껴졌다. 그렇게, 또다시 한참 동안 입을 굳게 닫고 있던 그가 입을 열었다.

"아들이 그렇게 애교가 많았어요. 어릴 때라서 그런지는 모르겠지만 어리광도 잘 부리고, 엄마 아빠 말을 무척 잘 따랐어요. 유독 그랬던 것 같아요. 친구들 이야기 들어보면 애들이 네 살, 다섯 살 때 그렇게 힘들게 한다고 하는데 대성이는 그렇지 않았거든요. 그냥, 그냥 차분했어요. 우리도 알잖아요. 이 나이대에는 고집이 세고 말을 안 듣는다, 이 나이가 되면 조금 나아진다, 하는 육아에 대한 일반적인 정보 같은 거요. 근데 대성이는 그렇지 않았어요. 차분하고 조용했어요. 반면에 애교는 많고요.

아내는 그런 성향, 성격을 참 좋게 생각했던 것 같습니다. 주변 친구들이 애 키우는 거 들어보면 난리도 아닌데, 우리 아들은 그렇지 않으니까요. 나중에 다시 말씀드리겠지만 제가 어릴 때 그랬거든요. 차분하고 조용한 아이였어요. 그게 성격이 차분하고 조용해서 그런 게 아니라, 부모님이 워낙 엄격하신 분들이었기에 부모님의 가르침을 따르지 않으면 그에 걸맞은 어려움을 당할 거라는 걸 아는, 그냥 그런 성격이 형성되었던 거예요. 겉으로 보면 차분한데, 사실 차분하다기보다는 마음에 늘 억울함, 속상함, 분함을 갖고 있는 성격 같은 거요. 아들이 그런 부분에서 보면 절 많이 닮았었죠.

어쨌거나 아들이 그렇게 떠난 뒤로 무척 힘든 시간을 보냈습니다.

말씀드렸다시피 안 먹던 술도 먹고, 불면증도 찾아오고 그렇더라고요.
근데 하루는···."

　마른기침하던 그가 이야기를 멈추었다. 그리고 물을 한 모금 마신
뒤 이야기했다.

"꿈에 아들이 나왔습니다."

02

꿈의 문으로 가는 길

내담자에 대한 평가 기준 중에는 정신적 상태 평가Mental Status Examination, MSE라는 게 있다. 정상적인 지각기능을 상실한 경우가 그러한 예인데, 일반적으로 환각 증상, 지적 기능의 손상으로 말미암은 발작, 은유나 추상적인 예시에 대한 이해 부족, 자기 인식의 정확성 부족 등이 이에 해당된다. 앞서 질문한 내용 중 '술은 원래부터 드시지 않았는가' 하는 것도 상담을 받으러 오신 분의 자기 인식과 지적 기능의 정확도를 측정하기 위한 일종의 점검이었던 셈이다.

그는 한눈에 봐도 전혀 이상이 없어 보였다. 어린 아들을 잃은 아버지의 슬픔, 거만한 영혼을 가진 가해자의 안하무인의 태도를 향한 강한 분노와 적개심, 그리고 그가 경험한 꿈 이야기를 제외하고는 딱히 아무런 문제가 없어 보였다. 그에 대해 내가 내릴 수 있었던 정확한 판단은, 그의 꿈 이야기를 제외하면, 그는 지극히 정상적인 사고를 가진 마흔 초반의 중년 남성이었다는 점이다. 그렇다 보니 상담을 시작하기에 앞서 그가 먼저 자신의 20대 시절 여행 이야기로 상담의 서문을 열었던 부분에 대해 나는 다소 당황스러웠던 게 사실이었다. 게다가 두서없이 시작한 그의 무전여행 이야기부터 시작해서 꿈 이야기가 나올 때만 하더라도, 그의 이야기가 너무 그럴듯하게만 들리는 거짓말이거나 조현병 환자의 몽환적 사고에서 비롯된 허구 정도로만 느껴졌다는 것이 당시 솔직한 내 심정이었다.

그러나 그렇지 않았다. 그는 호사가好事家와는 전혀 거리가 멀었다. 나중에 알게 된 사실이지만, 그의 여행 이야기가 아들과 함께한 꿈의 이야기로 연결되고, 그 꿈이 다시 인생 이야기로 연결되면서 모든 이야기가 하나씩 이어지는 것을 느낄 수 있었다.

그간 만나온 내담자들과 비교해봤을 때, 그는 심리상담을 위해 방문한 내담자치고는 상당히 일목요연하게 자신의 생각과 이야기를 정리할 줄 아는 능력이 있었다. 그렇기에 어떤 면에서 달변가達辯家이자 다변가多辯家의 면모도 가지고 있는 것은 사실이었지만, 그건 그가 살아온 인생의 여정 속에서 형성된 언어와 감정표현의 발달이 다른 사람에 비해 다소 능숙했을 뿐, 약물치료 혹은 별도로 조치가 필요한 정도의 병적인 증상이 나타났던 것은 아니었을뿐더러, 별다른 특이 사항도 전혀 발견되지 않았다. 오랜 시간 심리상담을 마치고 난 뒤 내 앞에 남은 사람은, 그저 먼저 세상을 떠난 아들을 그리워하며 깊은 회한의 눈물을 흘리는, 참척慘慽의 고통을 마음에 품고 있는 한 아버지에 불과했다.

"오래전에 있었던 이야기입니다. 21살 때니까, 벌써 22년 전이네요.

21살이면 군대에 갈 나이잖아요. 당시 친하게 지내던 대학 친구들이
랑 '군대에 가기 전에 좀 재미있는 추억을 만들어보자'라는 이야기가
나왔습니다. 그래서 뭘 해볼까 고민하다가, 무전여행을 해보자는 이야
기가 나왔어요. 대부분 손사래를 치죠. 한여름에 누가 돈 한 푼 없이
무전여행을 떠나겠어요? 근데 마음 맞는 친구는 있기 마련이거든요.
한 친구가 같이 가자고 이야기를 한 거예요. 어릴 때니까 단순하잖아
요. 결정이 내려지자마자 3일 뒤에 무전여행을 떠났습니다. 그렇다고
아주 돈이 없으면 안 될 것 같아서 각자 3만 원씩 챙겨 들고 떠났어요.

폭염주의보가 발령되고, 전국이 38도까지 올라가는 그 더위 속에서
21살 젊은 대학생 둘이 여행을 떠났으니 꽤 볼만했을 겁니다. 군대도
안 갔다 온 친구들이 아는 것도 하나 없이 그저 운동화에 각자 책가방
만 하나씩 메고 여행을 떠났으니, 정말 죽을 지경이더라고요. 여행 떠
날 때 물병 하나 안 챙겼습니다. 돈이 없으니 먹을 것도 없고, 군대도
안 다녀왔으니 뭐가 필요한지도 모르고, 그냥 패기 하나만 갖고 떠난
거예요. 그렇게 오전 내내 걷다 보니 걸을 힘이 없을 정도로 허기가 지
더라고요. 결국 슈퍼마켓에서 5kg짜리 건빵 한 포대와 미숫가루 한 포
대를 사서 들고 다녔습니다. 돈도 없고, 먹을 것도 없어서 아침, 점심,
저녁으로 건빵이랑 미숫가루를 먹었어요. 그것만 먹고 그 땡볕 더위
속에서 하루에 40km씩 걸었습니다.

일단 떠날 때는 뭐라도 된 것처럼 호기롭게 떠났는데, 생각처럼 호락호락하지 않더라고요. 군대도 안 다녀온 녀석들이 뭘 알겠습니까? 배낭도 없어서 책가방을 메고, 트레킹화도 아닌 조깅화를 사서 신고 출발했습니다. 첫날부터 발에 물집이 잡히더라고요. 하필 여행을 떠나던 날이 그해 장마가 시작되는 날이었어요. 어디서 들은 건 있어서 판초우의를 하나씩 사서 뒤집어쓰고, 빗길을 한참 걸어 다녔습니다. 한참 걷다가 어둑어둑해질 저녁 무렵에, 한 번도 가본 적이 없는 어느 마을의 노인회관에 다다랐어요. 마침 불이 켜져 있길래 문을 열고 인사를 하니까 할머니가 두어 분 나오시더라고요. 인사를 했죠. 그리고 '저희는 여행하는 대학생들인데, 여차저차해서 여기까지 왔다, 잠만 좀 자고 갈 수 있겠느냐.' 하고 여쭤봤거든요. 이분들이 젊은 대학생들이라 하니까 아주 반갑게 맞이하면서 인사는 해주시는데, 들어와서 자는 건 안 된다고 하시는 거예요. 지금 생각해보면 당연하고, 또 별것 아닌데, 당시에는 너무 힘들다 보니까 그런 말조차도 원망스럽게 느껴지더라고요. 우리가 무슨 죄를 지었냐, 그냥 여행 다니는 학생들인데 이렇게 시골 인심이 야박할 수 있냐, 뭐 그런 마음이 들더라고요. 지금 돌이켜 생각해보면 충분히 그럴 만도 한 게, 비가 억수같이 쏟아지는 날에 군용 판초우의를 입은 젊은 사람 두 명이 시커멓게 그을린 얼굴로 하룻밤만 재워달라고 하니 할머니 입장에서는 얼마나 무서웠을까, 싶은 겁니다. 결국 그 노인회관 입구에 돗자리만 깔고 잤습니다. 말 그대로 비만 피한 거죠. 잠도 전혀 못 잤고요. 모기를 생각 못 한 거예요.

밤새 모기한테 시달렸어요. 새벽이 올 때까지 모기만 잡다가 새벽 무렵에 잠깐 잠들었어요. 그냥 눈만 붙인 겁니다.

둘째 날부터는 뭐, 말할 것도 없이 가관이었습니다. 장마철인데 난리도 아니었어요. 발에 물집은 잡히죠, 천둥번개는 치고 있죠, 비는 억수같이 쏟아지는데, 우산도 안 챙겼어요. 그냥 판초우의에 의지해서 움직이는 겁니다. 하루 종일 비를 맞으면서 매일 40km씩 이동하고, 밤에는 아무 데서나 잠을 잤습니다. 버스 정류장에 있는 의자에서도 자고, 버스 터미널 안에 있는 대기실에서도 자고, 초등학교 운동장 한복판에 텐트 쳐놓고 잔 적도 있었습니다. 사실 잔 것도 아니죠. 모기 때문에 밤새도록 시달리다가 새벽 무렵에 잠깐 눈 붙이고, 씻지도 못하고 그냥 다시 움직이고, 움직이고. 사흘 정도 지나니까 발바닥 절반에 물집이 잡혀서 걷는 것도 힘들고, 나중에는 같이 간 친구도 싫고, 내가 왜 사서 이 고생을 하나, 싶은 후회가 막 올라오더라고요.

그러다 넷째 날인가, 꽤 늦은 밤에 어느 마을회관에 도착했어요. 아마 밀양이나 청도 사이 어디쯤이었을 겁니다. 사흘 동안 비 맞아가면서, 잠도 못 자면서 이동하다 보니 거의 반폐인처럼 돌아다녔을 거예요. 그 상태로 마을회관 문을 두드린 겁니다. 좀 있다가 어떤 아저씨가 한 분 나오셨는데, 비 맞으면서 서 있는 저희를 보고는 깜짝 놀라시는 거예요. 그러고는 갑자기 반말로 물으시더라고요.

"당신들 뭐야? 어디서 왔어?"

그때 기분이 진짜, 정말 울고 싶더라고요. 저희도 집에서는 다 귀한 자식들이잖아요. 엄마, 아버지한테 무사히 잘 다녀오겠다고 인사드리고 떠난 여행이었거든요. 그렇게 밥도 제대로 못 먹고 장마철에 비 맞아가면서 하는 여행인데, 대뜸 "당신들 어디서 왔어?" 하시니까 너무 울고 싶은 겁니다. 그래도 잠은 자야 되니까 인사는 드렸어요. 우리는 여행하는 학생들이다, 걷다 보니 여기까지 왔다, 돈은 없다, 그저 잠만 재워주시라, 하고요. 반응은 똑같았어요. 우리가 뭘 믿고 당신들을 재워주냐, 그리고 지금 시간이 몇 시인데 여기를 오냐, 뭐 그런 이야기들.

아마 그분도 마을 이장님이거나, 그 정도 위치를 가진 분이셨을 거예요. 그렇다 보니 더 조심스러우셨겠죠. 그때만 하더라도 여대생 실종사건이라든가, 아녀자 연쇄살인사건 같은 뉴스가 종종 나오던 때였습니다. 인터넷이 크게 발달된 시대도 아니었고, 지금처럼 SNS가 일상화되던 때도 아니었고요. 게다가 장마철이다 보니 비도 추적추적 내리고, 천둥번개까지 치던 밤이었으니까, 괜히 젊은 두 사람 재워줬다가 무슨 문제라도 생기면 안 되니까 아주 경계를 하셨던 거죠. 그분도 고민을 많이 하셨을 거예요. 근데 결국 재워주셨어요. 몇 마디 나눠보면 알잖아요. 젊은 친구들이 무슨 문제를 일으킬 것 같지는 않고, 엄청 고생은 한 얼굴이고. 그렇게 하룻밤을 얻어 자고, 다음 날 인사드리고 다시 여행을 떠난 기억이 납니다.

뭐 그렇게 보름 정도 여기저기 여행을 다녔습니다. 어느 식당에서 만난 아저씨 한 분은 아들 같다면서 돈을 주시기도 하고, 우리한테 이것저것 물어보시더니 '여행하는 학생들이 수고가 많다'라면서 고기를 더 갖다주신 식당 아주머니도 계셨고요.

엄청 재밌는 경험도 했습니다. 어느 도시였는지는 자세히 기억이 안 나는데, 어느 초등학교에서 하룻밤 자기로 한 거예요. 대충 돗자리 깔고 침낭 펴놓고 잘 준비 해놓고 보니 한쪽에 음수대가 있더라고요. 좋다, 오늘은 저기다, 싶어서 둘 다 나체로 음수대 위에 올라가서 샤워를 했어요(나는 그의 경험담에 가벼운 폭소를 터트렸고, 그는 죄송하다고 이야기하는 나를 향해 웃으며 손사래를 쳤다.). 뭐, 웃으셔도 괜찮습니다. 그때는 저희도 어릴 때니까요. 음수대 위에 올라가서 물을 다 틀어놓고 온몸을 비비면서 샤워를 하는데, 갑자기 웬 초등학생이 물 마시려고 나타난 거예요. 둘 다 놀라가지고 후다닥 내려와서 숨었는데, 그 초등학생이 물 마시러 왔다가 숨어 있는 저희를 본 거예요. 인기척이란 게 있잖아요. 가타부타 말도 못 하고 가만히 숨어 있는데, 갑자기 소리를 지르면서 도망치더라고요. 무슨 귀신이거나, 나쁜 사람들인 줄 알았겠죠. 뭐 그런 적도 있었고. 한참 걷다가 강이 나오길래 둘 다 홀러덩 벗고 수영하고 나와서 누워 자고 있는데, 그 길을 지나가시던 어떤 아저씨가 기겁하면서 경찰에 신고한 적도 있어요. 시체인 줄 알았나 보더라고요."

이야기를 이어나가던 그는 그때 그 시절을 회상하듯 잠자코 앉아 있었다. 꽤 오랜 시간이 지난 뒤, 그는 다시 이야기를 이어나갔다.

"언젠가 이 친구랑 같이 다녀온 그때 여행에 대해서 이야기를 하는데, 이 친구가 그러는 거예요. '이제 나이가 들어서 그런가, 우리가 함께 여행을 다녔던 그 기억들이 점점 가물가물해진다.' 하고요. 그 이야기를 듣고, 솔직히 깜짝 놀랐어요. 아니, 우리가 같이 여행한 게 무슨 수백 년 전의 일도 아니고, 고작해야 십수 년, 이제는 좀 시간이 지났으니 한 이십 년 전의 일인데, 그 짧은 시간이 지나는 동안에 그 즐겁고 행복한 기억들이 가물가물해진다는 게 말이 되는 소린가, 싶은 거예요. 이 친구는 그 시간들이 별로 행복하지 않았나? 뭐 그런 생각도 들고요. 근데 그건 아니거든요. 저한테 행복한 시간이었던 만큼 그 친구한테도 충분히 행복한 시간이었고, 충분히 기억에 남는 추억이었거든요. 그런데 시간이 지나고 나니까, 그 기억들이 조금씩 사라지고 있다는 걸 저도 느끼겠는 겁니다. 친구의 말이 이해가 되는 거예요. 아무리 잊고 싶지 않아도, 기억이란 건 영원하지 않잖아요. 그나마 사진이나 글처럼 기록이라는 게 남아 있어서 그렇지, 기억이란 건 시간이 지나면 계속해서 사라지지 않습니까?

제가 그 친구랑 다녔던 여행도 그랬지만, 사람들은 여행하면서 인생의 방향을 완전히 바꿀 수 있는 귀중한 경험을 만나기도 하고, 그 여행을 통해서 큰 성공을 이루기도 하잖아요. 좋은 사업의 기회를 만난다든지, 인생의 동반자를 만난다든지, 뭐 그런 경험들이요. 여행이라는 게 그냥 돈만 쓰고 돌아다니는 게 아니라, 나를 돌아볼 기회를 가질 수 있다는 점에서 참 좋은 것 같아요. 어떤 면에서 봤을 때, 온전히 나를 만날 수 있는 시간이잖아요. 조용한 나라를 가든, 시끄러운 나라를 가든, 산길을 걷든, 사막을 걷든, 여행은 끊임없이 질문을 던지고, 생각하고, 고민하는 과정이니까, 그렇게 마음에 큰 울림을 주는 기회가 여행이라고 저는 생각하거든요.

아들이 태어나니까, 잘 살고 싶더라고요. 더 좋은 옷도 입혀주고 싶고, 더 좋은 것도 먹여주고 싶고, 더 좋은 집에도 살게 해주고 싶고. 근데 아들이 저희 곁을 떠나고 나니까, 그런 것들이 아무 의미 없이 사라져 버리는 겁니다. 돈을 많이 벌어보지 못한 것도, 좋은 집에 살아보지 못한 것도, 아무 의미가 없어져 버리더라고요.

아들이 세상을 떠난 뒤에 이런저런 생각을 해봤어요. 아들이 없는 지금, 나는 잘 살아가고 있는 걸까, 아들이 이루지 못한 꿈은 뭘까, 내가 아들에게 최선을 다하지 못한 건 무엇이었을까, 혹시 좀 더 행복할 수 있었던 시간들을 나는 무심코 흘려보내지 않았을까, 그런 생각도 하고요."

이야기를 잠시 멈춘 그는 가볍게 눈을 감은 채 약지와 새끼손가락으로 이마를 갈그락갈그락 긁었다. 앙 다문 입술과 초췌해 보이는 그의 얼굴에서는 무전여행의 추억 너머 보이지 않는 무언가를 생각하는 듯한 어둠이 묻어나왔다. 잠자코 앉아 있던 그는 조용히 머리를 쓸어올린 뒤 다시 이야기를 이어나갔다.

"앞서 제가 아들이 꿈에 나왔다고 말씀드렸는데, 아들은 저에게 잊어서는 안 되는 순간들, 또 기억들을 보여주고 싶었던 것 같아요. 꿈에서까지 보여줄 기억들이었던 거죠."

그는 나에게 꿈에서 만난 아들과의 긴 여행을 조용히 이야기해주었다. 놀랍도록 진실되고, 사무치듯 아름다운 이야기의 연속이었다. 그리고 그것은 그의 인생 이야기였으며, 아홉 살 아들과 함께한 그의 젊은 날들이었다.

꿈은 소망의 충족이라고 프로이트Sigmund Freud가 이야기했던가. 어른들에게 죽음은 끊어짐, 이별, 슬픔, 알 수 없는 미지의 세계를 향한 두려움과 남은 자들의 비참함을 떠올리게 한다. 반면에 어린아이들에게는 죽음이라는 것이 그저 장난삼아 입에 올리는 놀이와도 같은 단어일 수도 있다. 아이들은 죽음에 대해 어른들과는 완전히 다른 관념을 갖고 있기 때문이다.

"부모님이 꽤 보수적이셨어요. 매정하거나 엄격한 분들은 아니었지만, 부모님, 특히 아버지의 손을 잡거나, 아버지의 손을 잡고 길을 거닌다는 게 어린 나이에도 무척 어색하게 느껴질 정도의 관계였던 거죠. 살아온 환경 탓도 있었을 거예요. 아무래도 저희가 살아온 환경이나, 아들이 자란 지금 환경과는 다른 환경에서 살아오셨으니까요. 어린 나이에 전쟁이 터졌고, 그렇다 보니 경제는 어렵고, 뭐 대충 그런 것들이요. 여하튼 그래서 저는 그런 아버지를 무서워했었고, 집을 엄청 싫어하는 학창 시절을 보냈거든요.

그래서 저는, 음, 아주 오래전부터, 나중에 자식이 태어나면 손을 자주 잡아주고, 많은 대화를 나누는 아버지가 되어야겠다, 하는 생각을 많이 했던 것 같아요. 무의식중에 그랬던 거죠. 그래서 제가 아들이랑 같이 있을 때면, 항상 아들의 손을 잡고 있었어요. 어딜 가든지 아들의 손을 잡고 다녔거든요. 그게 습관이었어요. 그게 맞는다고 생각했던 거죠.

아들이 네 살 때였나, 하루는 아들을 보조석에 태우고 어디 다녀오는 길이었어요. 아들은 꾸벅꾸벅 졸고 있었고요. 한참 운전을 하다가 제가 무심결에 아들의 손을 잡았는데 아들이 손을 빼는 거예요. 잠에 취해 있었는데 손을 잡는 게 불편했던 모양이에요. 그래서 졸고 있는 아들한테 이렇게 이야기했어요. "아들, 아빠는 어릴 때 할아버지를 무척 무서워했어. 할아버지는 자상하고 친절한 분이었지만, 때로는 아주 엄격하고 무서운 분이었어. 그래서 아빠는 할아버지를 사랑하면서도, 가까이 대하지 못하는 그런 어른이 되었어. 하루는 아빠가 잠을 자는데, 잠결에 누가 손을 잡는 거야. 누구지, 하고 보니까, 할아버지가 아빠 곁에 누워서 아빠 손을 잡아주신 거였어. 근데, 아빠는 그게 참 어색하더라고. 아빠가 왜 내 손을 잡지? 아빠가 내 손을 잡아주실 정도로 나를 편하게 생각하시는가? 나는 아빠가 불편하고, 그래서 평소에는 아빠의 손을 안 잡는데? 뭐 이렇게 생각한 거야. 그러다 아빠가 대성이를 가지면서 했던 생각들이 몇 가지 있는데, 나는 아들의 손을 잡는 게 어색하지 않은 아버지가 되어야겠다, 언제든지 아들의 손을 잡더라도 불편하지 않은 그런 아버지가 되어야겠다, 하는 결심을 했었어. 그래서 그런데, 아빠가 아들 손 잡아도 될까?" 하고요. 들었는지 못 들었는지는 모르겠어요, 잠에 취해 있었으니까. 근데 아들의 손을 잡으니 가만히 있더라고요. 그러더니 잠시 후에 제 손에 깍지를 끼우는 거예요. 그 상태로 집까지 왔거든요. 한 20, 30분? 정도 걸리는 거리를요. 잠결에 우리 아들이 들었는가 보다, 하는 생각이 들면서, 이렇게 마음을 표현하는 게 참 중요하다는 생각을 한 기억이 나요.

근데 꿈에 나온 아들이, 너무 환하게 웃는 얼굴로 제 손을 꼭 잡는 거예요. 제 손에 닿은 아들의 손 감촉이, 그 느낌이 지금도 굉장히 생생하게 기억나거든요. 그리고 무슨 말을 하는 것 같은데, 뭐 잘 안 들리더라고요. 꿈이었으니까요. 현실이랑은 다르잖아요. 꿈은 현실이랑 반대다, 뭐 그런 말도 있는 것처럼요.

그렇게 꿈에 나온 아들이 제 손을 잡고 제일 먼저 간 곳이 병원이었어요. 산부인과요. 근데 그게 어디였냐면, 아들이 태어난 산부인과였거든요. 아들은 그 병원이 어디 있는지도 몰라요. 어린애가 뭘 알겠어요. 근데 그 병원을 데려가서, 자기가 태어나던 그 순간으로, 그러니까 '아내의 배 속에서 자기가 막 나오는 그 모습'을 보고 있는 제 모습을 볼 수 있도록, 자신이 태어난 그 순간으로 저를 데려가는 거예요.

자식이라는 게 부부이기에 당연히 가져야 하는, 또 육아라는 게 부부라면 반드시 거쳐야 하는 과정이라고 생각할 수 있겠지만, 솔직히 저는 생각이 조금 달랐어요. 그 이야기를 하자면 결혼 전 이야기로 거슬러 올라가야 되는데, 혹시나 불편하시다거나 그러시면….”

나는 전혀 그렇지 않다는 의미로 고개를 저었다. 이야기가 꽤 흥미롭게 진행될 것 같다는 느낌도 들었거니와, 진솔하고 친절한 그의 태도에서 이 상담이 결코 무의미한 시간으로 끝나지는 않을 거라는 확신이 들었기 때문이었다. 그는 다시 한번 나에게 양해를 구하고 난 뒤 다시 이야기를 이어나갔다.

“아내랑 저는 지인의 소개로 만났습니다. 얼굴 정도만 알고 있는 사람이었는데, 지인이 한번 만나보라고 소개를 해주더라고요. 아내가 저를 한번 만나보고 싶다고 제 지인한테 이야기했던 모양이에요. 당시만 해도 제가 이성 교제에 별로 관심이 없던 때였습니다. 취업도 그렇고, 공부도 좀 더 하고 싶고, 뭐 그럴 때였거든요. 아내를 만난 건 지인의 권유가 있기도 했지만, 순전히 호기심 때문이었습니다. 성격이 무척 밝고, 또 쾌활하다는 이야기를 들어서 어떤 사람인가 궁금하긴 했거든요. 결혼까지는 뭐, 전혀 생각도 하지 않았었고요.

마침 처음 만나기로 한 날은 제가 치과 진료가 있는 날이었거든요. 약속 시간보다 2시간 일찍 나온 상황이라서 간단하게 치료만 하고 가려고 했는데, 생각보다 진료가 너무 늦어져서 약속 시간보다 2시간 반이나 늦게 약속 장소에 도착한 거예요. 굉장히 무례한 행동이었죠. 어느 여자가 그런 상황에서 화가 안 나겠습니까? 어쨌거나 지인의 소개였고 약속을 취소한 것도 아니라서 가긴 가야 되는데 '두 번 볼 일은 없겠구나', 생각하면서 약속 장소로 갔어요. 그런데 첫 만남에서 이 사람이, 그렇게 생글생글 웃는 얼굴로 막 장난을 치는 거예요. 멀쩡하게 생겼는데 알고 보니 시계를 볼 줄 모르는 사람이라는 등, 신은 결코 인간을 완벽하게 만들지 않았다는 등, "오빠, 늦으셨으니까 저 비싼 거 먹어도 되죠?" 뭐 그런 이야기도 하더라고요. 초면에 내가 큰 실수를 했는데도 이렇게 밝은 얼굴로 사람을 대할 수 있나, 싶을 정도로 사람이 쾌활하더라고요.

아내는 뭐랄까, 되게 예쁜 얼굴이거든요. 그냥, 예쁜 얼굴 있잖아요. 얼굴이 아주 작고, 눈이 동글동글한, 전형적으로 미인형 얼굴을 갖고 있습니다. 특히 웃을 때 그렇게 예쁜 얼굴이에요. 양쪽에 보조개가 있어서 웃을 때 그렇게 웃는 미소가 예쁘더라고요. 또 오랫동안 무용을 해와서 군살도 없고 아주 날씬했거든요. 지금도 그렇지만. 대학 다닐 때 인기도 많았다고 하고. 충분히 그랬을 거 같더라고요. 그냥 제가 아는 아내는 딱 거기까지였어요. 예쁘고, 성격 밝은 여학생.

근데, 그렇게 예쁜데, 저는 제 아내한테 그렇게 큰 관심은 없었어요. 젊고 예쁜 건 좋지만, 만나보기엔 너무 어린 사람이라고 생각했거든요. 성격이 너무 밝아서 왠지 좀 철없어 보이는 듯한 느낌도 받았었고요. 꽤 동안인 외모도 한몫했던 것 같아요. 서른 중반이 넘은 지금도 가끔 여대생 소리를 듣는데, 당시에는 20대 초반이었으니까 얼마나 어려 보였겠어요? 게다가 저는 어릴 때부터 연상이 좋았어요. 여동생 하나 있는 거 챙기는 것도 쉬운 게 아니었는데, 나는 좀 연상을 만나서 어리광도 부리고 그러고 싶다, 내가 생각이 어리니까 내 곁에 있는 사람은 나를 잘 챙겨주는 연상이면 좋겠다, 하는 생각을 어릴 때부터 갖고 있었어요. 그래서 연하는 별로 만나본 적이 없습니다. 만나볼 생각도 안 했죠, 챙겨줄 자신이 없으니까요. 아내를 만난 건 지인에 대한 예의도 있었지만, 그야말로 아내라는 사람에 대한 호기심 때문이었던 거예요. 예쁘고 성격도 좋은 24살의 젊고 예쁜 여자가 나를 한번 만나고 싶어 한다, 어느 남자가 싫어하겠습니까? 대신에 내가 오빠니까 그냥 밥이나 한 끼 사 먹여야겠다는 생각 정도로 만난 거였죠. 그 뒤로 몇 번 만났어요. 만나보니 사람이 참 좋더라, 하는 느낌을 저도 받았거든요. 저도 남잔데 싫을 리가 없잖아요. 다만 이성에 대한 관심이 있어서 만난 건 아니었고, 예쁘고 성격 좋은 여동생 정도로 생각하고 만났던 것 같아요.

그러다 여자로 느껴진 건, 그때부터 한 3개월 정도? 지난 어느 시점이었어요. 자꾸 만나다 보니까 정이 든 것도 사실이지만, 뭐랄까, 어느 순간부터는 되게 지혜로운 사람인 것 같다는 느낌을 자주 받았거든요. '어? 어린애인 줄 알았는데 이런 면도 있었네?' 하는 느낌이었어요. 이를테면 이런 식인 거예요. 누군가 아내에게 무슨 이야기를 하면, 아내는 딱히 과하지도 않고 모자라지도 않게 반응을 했어요. 절대 불필요한 조언을 하거나 조목조목 따지면서 가르치는 일은 하지 않는 거예요. 그냥 들어만 주는 거죠. 그러니까 굉장히 적절하게 반응하는 능력이 있었던 거예요. 그게 참 신기해서 '어떻게 다른 사람 이야기에 그렇게 적절하게 반응하고 들어주냐?' 하고 물어본 적이 있어요. 아내가 이야기하길, '모든 사람은 똑같다.'라고 하더라고요. '누구나 어린 시절이 있고, 젊은 시절이 있고, 노년의 시절이 있지 않으냐, 그러면 만나는 사람이나 경험하는 세계의 범위도 대개 비슷할 건데 이해하지 못할 게 뭐가 있겠으며 듣지 못할 이야기가 뭐가 있겠느냐.'라는 거예요. 그러다 보니 아내는 누구를 만나든지 거리낌이 없었고, 결국에는 자신의 사람으로 만드는 능력이 있었어요. 저는 그런 아내의 성격이 참 좋았어요. 이 여자 정말 예쁘게 생겼다, 몸매가 정말 환상적이다, 뭐 이런 게 아니라, 이 사람 참 괜찮다, 생각보다 참 좋은 여자다, 하는 생각이 많이 들었던 거죠. 그게 시간이 지나면서 관심이 되고, 또 사랑하는 마음으로 바뀌고, 계절이 바뀌듯이 자연스럽게 연인이 되었거든요. 뭐, 결혼하고 보니까 단점도 보이고 했지만요.

저도 아내한테 물어봤어요. '오빠의 어디가 좋아서 만나보자고 했느냐', 하고요. 처음에는 그냥 인상도 좋고, 사람이 좋아 보여서 한번 만나보고 싶었다고 하더라고요. 근데 결혼은 다르잖아요. 나의 어떤 것이 이 사람으로 하여금 나와의 결혼을 결심하게 했나, 하고 이야기를 나눠봤는데요. 제가 아내랑 결혼하기 전에 자주 했던 말인데, 아내가 되게 인상적이었다면서 이야기한 게 하나 있었어요. 그게 뭐였냐면, '나쁜 기분은 시간이 지나면 사라져 버린다'라는 것이었습니다. '좋든 나쁘든 기분은 시간이 지나면 사라져 버린다, 그 사실을 인식하는 것이 첫 번째다. 그렇기 때문에 복잡한 상황일수록 단순하게 생각하는 습관을 들여야 된다.' 이게 아내랑 연애할 때 제가 늘 하던 이야기였습니다. 결혼 전에 연애할 때도 그렇지만, 결혼 후에 부부가 되고 난 뒤에도 늘 콩깍지 씌어서 사는 건 아니잖아요. 하루가 멀다 하고 싸우고, 별것도 아닌 거로 다투고 하니까요. 그래서 '우리 좀 그만 싸우자, 그리고 싸우더라도 금방 풀자', 하는 의미에서 별생각 없이 그런 이야기를 했는데, 그게 이 사람 마음에 크게 와닿았나 보더라고요. 그러면서 '아, 어쩌면 이 사람은 기분 내키는 대로 나를 대하거나, 주변 사람들을 대하는 사람이 아니겠구나, 좋고 나쁨의 엄격한 잣대를 세워놓고 세상을 막 살아가는 사람은 아니겠구나.' 하는 생각이 들었다고 하더라고요. 제가 아내한테 느꼈던 좋은 감정이 있었던 만큼, 아내도 저에 대해서 나름 좋은 생각을 가지게 된 계기가, 아마 그때였던 것 같습니다.

아내를 알게 되고, 또 아내라는 사람이 가진 매력이랄까, 멋스러움이랄까, 그런 걸 경험하면서, '참 좋은 사람을 내가 알게 되었구나.'라는 생각을 많이 했었습니다. 종종 아내에게 이야기하는 게 있는데요. "오빠가 늙어서 꼬부랑 할아버지가 되어도 절대로 여보, 하고 부르지마. 평생 오빠라고 불러줘." 하는 겁니다. 이 사람한테는 남편이나 배우자가 아닌, 그냥 오빠이고 싶은 거예요. 이 사람에게만큼은요. 그래서 아들도 제가 아내 이름을 부르면, "아빠, 왜 엄마 이름을 불러? 엄마한테 민아가 뭐야? 여보 해야지." 하고 이야기한 적도 많았습니다.

아내는 1남 3녀 중 셋째였어요. 위로 큰오빠와 언니가 한 분 있습니다. 처제는 올해 대학을 졸업했고요. 막내도 아니고 장녀도 아닌 거죠. 근데 어떨 때 보면 막내딸처럼 애교가 많다가도, 어떨 때 보면 장녀처럼 행동하는 게 참 보기 좋았습니다. 누구를 만나든지 참 살갑게 대하고, 저랑 있을 때는 또 그렇게 애교가 많고. 그래서 아내와 결혼해서 살면서도 내가 지금 연애를 하는 건지, 결혼생활을 하는 건지, 머리로는 당연히 이해가 되는데 현실적으로 와닿지 않는 결혼생활을 하는 기분을 많이 느꼈습니다. 부부 사이라기보다는 그냥 연인? 아니면 그냥 오빠, 동생 사이 같다고 느끼도록 사람을 편안하게 해주는 그런 사람이거든요. 그런 성격이 평소에도 많은 도움이 되는데, 무엇보다 서로 안 좋은 일이 있을 때, 아주 결정적인 상황에 부딪혔을 때 굉장히 큰 도움이 되었습니다.

아들이 세 살 때쯤인가, 엄마 생신 때문에 고향에 다녀온 적이 있었거든요. 그날 좀 다퉜어요. 그냥 사소한 거로 다퉜는데, 제가 되게 짜증이 많이 났었습니다. 별다른 이유는 아니었고, 당시 회사에 굉장히 난감한 문제가 좀 일어난 상황이라 상당히 예민해져 있었어요. 사실 아내나 저나 단순한 편이라서, 어지간한 일이 아니면 웬만큼 크게 싸워도 금방 화가 풀리거든요. 그날은 좀 다르더라고요. 화도 안 풀리고, 마음도 상하고요. 아내는 벌써 화가 풀려서 제 옆구리를 쿡쿡 찌르고 장난도 치는데도 화가 풀리지 않는 거예요. 한참 뒤에 마음이 좀 가라앉아서 다시 이야기를 주고받고 했죠. 그리고 집으로 오는 길에 아내가 물어보는 거예요. '아까 왜 그렇게 화가 났었느냐?' 하고요.

좋은 이야기든 나쁜 이야기든 저희는 항상 공유하거든요. 이야기를 나누고, 풀고, 그런 시간을 결혼 초반부터 가져왔어요. 뭐 그래서 이야기를 했죠. 회사가 어떻고 저떻고, 이러이러한데 솔직히 어떻게 해야 될지 모르겠다, 며칠째 잠도 못 자고 고민하고 있다, 근데 아까 이러이러해서 좀 화가 났었다, 뭐 이렇게요. 그렇게 제 이야기를 들은 아내가 이렇게 이야기하더라고요.

"내가 오빠한테 왜 화가 났냐고 묻는 이유는, 오빠를 이해하고 싶어서 그런 거야."

저는 제 아내가 당연히 그런 식으로 이야기할 거라는 걸 알고 있었습니다. 그냥 그런 사람인 거예요. 무턱대고 '근데 왜 나한테 화를 내고 난리냐, 내가 잘못했냐.' 하고 이야기할 법도 한데, 차근차근히 이야기를 들어주고, 적절하게 반응해주고, 마음을 이해해주는 그런 사람이거든요. 아내는 결혼 전에도, 또 그때도, 지금도 변함없이 그런 사람이었고, 그런 사람이에요. 앞으로도 그럴 거고요. 굉장히 멋진 사람이죠. 아내가 그러니까 저도 아내를 무척 사랑하고요.

반면에 이 사람은, 먹는 걸 참 좋아해요. 그중에서도 쫄면을 그렇게 좋아하더라고요. 집에 밥이 없으면 밥을 해 먹어야 되는데, 밥은 안 해 먹고 쫄면을 만들어 먹습니다. 쫄면이 좋다 나쁘다 말씀을 드리려는 게 아니라, 어떨 때 보면 무지하게 어린애 같은 거예요. 반농담이지만, 제가 이 여자랑 가정을 꾸린 건지, 소꿉놀이를 하는 건지 모르겠다는 생각이 들 때도 참 많았습니다.

그랬던 아내가 엄마가 되고, 또 제가 아빠가 된다는 게 저는 무척 신기하게 와닿았습니다. 난 아직 어린아이 같은데, 우린 아직 세상을 모르는데, 갑자기 부모가 된다는 게 너무 현실적이지 않은 느낌이 드는 겁니다. 그러니까 처음으로 산부인과를 방문한 날 아들의 심장 소리를 들었을 때, 아내의 배를 툭툭 차는 아들의 태동을 느꼈을 때… 죄송합니다."

왈칵 쏟아지는 눈물을 참기 어려웠는지, 한참 동안 그는 가만히 앉아 있었다. 떨어지는 눈물을 손등으로 훔치는 그의 모습을 보고 있는 것이 너무나 고통스러워서 나는 여전히 아무 말도 할 수 없었다.
한참 뒤 그가 입을 열었다.

"저는 정말 세상 무서운 줄 모르고 살았거든요. 딱히 사고를 치거나 불량스러운 학창 시절을 보낸 건 아닙니다. 그냥, 젊다는 이유만으로 겁 없이 살아온 거죠. 젊은데 두려울 게 뭐가 있겠습니까? 남자가 칼을 뽑았으면 썩은 무라도 잘라봐야 하는 거 아니냐, 하는 말도 있는 것처럼 무모한 도전도 해보고, 이런저런 시도도 많이 해봤습니다. 그만큼 열심히 살았다는 증거겠지요. 실패도 많이 경험해보고요. 그래서 그런지 모르겠는데, 저는 죽음이 두렵지 않았습니다. 그냥 그랬던 것 같아요. 사람이 한 번 죽지 두 번 죽냐, 그리고 사람은 그렇게 쉽게 죽는 게 아니다, 하면서 젊은 시절을 보낸 겁니다. 그럴 만한 경험도 있었고요(이후 꿈속에서 아들과 함께한 날들을 이야기하면서, 그는 죽음을 두려워하지 않게 된 계기에 대해서 이야기해 주었다.). 아들이 태어나더라도 그런가 보다, 하고 생각할 줄 알았어요. 아들아, 아빠는 먼저 하늘나라에 가 있을 테니 조만간 만나자. 안녕. 아버지가 되기 전만 하더라도, 저에게 죽음은 그런 세계였습니다.

그러다 산부인과에서 아들의 심장 소리를 듣는 순간, 정말 처음으로 죽음이 두려워지기 시작했습니다. 그 느낌을 말로 어떻게 표현해야 할지 모르겠습니다. 그만큼 저한테 큰 충격을 주었거든요. 내가 세상에 없으면 이 어린 생명은 누구를 의지하면서 살아야 하나, 또 이 생명을 잉태한 내 아내는 누구에게서 보호를 받고 보살핌을 받을까, 하는 생각에 너무 두려운 거예요. 언젠가 그 무렵에 써두었던 일기를 봤어요. 이렇게 써 있더라고요.

'아버지가 되고 나니, 내가 그토록 대수롭지 않게 생각하던 죽음이 비로소 두려움의 세계로 바뀌었다.'

아들의 심장 소리가 얼마나 마음에 크게 와닿았는지 모릅니다. '가족이라는 거, 그게 정말 이렇게 소중한 것이었나? 나도 우리 아버지, 엄마에게 이런 존재였을까? 젊고 패기 넘치는 젊은이였을 아버지가, 아름다운 아가씨였을 우리 엄마가 죽음도 두려워하게 할 만큼 나도 귀중한 존재였을까?' 막 그런 생각들이 파도처럼 밀려오는데, 한참을 가만히 서서 아들의 심장 박동 소리만 들었어요.

의사 선생님한테서 주의 사항 같은 걸 듣긴 했는데, 하나도 들리지가 않더라고요. 아들의 심장 소리가 머릿속에 잔상으로 남아서 계속제 마음을 울리니까 아무것도 보이지도 않고, 들리지도 않는 거예요. 그렇게 반쯤 넋이 나간 채로 아내의 손을 잡고 병원을 나와서 차로 가는데, 문득 어린 시절 아버지 생각이 나더라고요. 목욕탕에서 온탕이 뜨겁다고 우는 저를 안고 손으로 가볍게 물을 끼얹어주시던 아버지의 모습, 할아버지의 무덤 앞에서 눈물을 흘리시던 모습, 학창 시절 제 성적표를 보시고는 한숨을 쉬시던 모습, 그런 아버지의 모습들이 아들의 심장 박동 소리와 겹쳐져서 주마등처럼 스쳐 지나가더라고요. 병원에서 나와서 차로 가는 그 1, 2분 정도의 아주 짧은 시간예요. 그런 생각을 하면서 차로 가는데, 갑자기 눈물이 막 터져 나오더라고요. 그대로 길가에 서서 펑펑 울었습니다. 옆을 지나가는 사람들이 이상한 눈으로 쳐다보는데, 전혀 개의치 않았어요. 다 큰 어른이 길거리에서 펑펑운다는 게 일반적인 건 아니었겠죠. 부모가 된다는 것, 또 아버지가 된다는 것이 그렇게 큰 기쁨이고, 두려움이고, 소망인 줄은 미처 몰랐는데, 그때 처음으로 그런 감정을 느끼게 된 거예요. 아주 복잡미묘한 감정이었지요.

부모님, 아내, 친구들. 모두 제가 무척 사랑하는 사람들입니다. 당연하죠. 근데 자식이란 게 참 신기하더라고요. 어쩌면 평생 사랑할 수 있는 대상을 만난 거잖아요. 어느 순간, 인간의 노력만으로는 결코 마음에서 끊어낼 수 없는 그런 존재를 만났다는 것이 너무 마음에 큰 위안이 되고 소망이 되더라고요. 그때 이후로 죽음에 대해서 조금은 다르게 생각하게 되었던 것 같아요. 내가 죽음을 막연히 두려워만 해야 하는 건가, 세월이 지나면 나라는 사람도 언젠가는 죽을 텐데, 그렇게 죽고 나면 또 다른 생명이 태어나고, 거기에서 또 새로운 즐거움이 생겨나고, 그런 거 아니겠나, 결국 죽음이란 것도 막연히 두려워해야만 하는 세계가 아니라 내 영혼이 육체를 벗어나서 하나님을 만나는 세계일 텐데, 하고요. 여하튼 아들이 생기면서 죽음이 두렵다는 마음이 처음으로 들었는데, 하나님이 우리 가족을 지키고 계시니 그런 두려움들도 능히 이겨낼 수 있겠다는 마음으로, 그런 소망과 위안을 품고 열 달이라는 시간을 보냈던 것 같습니다.

하루는 새벽에 아내가 조용히 저를 깨워요. 새벽 2시나, 3시쯤 되어서요. 캄캄한 어둠이 내려앉은 그 밤에, 아무 소리도 들리지 않는 그 밤에, 가만히 제 손을 아내의 배에 갖다 대는 거예요. 그럼 아들이 툭, 툭 차는 느낌이 나는 겁니다. 그게 너무 신기했어요. 그럼 저는 아내의 배에 입을 갖다 대고 "생명이 여기에 있다, 하나님의 사람이 여기에 있다." 하고 이야기하곤 했습니다. 어떤 날에는 "아들은 엄마 아빠

에게 최고의 선물이야, 엄마 아빠의 소망이고 행복이야." 하고 조용히
속삭여주곤 했습니다. 그렇게 조용히 아들의 이름을 불러보며, 작은
심장이 뛰는 소리를 귀 기울여 들었지요. 아내의 배 속에서 태동하는
아들의 움직임을 느끼고, 또 배에 입을 갖다 대고 아들과 대화를 할 때
면, 그렇게 행복할 수가 없었습니다. 잊을 수 없는 행복인 거죠. 배 속
의 아기가 무슨 말을 할 줄 알겠습니까? 그냥 툭툭 차는 거지요. 그런
데 아무 소리도 들리지 않아도, 아무런 느낌이 없어도, 작게 뛰는 생명
이 배 안에 있다는 것은 사실이니까요. 참 놀라운 사실이고, 진리이고
요. 이 아이도 나와 같은 인간이구나, 나와 같은 심장이 뛰는 생명이구
나. 그 사실이 너무 놀랍고 감사했던 기억이 납니다.

아들은 새벽 3시에 태어났습니다. 세상이 온통 칠흑처럼 어두운 가
운데 태어난 거죠. 진통이 시작된 건 자정을 막 넘긴 시간이었는데, 병
원에 도착해서 이런저런 서류를 작성하고 출산 준비를 하고 나니까
새벽 3시가 되더라고요. 그야말로 칠흑처럼 어두운 때죠. 제 꿈에 나
타난 아들이 저를 데리고 간 것이 바로 그 순간이었어요. 그리고 아들
은⋯."

잠시 호흡을 가다듬은 그가 이야기했다.

"아들은 자기가 태어난 첫해에 제가 경험한 어떤 기억들, 그러니

까 돌이켜 생각해보면 감사했던, 혹은 후회가 되었던 기억들을 하나, 둘 보여주었습니다. 그리고 두 번째, 세 번째, 네 번째, 결국 세상을 떠나기 전까지 제가 경험한 시간들을 하나, 둘 차근차근히 보여주었습니다."

"그렇군요."

"네. 행복했던 기억도 있었고, 참 후회스러운 기억들도 있었습니다. 꿈에 나온 아들이 제 손을 잡고 우리가 함께 보낸 기억들을 차근차근히 보여주었다는 사실만 두고 본다면 감사하고 행복하지만요. 근데 지금도 그게 꿈이었는지, 생시였는지 헷갈릴 정도로 이해가 되지 않는 부분이 있습니다."

"어떤 부분이었나요?"

"그게, 꿈속에서 아들과 함께했던 시간이 총 9일이었다는 겁니다. 물론 단편적으로 경험한 것들이긴 하지만, 함께 그 시간들을 여행하면서 아들의 삶 전체를 돌아보는 시간이 되었다는 겁니다."

"잠시만요. 그러니까 그 9일 동안 9년이라는 시간을, 대성이?(순간 아들의 이름이 떠오르지 않아 잠시 뜸을 들였고, 그는 맞는다는 의미로 고개를 짧게 끄덕거렸다.) 네, 대성이가 세상에 태어나서 세상을 떠날 때까지의 인생을 둘러보았다는 건가요?"

"그렇습니다. 그런데 그게 그냥 주마등 흘러가듯이 둘러본 게 아니라, 꿈속에서 9일 동안 함께했다는 겁니다. 그러니까 여덟 번의 밤을 함께 보냈다는 뜻입니다. 그것도 하룻밤 꿈속에서요. 꿈속에서, 9일을 보낸 겁니다."

꿈은 현실적으로 불가능한 일들을 가능케 한다는 특징이 있다. 꿈에서는 황소를 한 손으로 드는가 하면, 맨발로 우주를 날아다니는 경험도 하지 않은가. 그러나 그의 말은 그런 것과는 조금 달랐다. 꿈속에서 9일을 함께했다는 말은, 꿈속에서 8번이나 아들과 함께 잠자리에 들었다는 의미가 되었다.

심리상담을 하다 보면 이해하지 못하는 것들도 이해해야 하는 경우가 생긴다. 처음에는 쉽지 않았지만 수많은 사람을 접하다 보니 나름의 기준도 생겼다. 우선 내가 경험한 세계가 전부가 아니라는 것, 서로 다른 위치에서 자신만의 삶을 경험한 사람들이 가진 각자의 세계는 그 나름대로 인정받아야 한다는 것, 내가 항상 옳다는 생각 자체를 버려야 다른 사람을 이해할 수 있다는 것이 내가 세운 기준이었다. 상담사마다 다른 기준들이 있겠지만, 좌우지간 이런 기준이 세워져 있어야 오랫동안 번아웃에 빠지지 않고 일을 할 수 있는 힘이 된다.

9년이라는 세월 전체를 아들의 손을 잡고 둘러보았다는 말은 그러려니 했다. 죽음 앞에 서면 자신의 과거가 주마등처럼 흘러간다고들 이야기하지 않던가. 행복했던 순간, 목표로 하던 일에 전심전력을 다해서 도전했던 순간, 감사하고 소망스러웠던 순간들이 찰나의 순간에 마음을 훑고 지나갈 수도 있지 않은가. 그런 면에서 봤을 때 아들과 함께했던 9년의 시간을 꿈속에서 함께 둘러보았다는 말은 전혀 이상하게 들리지 않았다. 그러나 인간은 고작해야 7시간에서 8시간 잠을 잔다. 설령 24시간 잠만 잔다고 하더라도, 그 짧은 시간 동안 8번이나 잠자리에 들었다는 설명 자체가, 나로서는 솔직히 이해가 안 되는 말이었다. 게다가 그는 하룻밤 사이에 아들과 9일이라는 시간을 함께했다고 이야기하고 있었다. 생각이 거기까지 미치자, 그의 말은 어린 나이에 세상을 떠난 아들을 그리워하는 아버지가 지어낸 거짓말이었고, 빈약한 주장에 불과하다고 느껴지기까지 했다. 그의 말이 전혀 앞뒤가 맞지 않는 억지 주장처럼 느껴졌기에 나는 조금 피곤한 상태가 되었다. 하지만 내색하지 않고 조용히 그의 말을 귀 기울여 들었다.

"꿈이었던 건 확실합니다. 그럴 수밖에 없죠. 현실은 엄연히 존재하는 거고, 꿈은 기억에서만 존재하는 거니까요. 무엇보다 잠에서 깨어났을 때, 그게 간밤의 꿈이었구나 하고 정확하게 인식이 되었거든요.

그런데 너무 생생한 꿈이었기 때문에 마음에 계속 남는 겁니다. 오죽
하면 제가 이렇게 상담까지 받으러 왔을까요?"

나는 그의 마음을 십분 이해한다는 듯 고개를 끄덕이며 가만히 그
의 얼굴을 바라보았다.

"이렇게 상담을 받으러 온 게 그저 혼란스럽기만 한 꿈 이야기를 장
황하게 늘어놓고, 사실이 아니었다는 것을 확인하기 위해서만은 아닙
니다. 대성이가 우리와 함께 지냈던 그 9년이라는 시간을 9일 동안, 하
루에 1년인 셈이죠, 밤낮으로 함께하며 둘러보았다는 말도 이해가 안
되시겠지만, 무엇보다 저에게 크게 와닿았던 건 마지막 9일째 되는 날
대성이가 저에게 보여준 어떤 장면이었습니다. 이야기를 다 듣고 나
시면 '대성이가 아빠에게 많은 것들을 보여주고 싶었는가 보다.' 하고
생각하게 되시지 않을까 싶습니다. 그 기억이 너무 생생하거든요."

이야기의 끝을 궁금해할 누군가를 위해 미리 이야기하자면, 나는 그
와 함께했던 상담 기간 동안 참 많은 것들을 얻고 경험했다고 생각한
다. 내담자로서 조우했던 그는 상당히 믿을 만한 사람이었고, 사회를
지탱하고 있는 훌륭한 시민들 중 한 명이었다. 그의 말이 거짓이 아니
었다는 의미다. 그의 이야기는 사실이었고, 어느 것 하나 허투루 지어
낸 말이 아니었음을 미리 밝힌다. 그는 꿈을 통해, 그래서 꿈에서 만난

아들을 통해 새로운 자신을 발견했고, 세상을 살아가는 데 필요한 놀라운 통찰력을 얻었으리라 믿는다. 결국 나는 한 인간의 놀랍도록 처절하고 아름다운 자화상을 발견한 것이었다.

03
첫 번째 날

"아들이 태어나던 순간이 기억납니다. 처음엔 그냥 무덤덤했어요. 제가 눈물도 많고 감정도 상당히 풍부한 편인데, 이상하게 그냥 그렇더라고요. 핏덩어리 아기를 품에 안아 들었는데도 별다른 생각이 없었습니다. 진짜 아기가 태어났구나, 내가 아빠가 되었네, 하는 정도였지요. 그리고 조금은 신기하다는 느낌도 들고요. 돌이켜 생각해보면, 너무 어린 생명인 데다 너무 현실적이지 않은 장면을 목격했기에 그런 느낌이 들지 않았나 싶습니다.

아들의 모습을 보는데, 너무 작은 인간인 겁니다. 그런데 그 안에 코가 있고, 눈이 있고, 입이 있고, 먹고 마시고 소화할 수 있는 모든 장기들이 함께 있는 걸 보니까 너무 신기하더라고요. 무엇보다 놀라운 건 이 생명이 자라나서 인간이 경험할 수 있는 온갖 희로애락을 몸소 체험할 수 있는 사람으로 자란다는 게 너무 신기했습니다. 너무 귀한 생명이라는 것을, 너무 귀한 존재라는 것을 아들이 저에게 보여주고 싶었나 보더라고요.

아들이 태어난 그 순간부터 제가 매일 아들에게 해주었던 말이 있습니다. "대성이는 세계 최고의 아들이야. 대성이는 세상을 변화시키는 훌륭한 리더가 될 거야."라고요. 알아듣는지 못 알아듣는지는 별로 중요하지 않았습니다. 저는 갓 태어난 아기라도 촉감, 느낌, 기운, 공기의 질에 따라서 분위기를 파악할 수 있다는 믿음이 있었습니다. 그런 믿음은 지금도 마찬가지고요. 그래서 아들을 위해 분유를 타서 먹이면서도 아들의 귓가에 대고 "아들은 세계 최고의 아들이야, 훌륭한 리더가 될 거야, 엄마랑 아빠는 대성이가 있어서 세상에서 가장 행복한 사람이 되었어." 하고 이야기하곤 했습니다. 그 모습을 보고 있으니 참 행복하더라고요. 이때로 다시 돌아갈 수 있다면 더 많은 사랑을 베풀어줄 텐데, 하는 마음도 많이 들고요.

언젠가 티브이를 보다가 아들 둘 때문에 힘들어하는 부모님 이야기가 나오더라고요. 무슨 다큐멘터리였나, 그랬을 거예요. 첫째 아들은 중학생인데, 게임중독에 빠져 있었어요. 둘째는 초등학생인데 그렇게 자해를 하는 거예요. 벽에다 머리를 찧고, 온몸을 주먹으로 때리고, 막 그러는 거죠. 아버지가 첫째 아들한테 게임하지 말라고 막 소리치고, 어머니도 첫째 아들 등짝을 때리면서 소리치고, 그럼 첫째 아들은 아버지랑 엄마한테 욕을 하고 대들어요. 그럼 옆에 있던 둘째 아들은 부모님 앞에서 땅바닥에다 머리를 막 쿵쿵 소리를 내면서 찧는 겁니다. 아들을 키우기 전에는 그런 걸 봐도 그냥 무덤덤했습니다. 안타깝죠,

안타까운데, 그냥 남의 이야기처럼 들리니까요. 근데 아들을 키우다 보니까, '저건 아이들의 문제가 아니다.'라는 사실을 단번에 알겠더라고요.

나중에 식사하는 영상을 보니까, 부모님이 식사할 때도 아이들의 자존감을 그렇게 많이 깎아내려요. "이 새끼는 제대로 할 줄 아는 게 아무것도 없어!" 하고 소리치는 것부터 시작해서 "집도 없고 부모도 없어봐야 정신을 차리지!" 하고 소리치질 않나, "옆집 누구는 알아서 다 잘하는데, 애네는 툭하면 돈 달라고 난리야." 하고 무시하지 않나. 너무 안타까운 겁니다. 가족이라면 따뜻한 사랑이 오가야 되는데, 그게 전혀 안 되는 거예요. 희망도 나누고 소망도 나누면서 대화로 모든 문제를 풀어나가야 하는 식사 시간이라는 게, 아이들한테는 말할 수 없이 고통스러운 시간이었던 거죠.

그걸 보면서 제가 가족이라는 단어를 다시 재정의하게 됐습니다. '아, 가족이란 건 마냥 용기만 주는 사람들이 아닐 수도 있구나, 어쩌면 가족이라는 이름으로 슬픔과 실망만 안겨주는 사람들일 수도 있겠구나.' 하고요.

자네 말로는 나의 어머니가 내가 일자리를 갖기를 원한다는 얘긴데, 그 말을 들으니 웃음이 나오는군. 그러면 지금은 내가 일을 하고 있지 않다는 말인가? 내가 완두콩을 세나 강낭콩을 세나 그게 뭐 그리 큰 차이가 있는가? 인간사는 결국 다 속임수에 지나지 않네. 자신의 열정이나 욕구에서 우러나는 것도 아닌데 다른 사람들이 그렇게 해주기를

바란다고 해서 돈이나 명예, 그 밖의 다른 것들을 얻으려고 뼈 빠지게
일을 하는 사람은 언제나 바보일세.
- [젊은 베르테르의 슬픔], p.73, 괴테, 펭귄클래식

그래서 그런지 모르겠는데, 저는 어릴 때부터 사랑을 듬뿍 주는 아
버지, 남편이 되어야겠다고 늘 생각했던 것 같아요. 아들이 생기고 나
니까 더 그런 마음이 들었을 수도 있겠죠. 아버지니까 혼을 내야 할 때
도 있고, 야단을 쳐야 할 때도 있겠지만, 무엇보다 사랑을 듬뿍 주는
아버지로 살고 싶다, 하는 뭐 그런 생각이요.

사실 그런 생각이 당연한 건 아니잖아요. 가끔 제가 대성이를 만났
던 그 시간들이, 그 행복한 순간들이 내게 주어진 당연한 선물이었던
가, 하는 생각을 할 때가 있습니다. 그럴 때마다 '아니다, 그건 당연하
지 않은 선물이었다.'라고 스스로에게 이야기합니다. 인생에 당연한
게 어디 있습니까? 햇빛, 공기, 깨끗한 물, 건강한 영혼, 그 모든 것들이
사실 당연하다고 할 수는 없는 거잖아요. 선택권이 주어지는 건 어디
까지나 노력에 의한 결과 정도밖에 없는 거고요.

아들이 태어난 지 50일이 되던 날에는 작은 케이크를 하나 사서 아
들의 50일을 축하해 주었습니다. 그날 찍은 가족사진이 제 서재 책꽂
이에 있습니다. 꿈속에서 아들과 함께 그 사진을 보면서 참 많은 눈물
을 흘렸던 기억이 납니다. 아들이 태어난 지 50일이 되어서 흘린 기쁨

의 눈물이었다는 의미도 있지만, 다른 의미의 눈물도 있었습니다.

아들이 태어나기 3개월 전, 그러니까 아내가 임신 7개월 때 하던 사업이 잘 안 풀렸거든요. 그달에 번 돈이 이전 소득의 절반도 채 안 되었던 것으로 기억합니다. 3개월만 있으면 아들이 태어나는데, 출산하는 아내의 배를 끌어안고 얼마나 울었는지 모릅니다. 언젠가 아내가 "오빠가 막 울던 그때 모습을 생각하면 나도 지금 눈물이 날 것 같아."라고 이야기한 기억이 생생해요.

그리고 한동안 막노동을 다녔습니다. 사업이 정상궤도로 올라오기까지는 시간이 필요할 것 같기도 하고, 어영부영 시간만 보내기보다는 당장 먹고 살 돈이라도 벌어와야겠다는 생각에 무작정 인력사무실로 나간 거죠. 오랫동안 현장에서 막노동을 한 분들도 그날그날 일거리를 구해야 하는 인력사무소에서 나 같은 사람을 써주겠나, 하는 생각도 들었는데, 뭐 방법이 없으니까요. 아내의 출산은 가까워 오고, 일당은 벌어야 되고, 참 어려운 시간이었습니다.

그때 책을 참 많이 읽었습니다. 그냥 좋은 습관이어서 읽었다기보다는, 제 이야기 들어보니까 아시겠죠?(나는 고개를 끄덕였다.) 그때는 책을 안 읽으면 안 되겠더라고요. 뭐 어떻게 해서든지 이 상황을 타개하고 벗어나야 한다, 싶으니까 닥치는 대로 책을 읽었습니다. 대하소설도 읽고, 장편소설도 읽고, 유명한 자기계발서도 많이 읽어보고요. 그때 「위대한 개츠비great gatsby」를, 진짜 태어나서 처음으로 정독해봤어요. 얼마나 유명한 책입니까? 근데 처음 제대로 한번 읽어본 거예요. 전에는 그냥 좋은 책이라고만 느꼈었는데, 상황이 말도 안 될 정도로 힘든 쪽으로 흘러가다 보니까 그 인물상에 저를 막 비춰보게 되더라고요. 그렇게 제 상황을 비춰서 차근차근히 읽어가다 보니까, 너무너무 와닿는 게 많은 겁니다. 선생님은 혹시 읽어보셨습니까?"

"예, 읽어봤습니다."

"느낌이 좀 어떠셨나요?"

"재밌게 읽긴 했습니다. 제가 좀 보수적인 편이기도 하고, 유부녀와 삼각관계에 얽힌 젊은 남자의 사랑 이야기? 정도로 느껴져서, 이질적이라는 느낌을 좀 받긴 했습니다."

"그러셨군요."

그는 짧게 헛기침을 하고 난 뒤 이야기를 이어나갔다.

"아들과 아내가 저한테는 그런 존재였습니다. 누군들 안 그러겠느냐만, 저한테 있어서 가족은 내 인생을 한번 걸어볼 만한 사람들이었던 거죠. 물론 아내는 책 속에 나오는 여자주인공(여자주인공의 이름은 데이지였다.)처럼 부박浮薄한 영혼을 가진 사람은 아니었습니다. 말씀드렸던 것처럼 아주 재밌고 괜찮은 사람이었어요. 그런 거랑 별개로 그 책이 마음에 남았던 이유는, 인생이 참 덧없다는 걸 알게 해준 책이었기 때문입니다. 겸손, 품위, 열정 같은 단어를 모두 담으면 개츠비라는 인물이 만들어지잖아요. 비유하자면, 그 개츠비가 저한테는 가족이면서, 그 가족과 함께하고 있는 저인 거예요. 근데 거기에 부박함, 천박함, 어리석음, 영혼의 파괴 같은 단어를 담으면 여자주인공이 만들어지는 겁니다. 그 여자는 물질만능주의를 의미하는 세상인 거죠. 이미 모든 것을 가지고 있는데도 어떻게든 그 여자의 인정을 받기 위해서 아등바등 살아보려고 하고, 쩔쩔매고, 하는 그 모습이 참… 당시 저한테는, 그런 여자를 사랑하는 남자의 이야기가 그냥 제 인생 이야기처럼 느껴지더라고요. 나는 그렇게 아등바등 살아가고 있지 않나, 싶은 거예요.

반면에 이런 생각도 해보는 거예요. '저 사람의 지고지순至高至順한 저 사랑은 어디에서 비롯된 걸까? 그냥 책만 봐서는 몇 번 만나서 사랑을 나누고 이야기를 나눠본 것뿐인 듯한데, 어쩜 저렇게 깊은 사랑에 빠질 수 있지?' 하고요. 살다 보면 갈림길에 서는 때가 오잖아요. 어떤 결정적인 순간 같은 거요. 그때 인간은 누구나 자신에게 유리한 선택을 하지 않습니까? 인간이니까요. 그때 어떤 마음을 갖고, 어떤 열정을 갖고 있는지에 따라서 올바른 선택을 할 수 있느냐, 없느냐가 결정된다는 점에서 가족이라는 게 큰 기준이 되는 게 아닌가 생각합니다. 혼자 살 것 같으면 힘든 일을 뭐 하러 하겠어요? 나 좋은 일만 하면 되죠. 근데 가족이 생기면 그럴 수 없잖아요. 더러워도 참고, 견디고, 인내하고. 그 선택으로 인해서 내가 받는 고통이나 인내해야 하는 시간들 때문에 삶의 상당수가 사라지고 무너져 내린다고 해도, 그런 과정을 통해서 전에 없던 단단한 마음의 그릇이 만들어지는 거 아니겠습니까? 근데 그건 가족이라서 가능한 거고, 이 사람은 가족도 아닌데, 어떻게 저런 선택을 할 수 있을까? 이 여자가 뭐라고 저렇게 순애적 사랑을 품고 평생을 사나. 그리고 열정적으로 살고. 정말 책 이름 너무 잘 지었다, 진짜 위대한 인간상이란 이런 거다, 하는 생각을 하면서 책을 읽었습니다.

또 여자주인공이랑 마지막에 도망가는 톰Tom이라는 인물이 등장하잖아요. 개츠비 말고 실제 남편이요. 아주 탐욕적이고, 거만하고, 도덕적인 면이라고는 찾아볼 수 없는 사람인데, 반면에 엄청난 부자로 나오죠. 극 중에서 인간의 탐욕을 보여주는 인물로 나오잖아요. 저는 어떤 면에서 '내가 톰과 같은 성향을 지닌 사람인 것 같기도 하다.'라고 생각하는 동시에, '나도 개츠비와 같은 남자가 되고 싶다.'라는 생각도 했었습니다. 무슨 대단히 어려운 깨달음 같은 걸 느낀 건 아니고요. 그냥, 멋있잖아요. 여자 때문에 고생은 좀 해도 좋은 집에서 떵떵거리면서 살고, 열심히 일하면서 부자도 되어 봤고. 지금 생각해보면 그냥 지나간 시간인데, 당시에는 하는 일들이 너무 안 풀리다 보니까 책을 한 권 읽어도 꼭 깊게 감정이입이 되고 그랬습니다. 그렇다 보니까, 그냥 제 인생을 그 책에 나오는 주인공들에게 대입해 보는 거죠. 「위대한 개츠비great gatsby」도 그랬고, 「오디세이아Odyssey」라고, 호메로스Homer라는 시인이 쓴 옛날 고전이 있습니다. 그 책도 그랬고, 「모비딕Mobydick」에 나오는 이스마엘Ismael도 꼭 제 인생 이야기 같았고요.

그 무렵, 하루는 꿈에 아버지가 나오셨어요. 꿈에서 여름휴가를 같이 가자고 하시더라고요. '어디로 가시게요?' 하고 물었더니, '리조트 예약해둘 테니 가자.'라고 하셨어요. 아버지의 그 말씀을 들으면서 꿈에서 펑펑 울다가 새벽에 잠이 깼던 기억이 납니다. 아들이 태어나기 앞서 몇 년 전에 아버지랑 여름휴가를 같이 간 적이 있었어요. 그때는 정말 더 힘들 때였거든요. 근데 아버지는 아무것도 묻지도 않으시고, 저랑 아내를 위해서, 진짜 모든 것을 준비하셨어요. 아들이 태어나기 훨씬 전에 있었던 일이에요. 그해 여름에는 정말 편안한 마음으로 부모님과 함께 시간을 보냈거든요. 아버지의 사랑을 크게 느낄 수 있었던 시간이었습니다. 근데 그게 꿈에 나온 거예요. 대성이가 태어난 지 얼마 안 되었을 무렵에요.

아버지한테 아들이 태어났다는 말씀을 드렸을 때, 딱히 별말씀이 없으셨거든요. 그냥 수고했다, 한마디만 하시더라고요. 옛날분들이 그렇 잖아요. 마음을 표현하는 데 서툴고, 말수도 별로 없으시고. 이런저런 이야기하면서 웃고 떠드는 것도 어려워하시고요. 근데 나중에 어머니 한테 들은 이야기였는데, 할아버지 산소에 다녀오셨다고 이야기를 하 시는 거예요. 제가 9살 때 아버지가 서른다섯이 되셨는데, 아들이 태 어난 해에 제가 서른다섯이 되었거든요. 아버지는 서른다섯에 아버지 를 잃으셨고, 저는 서른다섯에 아버지가 된 거죠. 음, 이런 감정을 어 떻게 설명해야 될지 모르겠는데….”

그는 턱을 괴고 책상을 바라보며 한참을 잠자코 있었다. 아버지를 잃은 아버지, 그 아버지의 나이가 된 자신이 비로소 아버지가 된 것의 감동을 말로 표현하기 위해 한참을 잠자코 앉아 있었다. 그의 모습을 바라보며, 나는 그가 하고자 하는 이야기가 어떤 숨결의 흐름을 따라 이동하여 하나의 언어로 변화할지 사뭇 궁금해졌다. 한참 동안 책상 을 바라보던 그가 조용히 입을 열었다.

“할아버지가 돌아가시던 날, 아버지가 우시는 모습을 처음 봤습니 다. 아버지가 운다, 어른이 운다, 그건 참 설명하기 어려운 감정이었습 니다. 뭐, 그렇잖아요. 어른이 운다는 건 상상도 못 해봤으니까요. 근 데 손등으로 눈물을 훔치면서 우시는 아버지 모습이 지금도 생생합니 다. 30년도 훨씬 지난 일인데도요. 저도 참 많이 울었는데, 솔직히 두 번 다시 할아버지를 볼 수 없다는 생각에 울었다기보다는, 아버지가 우는다는 게 너무 어색하고, 그 장면이 너무 이해가 되지 않아서 울었던 것 같습니다. 그 느낌이 정말 생생합니다.

아버지가 장손이셨어요. 육 남매, 그러니까 4남 2녀의 첫째 아들이셨어요. 삼촌 세 분이랑 고모 두 분이 계시는데 제일 큰 형님이셨고, 큰오빠였던 거죠. 어린 시절을 돌이켜 생각해보면 삼촌 세 분이랑 고모 두 분이 아버지 말씀에 가타부타 트집을 잡는 모습을 본 기억이 없습니다. 뭐 옛날분들이라서 그런 것도 있겠지만, 저는 그게 참 당연했거든요. 아버지 말씀에 늘 순종하시는 모습, 아버지 말씀에 '예, 형님 알겠습니다', 혹은 '오빠가 하시면 따라갈게요.' 하고 고개를 숙이시던 삼촌들과 고모들에게 지금도 고마운 마음을 갖고 있습니다.

제가 초등학교 3학년? 4학년 무렵으로 기억하고 있는데요. 아마 명절이었을 거예요. 온 가족이 모인 날이었는데, 저에게 큰아버지, 그러니까 첫째 삼촌이랑 아버지가 장기將棋를 두셨어요. 아버지에게 첫 동생인 거죠. 삼촌은 요즘 말로 범생이셨어요. 공부를 꽤 잘하셨고, 좋은 대학에 들어가셨고, 대기업에 입사하셔서 지금까지 근무하고 계시거든요. 아주 크게 성공하신 건 아니지만, 요즘 시대에 대기업 부장 정도면 나쁘지 않잖아요. 사촌 동생들도 다 잘 컸고요.

저희 아버지는 고졸이시거든요. 언젠가 아버지한테 "아버지는 왜 대학을 안 가셨어요?" 하고 여쭤본 적이 있어요. 그냥 여쭤본 거예요, 별 뜻 없이. 그때 아버지가 "삼촌들이랑 고모들 공부시켜야 해서 안 갔다." 하고 웃으면서 말씀하신 기억이 납니다. 아버지가 학생이셨던 옛날만 하더라도 나라 경제가 어려우니까 대학 안 가는 게 당연한 거였죠. 저도 별생각은 없었어요. 그렇구나, 했죠. 그냥 아버지가 맏이셨으니까 당연히 감당해내야 되는, 아버지로서는 당연한 선택이었겠구나, 정도라고 생각한 겁니다. 흠이 될 것도 아니고요. 학벌, 그거 뭐 별로 중요한 거 아니잖아요. 살아보니 능력치라는 게 대학물 먹는다고 해서 크게 달라지는 것도 아니고, 살면서 터득한 다양한 지혜나 풍부한 감성, 아니면 인지능력이랄까, 뭐 그런 거로 성장하고 성공하고 그러잖아요.

근데 솔직히 말해서, 진짜, 진짜 솔직히 말해서, 저는 그 장기에서 삼촌이 이기실 거라고 생각한 거예요. 어렸으니까, 어린 마음에 '삼촌은 공부 잘하니까 아버지보다 장기 잘 두시겠지', 뭐 그렇게 생각한 거예요. 그럴 수 있잖아요. 보이는 게 그거니까 그렇게 생각한 거죠. 근데 아버지가 그 장기에서 삼촌을 이기신 거예요. 30년도 더 지난 이야기거든요. 그냥 장기 한 판 두고 아버지가 삼촌을 이겼다, 이 정도 이야기에 불과한데, 제가 이 장면을 기억하는 이유가 있습니다. 한참 장기를 두다가 삼촌이 아버지에게 이렇게 이야기하시는 거예요.

"형님, 제가 졌습니다."

저는 그 말이 지금도 생생하게 기억이 나거든요. '형님, 제가 졌습니다.' 그 말이, 어린 마음에 저한테 너무 크게 들리더라고요. 그 말씀 속에 아버지를 대하는 삼촌들과 고모들의 마음이 다 들어 있는 거예요. 공부도 잘하고, 좋은 대학도 나오고, 좋은 직장에도 다니는 삼촌, 저에게는 어렵고 퉁명스럽고 나이가 들도록 가까워지지 못한 그런 존재였던 아버지에게 '형님, 제가 졌습니다.'라고 이야기하신 게, 저도 어른이 되고 아버지가 되어 보니까 너무 많이 생각나는 거예요. '우리 아버지가 이런 분이셨구나, 아버지는 나보다 나은 분이셨네.' 하는 생각이 너무 많이 나는 겁니다.

아버지는 맏이로 평생을 살아오셨는데, 엄마는 5남매의 막내셨어요. 한 집안의 큰 형님이 처갓집에서는 막내 사위인 거예요. 그리고 저희가(저는 여동생이 하나 있습니다.) 어릴 때는 처갓집의 방 한 칸을 같이 썼어요. 저한테는 외할아버지, 외할머니가 계시는 외갓집인 거죠. 시골에서 평생을 살아오신 아버지가 엄마랑 결혼하셨는데, 아버지도 젊은 나이에 엄마랑 결혼하셨고, 동생들 공부시켜야 되고, 뒤치다꺼리도 해야 하고, 그렇다 보니 집 장만을 못 하셨던 것 같아요, 지금 돌이켜 생각해보면요. 그때는 다들 어려웠잖아요. 그 시절에 처갓집의 빈방 하나를 같이 쓴 겁니다. 제가 초등학교에 들어가던 해였던가, 그럴 거예요. 그때까지 단칸방에서 살았던 거로 기억합니다.

할아버지가 사과 농사를 하셨어요. 엄마 말씀으로는 할아버지가 제
법 농사를 크게 하셨다고 하더라고요. 아버지도 고등학교를 졸업하고
할아버지의 뒤를 이어 사과 농사를 해야겠다, 생각하셨을 거고요. 그
러다 할아버지께서 돌아가셨는데, 폐암으로 돌아가셨거든요. 지금도
암이라고 하면 죽을병이라고 하는데, 당시에는 뭐, 투병 때문에 농사
짓던 땅을 팔아서 병원비를 내야 하는 상황이었던 모양이에요. 방법
이 없잖아요. 맏이인 데다 결혼하고 몇 년 안 지나서 할아버지가 폐암
으로 드러누우시게 되고, 땅 팔아서 병원비를 냈으니 논이고 밭이고
다 없어지고요.

결혼은 했죠, 저랑 동생은 태어났죠, 그 상황에서 밭도 팔고, 논도
팔고, 아무것도 없는 상황이 되어 버렸으니 얼마나 난감하셨을까 싶은
거예요. 아버지가 젊으셨을 때는 운동을 하셨거든요. 탁구선수로 활동
하셨습니다. 그러니까 아버지도 사업이나 장사에 대해서는 전혀 모르
셨던 거죠. 그러다 운동을 정리하시고, 나중에 공무원 시험을 쳐서 공
무원이 되시고, 공무원으로 정년퇴직하셨지만, 그때만 하더라도 공무
원 합격 전이라서 직장도 없는 상황이셨고요. 할 수 없이 몇 년간 처갓
집에서, 이런 표현이 맞는지 모르겠는데, 일종의 더부살이까지 하셨어
야 했으니, 여러모로 마음고생이 많은 시기였지 않았을까 생각합니다.

단칸방, 그러니까 진짜 단칸방인데, 한 3평? 정도 될 거예요. 그 단칸방에 작은 부엌이 하나 딸려 있었어요. 부엌에서 엄마가 요리하시다 보면 쥐가 엄마 발을 밟고 지나가고, 그랬나 보더라고요. 작은 뱀도 나오고요. 하여간 그땐 그랬습니다. 그래서 아버지가 엄마랑 같이 요리도 하고, 설거지도 하시던 모습이 기억나요. 그 작은 방에서 저랑, 여동생이랑, 엄마, 아버지랑 살았는데, 그 작고 허름한 외갓집이 참 좋았던 기억이 납니다. 어릴 때라서 그런지 모르겠는데 꽤 많은 추억이 있어요.

그리고 옮긴 게 방이 2개 있는 사글세 집이었습니다. 초등학교 동창 친구네 집이랑 붙어 있는 사글세 집이었는데, 외갓집에서 살던 그 단칸방이 두 개 붙어 있는 집이라고 생각하면 되지 싶어요. 그냥 그렇게 작은 방이 두 개 있고, 작은 부엌이 있는 집이었습니다.

그 당시에 저희가 살던 집이 사글세라고 말씀드렸잖아요. 근데 그 집 바로 앞에, 아주 허물어져 가는 가건물 같은 집이 하나 있었어요. 거기에 할아버지, 할머니랑 같이 사는 친구가 하나 있었습니다. 초등학교 동창이었는데요. 아버지는 돌아가셨고, 어머니는 무슨 사정이 있어서 도망을 다니셨던 분으로 기억합니다. 이유는 잘 모르겠습니다. 그 친구도 엄마를 한 번 봤다고 하더라고요. 살면서요.

하루는 저희가 세 들어 살던 집, 그 집에 있던 친구가 롤러스케이트를 신고 왔어요. 그때만 하더라도 롤러스케이트가 되게 신기한 물건이었거든요. 그렇지 않겠습니까? 1990년대 초반에는 뭐든 신기하던 때였잖아요. 휴대폰도 없었고, 좋은 차도 없는 시대였고요. 그때 그 친구가 타고 다니는 롤러스케이트가 그렇게 멋있어 보이는 겁니다. 어린 마음에 나도 갖고 싶다, 하는 생각이 들어서 아버지를 졸라야겠다 싶었어요. 그날따라 아버지가 좀 늦게 오셨어요. 지금 생각해보면 무슨 회식이나 뭐 그런 거로 늦으셨던 것 같은데, 씻지도 않고 주무셨던 기억이 나요. 뭐 그러거나 말거나, 주무시는 아버지 귀에 대고 이야기했죠. "아빠, 현수 롤러스케이트 타고 다니는데, 저도 롤러스케이트 사주세요." 하고요. 그러니까 아버지가 "응." 하시는 거예요.

잠에 취한 목소리로요. 그리고 다음 날인가, 이틀 뒤엔가 퇴근길에 롤러스케이트를 사서 오신 거예요. 제 거랑 동생 거랑 두 개를요.

그때 제가 초등학교 2학년이었거든요. 근데 그 순간이, 아버지가 "응." 하고 대답하시던 장면이 생생하게 기억이 나요. 어떻게 설명을 드려야 될지 모르겠는데, 아버지는 내가 원하는 거라면 다 들어줄 수 있는 분이구나, 아버지는 내가 기뻐하는 거라면 뭐든지 해주실 수 있는 분이구나, 뭐 그런 마음이 드는 거예요. 그러니까 이런 거죠. 아버지는 초능력자, 슈퍼맨, 뭐든지 다 할 수 있는 사람, 뭐 그런 생각 있잖아요. 걱정이나 근심 같은 게 전혀 없는, 그런 분으로 아버지를 생각한 거예요. 초등학교 2학년이 할 만한 생각이라고 하기엔 좀 그렇죠. 근데 저는 그랬거든요. 성인처럼 표현력이 좋지 않고 어휘력도 부족하다 보니까 당시에 그런 마음들을 표현은 못 했지만, 아주 오랜 시간이 지난 지금 돌이켜 봐도 그때 가졌던 기억이 너무나 생생한 거예요. 그 이후에 한 1, 2년 더 살다가 작은 아파트로 이사를 가서 결혼하기 전까지 부모님이랑 같이 살았습니다.

당시 부모님과 저희가 세 들어 살던 그 주인집 아들이 친구였는데, 그 친구는 지금 의사가 됐습니다. 저는 그냥 보시다시피 평범한 사람이 됐고요. 뭐, 자식 잃고 맨날 술이나 마시면서 사는 게 평범일 수는 없지만, 굳이 표현하자면 말이죠. 근데 그 바로 앞 허름한 집에서 살던 친구는 패션 디자이너가 됐어요. 참 신기하더라고요. 어릴 때였고, 또 같은 공간에 있다 보면 다 비슷비슷한 대화를 나누고 살잖아요. 그래서 저희는 맨날 같이 신나게 놀러 다니고 그랬거든요. 근데 지금 생각해보면 그 친구가 너무 어렵게 산 거예요. 부모님은 안 계시죠, 할머니 할아버지랑 살죠, 집은 허물어져 가는 가건물 비슷하죠. 비라도 오면 그렇게 난리가 나는 집이었거든요. 또 웬걸, 그 할아버지는 저희가 초등학교 3학년 들어가기 전에 돌아가셨어요. 그 친구는 한 살 터울 형도 하나 있었는데, 그러니까 연로하신 할머니가 송아지만 한 손자 둘을 성인이 될 때까지 혼자 키우신 거예요. 집안이 그러니 좋은 옷을 입을 수도 없고, 좋은 음식을 먹을 수도 없었겠죠. 그냥 산다고 사는 거예요. 근데 어른이 되고 나니까 이 친구가 꽤 유명한 패션 디자이너가 되어 있더라고요. 지금은 뭐, 패션쇼니 뭐니 해서 외국도 나가고 하는 모양이던데, 그런 게 부럽다기보다는, '사람의 운명이란 게 환경의 영향만을 받는 건 결코 아닐 수도 있겠구나.' 싶은 생각이 드는 거예요.

저희 친할아버지가 돌아가시던 때가 그 무렵이었어요. 한참 잠을 자고 있는데, 아버지가 깨우시더라고요. 창밖을 봤는데 밤인 거예요. '아직 밤인데, 무슨 일일까?' 하고 생각하던 기억이 납니다. 뭐, 차에 타자마자 잠이 들었죠. 그렇게 한참을 가는데, 어느 순간 익숙한 느낌이 나는 거예요. 시골길이다 보니 차가 덜컹덜컹하는데 '어? 여기 할아버지 집 가는 길인데?' 싶은 겁니다. 친할아버지 댁이 시골이었거든요. 그렇게 도착했는데, 한 번씩 아버지 차 타고 할아버지 뵈러 가면 배꼽인사 하는 동네 어르신들이 전부 흰 옷을 입고 계신 거예요. 그때, 큰방에서 흰 천을 덮고 계시는 할아버지가 보이더라고요. 아버지도 우시고, 저도 울고, 그때 할머니랑 삼촌분들이랑 고모가 아버지랑 저를 부둥켜안고 막 우시고 그랬던 게 기억이 나요. 음, 아버지가 산소에 다녀오셨다는 이야기를 하려고 하다 보니까 이야기가 샛길로 좀 빠진 것 같은데, 죄송합니다."

"아닙니다, 괜찮습니다."

나는 손사래를 쳤고, 그는 나의 가벼운 호의에 고맙다는 듯, 또한 진심으로 미안하다는 듯한 미소를 지으며 다시 이야기를 이어나갔다.

"결혼하고, 또 아들이 태어나고 보니까 '그때 당시 아버지는 어떤 심정이셨을까?' 하고 생각해보게 되더라고요. 육 남매의 첫째 아들, 막내 사위, 처가살이, 서른 중반에 아버지를 떠나보낸 젊은 아버지, 어린 아들과 딸을 키워야 하는 신임 공무원. 어쩌면 아버지였기 때문에 견뎌내야 하는, 또 아버지였기에 견뎌낼 수 있었던 시간들이 아니었을까 싶었습니다. 아들이 태어나고 돌이 지나고, 뭐 그러다 보니 그런 마음들이 더 많이 보였던 것 같아요.

제 친할아버지가 돌아가실 때 아버지가 34살? 35살? 정도 되셨어요. 지금 저보다 젊은 나이에 아버지를 떠나보내신 거예요. 그때는 이해를 못 했는데, 그때부터 아버지는 아주 큰 짐을 지고 평생을 사셨던 거죠. 이제 대학 졸업하고 사회생활 시작한 동생도 있고, 아직 대학생이던 삼촌도 있고, 스물서너 살의 여동생도 있는데 아버지가 그 모든 상황을 다 짊어지고 사셔야 했던 거예요. 남자 나이 서른다섯이 어린 나이는 아니지만, 너무 젊은 나이에 큰 짐을 지는 어른이 되어 버리신 거죠.

근데 저도 그 무렵에 그렇게 고생을 많이 했습니다. 사업해보겠다고 이리저리 돌아다니다가 돈만 다 까먹고, 운 좋게 다른 회사에 취직을 했다, 싶었는데 얼마 안 지나서 회사가 망하는 바람에 졸지에 백수가 되고. 뭐 그렇더라고요, 그때는요. 지금은 웃으면서 이야기할 수 있고, 지나가는 과정이었다고 이야기할 수 있는데, 당시에는 고향에 가는 길이 늘 지옥 같았어요. 갈 때마다 빈손이잖아요. 누구는 어버이날에 외제 차를 선물해드린다고 하고, 누구는 용돈을 몇백만 원씩 드린다고 하는데, 저는 뭐, 아무것도 없는 거예요. 싸구려 건강식품 하나 달랑 들고 가면 잘 가는 거고, 아니면 그냥 빈손인 거예요. 어쩌다 양말이나 두어 켤레 박스에 담긴 선물세트 들고 가고.

근데 부모 마음이라는 게 참 신기하죠. 고향에 갈 때마다 "이런 걸 뭐 하러 사오냐?" 하시는 거예요. 저도 그렇더라고요. 말도 못하는 아들이 그저 누워서 옹알거리는 것만 봐도 예쁘고 사랑스러운데, 나중에 좀 자라서 어린이집이나 유치원에서 색종이로 뭐 만들어오고 그러면, 그게 그렇게 예쁘고 좋은 거예요. 대단한 걸 만드는 것도 아닌데, 이 녀석이 이렇게 잘 자라고 있구나, 하는 걸 느끼다 보면 그게 그렇게 행복한 겁니다. 저희 부모님도 그러셨거든요. 용돈도 제대로 못 드리고, 명절이나 어버이날 때 제대로 된 선물 하나 제대로 못 드렸는데도, 전혀 실망하는 내색을 보이지 않으셨어요. 그저 전화를 끊을 때마다 '어깨 펴고 당당하게 다녀야 된다.' 하고 말씀하셨죠.

오래전 일이라서 아주 자세하게 기억은 안 나지만, 꿈에서 그렇게 펑펑 울었던 이유도 아버지가 생각나서 그랬던 건지도 모르겠습니다.

꿈은 현실과 다르게 시간이 지나면 빠른 속도로 희석되어 버린다는 특징이 있지 않습니까? 그런데도 말로 설명하기 어려운 슬픔이 아직 내 마음 깊은 곳에 자리 잡고 있구나, 하는 것을 발견한 게 그때였습니다. '이런 나도 아버지가 될 수 있을까? 나는 아직까지 아버지의 아들 같은데, 내가 아버지의 자격이 있는 사람일까?' 뭐 그런 생각을 많이 했던 것 같아요. 다만 확실한 것은, 자식을 사랑하는 부모의 마음은 돈을 주고 살 수 없다는 걸 그때 정확하게 알았습니다. 저는 제 모습을 잘 알잖아요. 부족함도 많고, 어리석고, 철도 없는 저 같은 놈이, 아버지에게는 귀한 아들이었던 거죠. 그래서 아버지에게 많은 사랑을 받고 자랐는데, 저도 아버지가 되고 보니까 그 아버지의 마음이 이해가 되더라고요. '나도 내 아들한테 아버지가 나에게 주신 것과 같은 깊은 사랑을 전해줄 수 있을까?' 하는 고민은, 나도 아버지가 된다는 사실 앞에서 조용히 사그라들었습니다.

이야기가 좀 옆으로 샌 것 같은데, 하여튼 노가다를 가서도 최선을 다해서 일했습니다. 돈을 벌어야 했으니까요. 하다못해 쓰레기를 하나 줍는 일도 나서서 했습니다. 어떤 면에서 보면 그런 태도가 저희 아버지를 닮은 것 같아요. 무뚝뚝하고 말수가 적은 분이셨지만 절대 남을 속이는 그런 분이 아니셨습니다. 내가 피해를 봤으면 봤지, 남에게 피해 주지는 않는다, 하는 생활 태도가 몸에 밴 분이셨습니다. 젊은 패기 때문인지, 그런 태도가 좋게 보였는지는 모르겠습니다만, 인력사무실

사장님이 저를 참 좋아해주셨어요. 되도록이면 쉽고, 일당도 더 높은 일을 추천해주셨거든요. 사실 인력사무소를 통해 나가는 노가다 현장이 비슷비슷해 보이지만 그렇지 않습니다. 하는 일은 별로 없는데 일당이 더 높은 일도 있는 반면에, 주야장천 무거운 시멘트만 날라야 하는 일도 있습니다. 피곤해서 일을 못 나가면 사장님한테 전화가 와요. "오늘 나옵니까?" 하고요. 분명히 일을 하려고 인력사무실에 나간 사람들이 있을 텐데, 그 사람들은 다 놔두고 저한테 전화를 주신 거라는 걸 저는 잘 알고 있습니다.

막노동 현장에서 노가다를 하면서 참 많은 생각을 했습니다. 내 인생이 왜 여기까지 왔나, 하는 생각도 들고, 이제 무슨 일을 해야 할까, 하는 고민도 하고요. 지금 돌이켜 생각해보면 그냥 과정에 불과했고, 좋은 경험이었고, 또 나의 부족함을 크게 발견할 수 있는 시기였다고 생각하지만, 막상 현실로 닥치면 그런 생각이 들지 않죠. 정말 너무 어렵고 힘든 시간이었습니다. 곧 있으면 아들이 태어나는데 기저귀 살 돈도 없으면 어떡하나, 분윳값이라도 벌 수 있을까, 하는 두려움에 밤잠을 설치던 기억이 지금도 생생합니다.

근데, 아들이 태어나기 전만 하더라도 그런 걱정들이 참 마음을 많이 옭아매고 두려움에 떨게 했는데, 아들이 태어나고 난 뒤로는 한 번도 그런 걱정을 해본 적이 없었습니다. 걱정할 필요가 없더라고요. '아들이 태어나면서부터 사업이 잘 풀렸다'거나, '놀랍게도 그때그때마다 필요한 돈이 만들어지기 시작했다'라는 식의 기적이나 영화 같은 이야기를 말씀드리려는 건 아닙니다. 아들이 태어난 순간부터 아내와 제 마음에는 '이 아이를 위해서라면 어떤 것도 두려워해서는 안 된다.'라는 마음이 자연스럽게 생긴 겁니다. 그게 참 신기하더라고요. 어지간해서는 두려운 마음이 생기지 않는 겁니다. 부모가 자식을 위해서라면 못 할 게 뭐가 있겠습니까? 불구덩이라도 들어가라면 들어가야지요.

아들이 세상을 떠난 뒤로 흰머리가 많이 생기긴 했는데, 그전에는 흰머리가 별로 없었습니다. 아내가 어쩌다 한두 가닥씩 뽑아줄 정도였거든요. 언젠가 아내가 "내일모레면 마흔인데, 새치가 없네. 신기해." 하고 이야기한 적도 있어요. 별다른 이유는 없는데, 걱정을 별로 안 해서 그렇습니다. 꽤 단순하고요. 근데 학창 시절이랑 20대 때는 새치가 많았습니다. 학창 시절이 많이 우울했거든요. 그때 이야기까지 하자면 너무 길고. 여하튼 그때에 비하면 마흔이 될 때까지 온통 검은 머리투성이였습니다. 우울증 진단도 받아봤는데 100점 만점에 0점이었어요. 대다수 사람이 10~30점 정도를 받는 것에 비하면 상당히 놀라운 결과였죠.

어떤 면에서 그런 경험들, 나름 실패라고 해야 할까요, 일이 잘 안 풀리고, 문제가 생기면서 꽤 단순해진 것 같습니다. 기분의 영향을 별로 받지 않게 된 거예요. '기분이 태도가 되면 안 된다.' 뭐 이런 말도 있잖아요. 그런 자세를 모르는 사람은 없죠. 성인이라면 기본적으로 갖추어야 할 태도인 거잖아요. 기분이 태도가 되는 사람을 좋아하는 사람이 세상에 어디 있습니까? 아주 무례하고, 예의범절을 모르는 사람이라고 하잖아요. 근데 살다 보니까 대부분의 사람이 기분에 맞춰서 그 태도도 달라지더라고요.

신문이나 티브이를 보다 보면, 기분이 태도가 되는 사람들이나 그 조직에서 발생하는 문제들을 많이 다루고 있다는 생각을 해봅니다. 인간이 하는 모든 행동은 기본적으로 어떻게 사고하느냐에서부터 시작되잖아요. 마음에 엉뚱한 생각이나 부정적인 생각을 갖고 있으면 도태되고, 사람들이 멀어지고, 결국 잘못된 선택을 할 여지도 많이 생기고요.

저는 아들을 키우면서 기분이 태도가 되지 않는 방법을 배웠다고 생각합니다. 그럴 수밖에 없더라고요. 기분이 태도가 되는 순간 큰일 나는 거예요. 사회생활에서든 인간관계에서든, 그게 뭐가 되었든지 간에 내가 기분 나쁘다고 아내랑 아들을 대하는 태도가 달라지면 가족에게 엄청나게 안 좋은 영향을 미칠 수밖에 없겠더라고요. 방법은 하나죠. 불쾌하고 부정적인 생각, 그리고 기분을 믿지 않는 겁니다. 제가 대단한 성공을 한 사람은 아니었지만, 각자의 분야에서 특출나게 대단한 성공을 거둔 사람들 중에 잘못된 생각이랑 기분을 따라가서 성공한 사람들이 얼마나 있을까, 생각해봤거든요. 없겠더라고요. 자식을 키우는 것도 농사에 비유하는데, 맨날 논밭에 대고 니기미, 지기미만 하는 사람이 농사를 잘 짓겠습니까? 매사에 부정적인 사람들이 하는 부정적인 생각이랑 기분에서는 별로 배울 게 없다는 걸 살면서 배웠던 것 같습니다.

나중에 또 말씀드리겠지만, 저는 조직 생활이 참 힘들더라고요. 조직에는 별별 사람들이 다 있잖아요. 기분이 태도가 되는 사람들도 조직에 많다 보니까, 그런 분위기에서 버티는 게 정말 죽을 지경인 거예요. 심지어 환갑 넘긴 사람들 중에도 기분이 태도가 되는 자세 때문에 대화조차 되지 않는 사람들이 많다는 것도 알았고요.

물론 쉬운 일이 아니죠. 조직 생활을 하다 보면 기분이 태도가 되지 않도록 노력하자고 말은 하는데, 그게 말처럼 쉽게 안 되잖아요. 일상도 단조롭고, 주머니 사정도 팍팍하고, 상사들을 봐도 내 미래 모습처럼 느껴지니까 암울하기도 하고, 후임들은 철부지 어린애들 같고, 점점 나이는 들어가고. 나중에는 '그런 이론이 뭐 중요하냐, 그냥 기분이 태도가 되든, 태도가 기분이 되든 재밌게 살다 가면 되지.' 싶은 생각이 들 때도 있었습니다. 뭐 결과야 어찌 되든지 적당히 불친절하고, 적당히 남 신경 안 쓰고, 하고 싶은 것 다 하고, 즐기면서 사는 것도 괜찮지, 내가 일단 살아야 안 되겠냐, 하고 생각하던 때도 있었고요. 물론 생각만 해보는 거죠. 뿌린 대로 거두는 법이잖아요.

여하튼 간에, 기분이 태도가 되는 사람이 있죠. 살다 보면요. 근데, 인간의 감정은 참 소중한 거잖아요. 그 소중한 감정을 솔직하게 표현하면서 마음을 조율하는 사람도 있는 반면에, 그렇지 못하는 사람들도 많이 있거든요. 솔직하게 마음을 표현하고 이야기하면 금방 해결될 수 있는 문제들이 오랫동안 마음을 힘들게 하고 그렇잖아요. 결국 많은 사람들이 고통도 당하고, 안타까운 선택도 하고 그렇지요.

한 살 때는 옹알이 말고는 아무 말도 못하잖아요. 근데 자기 마음에 안 들거나 싫을 때는 고개를 막 강하게 저으면서 싫다고 표현도 하고, 좋은 건 좋다고 표현도 하더라고요. 저는 그때 이 생명이 참 신비롭다는 느낌을 많이 받았습니다. 이 어린 녀석이 뭘 안다고 좋다, 싫다, 슬프다, 아프다 하는 감정을 표현할 수 있을까. 그러다 어른이 되면 '기분이 태도가 되면 안 된다'라는 말을 생각하면서 싫은 것도 숨기고, 좋은 것도 숨기고, 그렇게 살지 않을까. 정말 이제는 부모가 어떻게 하느냐에 따라 달려 있구나, 건강한 마음을 가진 어른으로 자랄 수 있도록 그 인도자의 역할을 톡톡히 해내느냐, 그렇지 않으냐는 우리 손에 달려 있구나, 뭐 그런 생각도 잠시 해보고요. 생명이 그냥 태어나는 게 아니잖아요. 아내와 저 사이에 새로운 생명이 태어난다는 게, 참 많은 생각을 하게 되는 경험이라는 걸 그때 안 겁니다.

그런 마음으로 정신없이 하루하루를 보냈습니다. 사업도 조금씩 정상궤도에 접어들긴 했지만, 여전히 어려운 건 마찬가지였습니다. 이건 사실 아내도 모르는 건데, 하루는 너무 마음이 힘들고 어려워서 차 안에서 혼자 엉엉 운 적도 있습니다. 내가 능력이 없는 건 맞다, 남들에 비해 사리분별력이 부족한 것도 맞다, 근데 이 정도 어려움을 겪었으면 분명히 뭔가 잘 풀려야 되는데, 남들보다 노력을 안 하는 것도 아닌데, 딱히 잘못된 선택을 해서 사기를 당하거나 크게 부도를 당한 것도 아닌데 왜 이렇게 인생이 풀리지 않을까, 하는 고민 때문에 그렇게 울었던 겁니다. 시간이 좀 지나간 뒤에 '그것 또한 지나가는 과정이었구나.' 하고 생각하니까 좋은 경험으로 남긴 남더라고요. 여하튼 뭐, 사업이 조금씩 나아졌다고 해서 어려움이 해결되는 건 아닌 것 같습니다. 부모가 되는 순간부터는 매 순간이 긴장의 연속이죠.

그런 점에서 사업의 흥망 여부는 글쎄요, 별로 영향을 미치지 못했던 것 같아요. 어떻게 하면 좀 더 잘 살 수 있을까, 어떻게 하면 좀 더 아들을 잘 키울 수 있을까, 하는 고민이 더 중요하게 느껴졌던 거죠. 그러다 보니 주위를 돌아볼 겨를도 없이 앞만 보면서 달려가게 되고, 결국 외로움과의 싸움, 고독과의 싸움이 시작되는 게 아닌가 싶습니다. 대부분의 사람이 그렇게 부모가 되는 것 같습니다. 저도 마찬가지였고요. 어떻게 두어 달 남짓한 시간을 보냈는지 모를 정도로 앞만 보면서 살다가 뒤돌아보니, 거기에 웃고 있는 제 아들이 있는 겁니다. 아들이 태어난 지 50일이 되던 그때쯤이었던 거죠.

지금도 기억납니다. 뒤집기도 제대로 못하는 아들을 거실에 눕혀 놓고 50일 사진을 찍는데, 뭔가 기분이 묘하더라고요. 좋은 쪽으로요. '감동스럽다'라고만 표현하기엔 너무 부족한 어떤 감정인데, 굳이 말로 표현하자면 그렇게 감동적일 수가 없는 겁니다. 분명히 아내랑 하하 호호하면서 아들을 바라보고 있는데 눈물이 계속 흐르는 겁니다. '요 꼼지락거리는 조그만 놈도 인간이기에 세상에 온 것이겠지, 우리와 함께 나누는 이 따뜻한 공기와 대화가 요놈의 마음을 포근하게 만들어주겠지.' 하는 생각에 울고, 웃고, 그러면서 50일 기념사진을 찍었습니다. 아들의 사진을 찍어주면서 울고, 또 웃는 제 모습이 무척 행복해 보이더라고요.

아까도 말씀드렸다시피, 그때는 여러모로 상황이 좋지 않았었거든요. 당장 뭔가를 하지 않으면 안 될 정도로 힘들 때였습니다. 쌀을 살 돈이 없어서 밥을 굶은 적도 있어요. 다행히 부모님이랑 처갓집에서 반찬도 해주시고 쌀도 좀 보내주셔서 어찌저찌 그 상황을 넘기긴 했습니다만, 여름이 되면서 날씨까지 더워지니까 짜증은 짜증대로 나고, 참 힘들었습니다.

그해 여름이 굉장히 더웠습니다. 아마 기억하실 거예요. 여름이니까 더운 건 당연한데, 그해는 정말, 어찌나 덥던지 숨쉬기도 어려울 정도로 더웠거든요. 가만히 앉아 있어도 땀이 막 줄줄 흐를 정도로요. 그런 날씨에 방 안에 누워만 있는 아들은 얼마나 더울까 싶은 거예요. 혹시라도 더운 날씨에 엉덩이에 땀띠라도 생길까 싶어서 유모차에 태우고 여기저기 돌아다녔습니다. 또 집에만 있으면 아들도 심심하잖아요. 말도 못하는 어린 아기라도 습하고 답답한 공기의 기운을 느낄 텐데, 싶어서 틈만 나면 아들을 데리고 산책을 나갔습니다.

저희 집 앞에 있는 도로를 조금만 지나면 자그마한 강변이 하나 나옵니다. 늘 사람들이 운동한다고 나와서 뛰고, 걷고 하는 그런 강변인데요. 나름 운치도 있습니다. 너무 더운 낮 시간은 좀 피하고, 저녁 식사 하기 전에 나와서 강변을 걷다 보면 그렇게 좋을 수가 없더라고요. 유모차를 끌고 그 강변을 걸으면서 아들한테 노래도 들려주고, 이런저런 이야기도 해주고, 좋은 책도 한 번씩 들고 나가서 읽어주고, 혼자이런저런 생각도 하고요.

그때 아들은 산책을 나가면 가만히 있지 못하고 계속 주변을 두리번거리더라고요. 그 어린 아기가 뭘 안다고 눈을 굴리면서 주변 사물들을 유심히 관찰하겠으며, 또 유모차 안에서 보는 세상이 뭐 얼마나넓고 훌륭했겠냐마는, 저는 사실 우리가 살고 있는 자연의 일부분을보여주고 싶은 마음이 있었기 때문에 틈만 나면 밖으로 나갔던 것 같습니다. 당장 해외 구경까지는 못 시켜 주더라도, 졸졸졸 물이 흐르는 시냇물, 크고 웅장하지만 늘 조용히 서 있는 산과 나무들, 길가에 핀 꽃들과 함께 자라나는 풀을 보여주고 싶었습니다. 아기들한테 자연이 좋다고들 주변에서 이야기도 하고요.

그렇게 어렵기만 하던 시간들을 생각하면서 유모차를 끄는데, 문득 이런 생각이 드는 겁니다. '나는 어쩌면, 지금 아주 행복한 시간들을 보내고 있는 건지도 모른다. 나중에 돌이켜 생각해보면 지금은 굉장히 행복한 순간인데, 지금 좀 어렵고 사업이 안 풀린다 싶으니까, 이 순간이 행복이라고 느끼지 못하는 것인지도 모른다.' 하고요. 돌이켜 생각해보면, 참 행복한 순간들이었다는 마음이 듭니다. 지나보니까 알겠더라고요.

초등학생 시절에, 키 작고 꾀죄죄한 친구가 한 명 있었어요. 누가 봐도 그냥 딱 촌티가 줄줄 흐르는 그런 친구 있잖아요. 얼굴에는 여드름 자국이 잔뜩 있고, 손톱에는 때가 꼬질꼬질하게 끼어 있는 그런 친구요. 근데 이 친구는 늘 돈이 많았어요. 주변 친구들 용돈이 대개 500원, 정말 많아봤자 1,000원이던 당시에, 이 친구는 항상 지갑에 만 원짜리를 한두 장씩 가지고 다녔습니다. 그러니까 뭘 해도 이 친구가, 우스갯소리로 물주物主인 거예요. 좀 싫은 내색을 하려 해도 이 친구가 돈을 꺼내면 싫은 소리도 쏙 들어가는 거지요. 뭐, 다 어린애들이잖아요. 떡볶이 같은 거 먹으러 가도 이 친구가 다 사주고, 과자를 사도 자기 거랑 친구들 거 다 사주니까요.

하루는 가족을 소개하는 소개문을 만들어오라는 학교 숙제가 있었어요. 초등학생인데 얼마나 예쁘게 해서 가지고들 오겠습니까? 부모님이 도와주셔서 알록달록 예쁜 색종이도 붙이고, 누구는 코팅도 하고, 누구는 해외여행을 다녀온 사진도 찍어서 붙이고, 그렇게 해서 갖고 오더라고요. 근데 이 친구는 커다란 도화지 한 장을 찢어서 아버지와 엄마 사진만 잘라 붙여서 가지고 온 거예요. 다들 알록달록 예쁘게, 반짝반짝하게 만들어서 갖고 왔는데, 이 친구는 가족 소개문이라고 만들어온 게 아주, 좀, 그렇지요. 그런 걸 하나 만들어서 들고 온 거예요. 사진 속에 있는 친구 아버지는 술에 취한 얼굴이었고, 어머니는 한눈에 봐도 좀 튀어 보이는 한복을 입고 계셨던 기억이 납니다. 좀 독특하다는 생각은 했지만, 뭐, 초등학생이 그런 걸 모르잖아요. 그냥 그러려니 했습니다. 나중에 알고 보니까, 이 친구의 어머니가 무속인이셨어요. 아버지는 알코올 중독자셨고, 따로 사신다는 것도 나중에 알게 됐지요. 모르긴 해도, 아마 어머님이 신내림을 받으시고 아들을 키우는 게 도저히 안 되니까 이혼을 하신 게 아닌가 싶어요. 그냥 저희끼리는 친한 친구였습니다. 부모님이야 뭘 하시든 친구들 사이에 문제 될 것도 없고, 흉이 될 것도 아니고요.

근데 나이가 들면서, 저는 그때 그 친구의 어머니와 아버지가 가지고 계셨던 마음의 상처에 대해서 많은 생각을 하게 됐습니다. 그분들이라고 평범한 가정을 이루고 싶지 않았겠나, 가족과 따뜻한 식사를 하고, 좋은 곳에 여행도 가고, 그러고 싶지 않았겠나, 싶은 거예요. 근데 살다 보니까, 인간의 힘으로 뭐 어떻게 할 수 없는 일들이라는 게 분명히 있더라는 겁니다. 아내의 신기, 갑작스러운 신내림, 어린 아들. 그건 인간이 어떻게 할 수가 없는 거잖아요. 아들을 키우는 동안, 한 번씩 그때 그분들이 생각나는 거예요. 야, 이분들도 정말 힘들게 사셨겠구나. 아들, 그러니까 제 친구죠, 그 아들 얼굴을 바라보면서 많은 고민도 하셨을 거고, 막 운명이란 거에 대해서, 인생이란 것에 대해서 후회도 하고, 뭐 그러지 않으셨을까. 저는 그분들을 생각하면서, 나는 이제 어떻게 살아야 할까, 어떻게 살아야 후회 없이 사는 걸까, 하는 고민을 정말 많이, 또 진지하게 했던 기억이 납니다.

저도 지금은 어떤 운명의 흐름에 의해서 아들도 잃고, 하루하루 겨우 버텨내듯이 살아가고 있지만, 그래서 그저 버티는 것이 최선인 것처럼 느껴질 때도 있지만, 그때 그 친구와 친구 어머니, 또 아버지를 생각하면서, 정말 평범한 삶이란 것이 주는 행복에 대해서 많은 생각을 했습니다. 그분들에게 평범한 삶이란 건, 그냥 누가 봐도 당연한 어떤 것들이 아니었을까, 그냥 식탁에 둘러앉아서 저녁 식사 같이 하면서 오늘 하루 있었던 일도 이야기하고, 즐거운 일이나 힘든 일도 이야기하고, 뭐 그런 게 아니었을까, 싶은 거예요.

평범하게 산다는 게 쉬운 것 같지만 그렇지 않잖아요. 저도 나이가 들수록 많이 느끼겠더라고요. 어릴 때는 평범하게 산다는 것의 의미가 크게 와닿지 않았었는데, 아들이 태어나고 난 뒤에는 평범한 삶이라는 것이 주는 그 가치가 굉장히 크고 놀라운 것이라는 생각에 마음이 따뜻해질 때가 종종 있었습니다. 지금은 뭐, 저도 평범하게 산다고 할 수 없는 삶을 살고 있잖아요. 그냥, 하루하루 뭐든지 체념하고 사는 것 같아요. 뭘 해도 의욕이 별로 없거든요. 아들과 보낸 그 시간들이, 당시에는 그냥 귀찮고, 또 힘들고, 때로는 뭐 귀찮은 일도 해야 되는 그런 시간들이었던 것 같은데, 얼마 지나지 않아서 보니까 그게 너무너무 행복한 시간이었던 거예요. 이제 와서야 그런 걸 조금씩 깨닫고 있습니다.

아들이 어렸을 때는 책을 많이 읽어줬어요. 독서가 인성 발달에 좋고, 두뇌 건강에 좋고, 뭐 그런 것도 맞는데, 일단 제 유일한 취미가 독서거든요. 가끔 산책 나가고, 혼자 잔잔한 음악 듣고, 조용한 영화 보는 것도 물론 좋아하는데, 그중에서도 독서가 제일 잘 맞더라고요. 성격인 것 같아요. 제가 좀 소심하고, 내성적이고 그렇거든요. 그래서 집에 있을 때 가장 많은 시간을 보내는 게 서재입니다. 그냥 할 것 없어도 서재 책상에 앉아서 책 읽고, 또 생각에 잠기고, 이게 뭐 그렇게 쓸모가 있을까, 하는 생각들을 메모하고 하는 일련의 과정들을 무척 사랑하고, 또 좋아합니다.

하루는 아들이 낮잠을 안 자는 거예요. 낮에는 항상 낮잠을 자는데 그날 따라 안 자는 겁니다. 분명히 잠이 오는 눈인데, 눈에 잠이 들어 있는데, 안 자고 눈을 말똥말똥 뜨고 보채는 거예요. 날은 덥고, 아들은 안 자고 보채고 있고, 저는 밀린 설거지에 집안일도 해야 되는데, 이걸 뭐 어떻게 해야 되나 싶은 거예요. 그래서 생각하다가, '좋다, 책을 좀 읽어주자.' 싶어서 아들을 포대기째로 싸들고 서재로 데리고 들어갔죠. 그렇게 바닥에 뉘어놓고는, 그때부터 책을 읽어주기 시작했습니다.

딱히 좋아하는 작가가 있다거나, 좋아하는 부류의 책이 있는 건 아닙니다. 그냥 잡식성이라서, 활자로 된 거라면 가리지 않고 읽는 편인데요, 그 무렵에 양도 많고 두꺼운 대하소설을 읽고 있었던 모양이에요. 야마오카 소하치Shohachi Yamaoka, 山岡荘八가 쓴 「대망大望」이라고 도쿠가와 이에야스의 일대기를 그린 역사소설이 있는데요, 거기에서 오다 노부나가의 충신이 죽은 뒤 장면에 대한 부분을 좀 읽어주었습니다. 훌륭한 책입니다. 훌륭한 책인데, 그렇다고 '이런 책 정도는 읽어 줘야지.' 하는 결심 때문에 읽어준 건 아니고, 그때 그냥 읽고 있던 부분이라서 읽어주었던 것 같습니다. 명문장이 상당히 많은 책이거든요. 그래서 좋은 구절은 밑줄을 그어놓고 혼자 묵상하고는 하는데, 그중에서 밑줄 친 부분을 일부 읽어주었습니다.

> 그 문제아의 이면에 숨어 있는 노부나가의 참된 가치가 가슴에 스며드
> 는 것을 느꼈다. 백성을 길거리에서 굶주리게 하고, 황실은 피폐해진
> 채 버려두고 자기 욕심만 채우려고 서로 싸우는 무장들에게 노부나가
> 는 통렬한 비판을 던지고 있는 것이다. 정치의 근본을 잊고 무슨 예의
> 며 의식이냐. 새끼띠를 두르고 아버지 위폐에 향을 던진 것도 눈물을
> 뿌리며 이렇게 외친 것이라고 생각되었다. "당신도 같은 무리다."
> ―[대망] 2권 새벽 중, 야마오카 소하치

이제 태어난 지 고작 6, 7개월밖에 되지 않은 아기가 그런 어려운 소설을 읽어준다고 해서 이해하거나 알아듣는 건 당연히 아니겠죠. 말은커녕 아빠, 엄마도 못할 때였는데요. 근데 저는, 지금도 마찬가지고 앞으로도 그렇겠지만, 아들을 키우면서 분명한 소망이 하나 있었습니다. '이 어린 생명이 분명히 내가 하는 말과 하는 행동, 또 아내와 나 누는 대화들 속에서 어떤 지혜와 진리를 발견하게 될 것이다.' 하는 거였습니다. 제가 하나님이나 부처님도 아니고, 무슨 철학자나 성직자도 아닙니다. 다만 내가 보고, 듣고, 읽고, 경험한 모든 세상의 지혜 중에서 올바른 것만 잘 골라내서 아들에게 떠먹여준다면, 그 기운과 공기 속에서 분명히 어떤 것을 느끼게 될 것이다, 하는 믿음이 있었습니다.

사실 이런 믿음, 뭐 믿음이라고 해야 할지, 개똥철학이라고 해야 할지, 아니면 요즘 사람들이 유행처럼 이야기하는 자기 확신 같은 거라

고 해야 할지 잘 모르겠는데, 이런 제 믿음이 굳건히 세워지고, 또 확신을 가질 수 있었던 어린 시절의 기억들이 저에게 있습니다. 그 기억들이 저로 하여금 그런 확신이랄까, 그런 믿음을 가지게 한 것이라고 생각합니다.

지금도 생생하게 기억나는 장면이 몇 가지 있습니다. 4~5살 때 있었던 일인데요(그는 이야기를 시작하기에 앞서 "아마 제 기억에 왜곡이 있다 하더라도, 그 언저리쯤 되던 때라는 건 확실합니다. 제가 5살 때 외할아버지가 돌아가셨는데, 외할아버지가 돌아가시던 해까지 저희가 외할아버지, 외할머니 내외랑 함께 살았거든요. 나중에 시간이 되면 이 부분은 다시 설명을 드릴게요." 하고 나에게 양해를 구한 뒤 이야기를 이어나갔다.), 외할아버지 댁 앞마당에서 놀고 있었습니다. 제가 그 순간을 어떻게 기억하냐면, 세상에 태어나 처음으로 마주한 세상, 그러니까 아주 어린 아기 때의 기억이 아닌, 인간으로서 사물을 인식하고 기억할 수 있는 순간의 시작이 바로 그때였기 때문입니다. 혹시, 제 말이 이해가 되십니까?"

나는 고개를 끄덕였고, 그는 다시 이야기를 이어갔다.

"세상에 태어나 인간으로서 처음 사물을 인식한 순간을 기억한다, 라는 말이 대단한 영향력을 가진다거나, 제가 무슨 뛰어난 기억력을 갖고 있다는 말씀을 드리려는 건 아닙니다. 그때의 아버지 모습을 말씀드리려고 좀 장황하게 설명을 드린 건데요. 저는, 신기하다고 해야 할지 좀 독특하다고 해야 할지 모르겠는데, 아버지를 처음 아버지로서 인식한 순간도 기억이 납니다. 그때쯤이지요. 그런데 아버지의 얼굴을 보면서, '이분이 내 아버지구나. 근데 내가 마음을 활짝 열고 마음의 이야기를 하거나, 어린아이처럼 어리광을 부릴 수는 없는 사람이구나. 내가 무슨 말을 하더라도 나를 이해하거나 내게 훌륭한 조언을 해주지는 못할 분이겠구나.' 하는 생각을, 그때 한 겁니다. 물론 지금이야 그때보다 언어의 표현력이 발달되어 있으니까 그때의 상황을 말로 표현할 수 있지만, 당시엔 그런 감정이 뭔지 몰랐습니다. 너무 어린아이였으니까요. 뭔가 어색한 그런 느낌, 그런 기분을 말로 표현할 수는 없었던 겁니다. 그냥 '아버지는 참 무서운 분이겠구나.' 하는 생각을 은연중에 했던 기억이 납니다. 실제로 어린 마음에 아버지에게 어리광을 부린다거나 응석을 부리면서도, 상당히 어색해하던 기분이 지금도 생생합니다. 내 아버지지만, 이분에게 이런 어리광을 부리는 게 참 어색하다, 하는 기분을, 고작 4, 5살짜리 어린아이였음에도 저는 느꼈던 겁니다. 그런 소소한 기억들까지 기억하는 걸 보면 제가 유독 예민한 어린아이였던 건지는 모르겠습니다만, 어쨌거나 저는 아주 어릴 때부터 아버지를 무서워했다는 것만큼은 사실입니다. 아버지의 마음, 아버지의 사랑, 그런 걸 느낀 건 나이가 어느 정도 들어서였고, 어린 시절의 아버지는 좀 무서운 아버지였던 것 같아요. 그렇다 보니 앞서 말씀드린 것처럼, 저는 아버지의 손을 잡는 게 어색했습니다. 그냥 그땐 그랬어요. 아버지가 나를 사랑하고, 모든 걸 다 할 수 있는 분이라는 것도 맞지만, 반면에 말이 안 통하고 어려운 분, 힘든 분이라고 어릴 때부터 느꼈던 거죠.

근데 아내는 다르더라고요. 제 기억으로는 결혼하고 얼마 안 되어서 언제쯤이었던 것 같아요. 잠결에 제가 아내의 손을 잡았는데, 아내가 제 손을 뿌리치는 게 아니라 잠결에 깍지를 끼워주는 겁니다. 심지어 지금도 그렇습니다. 올해 제가 결혼 14년 차에 접어들었는데요, 지금도 잠결에 아내의 손을 잡으면 아내가 제 손을 꼭 쥐여줍니다. 그럼 저는 아내를 안은 채로 아내의 두 손을 잡고 잠을 잡니다. 언젠가 아내가 '오빠의 손길에 사랑이 가득해서 너무 좋다.' 하고 이야기한 적이 있습니다. 그런 사랑을 아들에게도 보여주고 싶었습니다. 아빠가 아들을 많이 사랑하고 있다는 것을 행동으로 보여주고 싶었던 겁니다. 그래서 저는 아들의 손을 잡는 것이 익숙했고, 또 편안했습니다. 어린 아기였을 때부터 아들의 손을 잡는 것이 익숙했고, 이후로도 그래왔습니다.

그런 기운들, 그런 느낌들, 거기에 훌륭한 학자들과 지혜자들의 책에서 받은 감동과 즐거움, 행복을 아들에게 전해준다면, 분명히 어린 아기임에도 불구하고 뭔가 느끼는 게 있을 거라고 저는 생각했던 겁니다. 그래서 이제 겨우 눈을 마주치기 시작한 아들에게 책을 읽어주었는데,

이 아들이 제 눈을 뚫어져라 바라보면서 가만히 듣고 있는 겁니다. 참 예쁘고, 또 신기하기도 해서 제가 영상을 찍어둔 게 있습니다."

그는 주머니에서 휴대폰을 꺼내 들고 사진첩을 한참 뒤적거렸다. 이윽고 영상을 찾은 그는 어린 시절 아들의 모습이 담긴 짧은 영상을 하나 보여주었다. 태어난 지 5, 6개월쯤 되었을까, 대성이의 신생아 시절 영상이었다. 휴대폰 영상에 찍혀 있는 대성이는 오목한 역류방지 쿠션에 누워 그의 목소리가 들리는 곳을 뚫어져라 바라보고 있었다.

"대성이가 태어날 때부터 책을 읽어줬어요. 유일한 취미이기도 하고, 또 독서라는 게 확실히 좋은 습관인 건 사실이니까요. 동화책도 읽어주고, 좀 어려운 책도 읽어주고 그랬습니다. 하루는 제가 침대에 앉아서 책을 읽고 있었거든요. 대성이는 제 다리에 누워서 장난감을 갖고 놀고 있었고요. 요놈이 저랑 같은 공간에 있다는 생각에 별생각 없이 읽고 있던 책을 소리 내서 읽어줬는데, 조지 오웰의 산문집이었어요. 「부랑자 임시 수용소」였던가, 그랬던 거로 기억하는데요. 읽고 있는데 갑자기 저한테 질문을 하는 거예요. "아빠, 압수押收가 뭐야?" 하고요. 읽고 있던 부분에서 압수라는 단어가 나왔었거든요.

그때가 다섯 살 무렵인가, 그랬을 거예요. 다섯 살이면 얼마나 장난기도 많고 잘 뛰어다닐 때입니까? 말도 잘 안 듣고 그럴 때잖아요. 근데 요놈이 듣고 있었던 거예요. 제 이야기를 듣는다는 거죠. 솔직히 놀랐습니다. 이 녀석이 내 이야기를 듣고 있구나, 응석받이 어린애라고만 생각하지만 사실은 그냥 어린애가 아니구나, 이 어린 영혼도 결국은 인간이구나, 하는 걸 그때 느꼈습니다. 그러면서 '올바른 질문을 받았다, 그럼 나는 올바른 대답을 해야 한다.'라는 생각도 하게 된 겁니다.

사람들은 올바른 방법으로 질문을 받으면 언제나 저절로 올바른 대답을 한다. 그러나 그들에게 인식과 올바른 설명이 내재하지 않으면 불가능하다.
-[파이돈] 케베스의 발언 중, 플라톤

아들의 손에 장난감이 있잖아요. 그걸 제가 빼앗는 시늉을 하면서 "이제 이건 못 가지고 놀아. 아빠 거야." 하니까 금방 울상이 되더라고요. 다시 돌려주면서 설명을 했어요.

"압수는 이런 거야. 상대방의 원함이나 뜻과는 상관없이, 강제적으로, 힘으로, 그 사람의 어떤 것을 빼앗는 것을 의미해. 나는 주기 싫지만, 가지고 싶지만, 그런 나의 원함이랑은 전혀 상관없이 힘으로 빼앗기는 것, 그걸 압수押收라고 해."

그리고 아들의 손에 장난감을 다시 돌려주면서 아들의 손을 잡고 이야기했습니다.

"압수는 그런 거지만, 반대로 '나는 당신을 해치지 않습니다, 나는 당신을 신뢰하고 있습니다, 당신의 친구가 되겠습니다.' 하는 의미로 손을 잡는 것을 악수握手라고 해. 압수押收와 악수握手는 그렇게 다른 거야." 하고요.

제가 말을 잘하는 편은 아닙니다. 말이 좀 어눌한 편이기도 하고, 성격이 소심해서 사람들의 눈을 마주치고 이야기하는 걸 좀 어려워하는 성격이기도 하고요. 성격이 그렇다 보니 관찰하고 사색하는 걸 좋아하게 된 건지도 모르겠습니다만, 그런 성격이 아들에게 조곤조곤 이야기할 수 있는 마음이랄까, 그런 걸 만들어주긴 한 것 같더라고요. 아들이 얼마나 알아들었을지는 모르겠지만, 저한테는 아들과 마음으로 만날 수 있는 좋은 기회였다고 지금도 생각합니다.

대성이가 저한테 보여주었던 그 장면이, 저한테는 굉장히 크게 와닿았어요. 내가 틀린 선택을 하는 게 아닐 수도 있다, 하는 걸 증명해주는 장면이라고 해야 할까요. 그러니까 아들이 저한테 보여주고 싶었던 장면들은 모두 '제가 보고 싶었던 과거의 제 모습'이 아니라, '대성이와 제가 함께 공유했던 행복한 어느 시점'이었다고 생각되는 겁니다.

아들이 태어난 첫해, 아들이 보여준 그해의 마지막 장면은 아내를 위한 결혼기념일 영상을 찍는 날이었습니다. 결혼하고 나서 대성이가 태어나기까지 아내와 제대로 된 여행 한번 간 적이 없었던 것 같습니다. 계속 실패만 했거든요. 사업도 잘 안되고, 근무하던 회사가 갑자기 문을 닫고, 영업도 해봤는데 성격상 영업이 너무 안 맞아서 몇 달 동안 실적을 한 건도 못 올린 적도 있었고, 그러니까 더 어려워지는 일들이 계속 일어나더라고요. 사실 가장이야 어려움을 당해도 괜찮잖아요. 가족만 건강할 수 있다면 나 하나 굶어도 좋고, 못 먹어도 좋은 게 가장이니까요. 근데 저 때문에 아내랑 아들이 고생하는 걸 보는 건 정말 못할 짓이더라고요. 제 인생이 그 모양이다 보니 아내가 카드 영업도 하고, 파트타임 아르바이트도 하고, 그렇게 살았습니다. 아내가 참 고맙게도, 그렇게 제가 엉망으로 살고 있는데도 그 흔한 푸념 한번 안 하더라고요. '오빠 잘 만나서 내가 이 고생을 한다.' 하는 식의 이야기를 한번도 들어본 적이 없습니다. 그런 아내한테 참 고맙고, 또 미안하더라고요. 그래서 그 무렵에 아내를 위해서 감사 영상을 하나 찍었습니다. 사실 아직 안 보여준 영상인데요, 엄청 크게 성공하고 난 뒤에 짜잔, 하고 보여주려고 몰래 숨겨뒀습니다.

서재에서 아들을 다리에 앉혀놓고 그 영상을 찍었거든요. 영상을 찍는데, 몇 마디 안 했는데 또 눈물이 막 나더라고요. 나랑 함께해줘서 고맙고, 아들과 함께할 수 있는 소중한 시간을 선물해줘서 고맙다, 뭐 그런 이야기를 두서없이 했던 것 같아요.

지금보다 조금 더 성공해서, 지금보다 조금 더 나아진 다음에 이 영상을 보여줘야지, 했는데 아직까지 못 보여주고 있습니다. 그만큼 제가 부족한 사람이라는 거고, 또 아내라는 사람이 저에게 참 과분한 사람이라는 걸 느끼게 되는 시간이었던 것 같습니다.

아들과 함께한 하루가 그렇게 지나갔습니다. 참 신기한 게, 아들을 재우려고 방에 눕히고 저도 누웠는데, 이 하루가 지나가면 아들이 불쑥 자라 있을 거라는 생각에 너무 두려운 마음이 드는 겁니다. 그러니까 저도 아는 거죠. 이건 꿈이고, 시간이 너무 빠르게 흘러가고 있다는 걸 이미 인지하고 있는 겁니다. 우리가 보내는 이 시간들보다 앞으로 보내야 할 시간들이 훨씬 짧다는 것을 알고 있는 거죠. 아들이 태어나고, 자라고, 또 우리 곁을 떠나간 그 모든 시간들이 저와 제 아내에게는 이미 지나간 시간이었으니까요. 그렇게 두려우면서도, 이렇게라도 만나볼 수 있어서 너무 행복하다는 마음도 함께 들었습니다. 참 이기적이죠.

그렇게 하루라는 시간 동안 아들이 태어난 그해의 행복했던 기억들을 돌아봤는데, 꿈이긴 했지만, 또 빠르게 그 순간순간들을 지나가면서 참 많이 울었던 기억이 납니다. 손등으로 눈물을 닦는 그 느낌도 너무 생생하고요. 아침에 일어나보니까 베개가 축축하게 젖어 있더라고요."

04

두 번째 날

첫 번째 상담을 마무리하고 난 뒤 그에게는 얼마간의 시간이 필요한 듯 보였다. 누구에게도 쉽게 말할 수 없는 이야기를 처음 털어놓은 대상이 나, 그러니까 심리상담을 업으로 삼고 있는 사람이었다는 것만으로도 그가 얼마나 심리적으로 흔들리고 있었을지 짐작할 만도 했다. 믿고 의지하던 주변 사람들에게 잠잠히, 그러나 하소연하듯 이야기했을 때, 위로는커녕 죽은 아들에 대한 꿈 이야기 정도로 치부해버릴지도 모를 주변 사람들의 반응에 그가 받을 상처는 나 역시도 상상하고 싶지 않다. 그만큼 그는 흔들렸을 것이고, 또 다른 비극적인 상황이 생길지도 모를 일이었다.

두 번째 상담을 하고 난 뒤부터 그와의 상담 일정은 조금씩 당겨졌는데, 첫 번째 상담을 마무리하고 두 번째 상담을 위하여 내방하기까지 걸린 시간은 13일이었다. 그리고 세 번째 상담을 오기까지 걸린 시간은 8일이었고, 그다음은 하루씩 앞당겨지는 듯싶더니, 어느 순간부터는 봇물 터지듯이 이야기가 쏟아져 나왔다. 흥미로우면서도 마음에 애잔한 슬픔을 남기는 시간의 연속이었다.

"생활연령으로 아들이 두 살 되던 해의 첫 생일, 그러니까 첫돌에 고향에서 부모님이 오시고 처갓집에서 장인, 장모님이 오셨어요. 첫돌이 그런 날이죠, 온 가족이 모이는. 가까운 지인은 아들에게 주고 싶다면서 돌 반지를 선물로 보내주셨고, 서울에 있는 친구 놈은 어떻게 소식을 알았는지 옷을 한 벌 보냈더라고요. 그런 선물들에서 마음이 느껴지잖아요. 그렇게 고마운 겁니다. 이 사람들이 그냥 나랑 시간만 공유한 게 아니라 추억도 공유하고, 이런 즐거움과 행복도 공유하고, 또 감사함도 같이 공유하는 사람들이었구나, 내 아들이 태어난 것만으로도 즐거워해주고, 기뻐해주는 사람들이었구나, 하는 생각에 그렇게 고맙더라고요.

근데 아들 돌잔치라고 멀리서 부모님도 오시고 처갓집에서 장인 장모님도 오셨는데, 솔직히 말해서 분위기가 별로 좋지 않았어요. 아버지, 어머니가 돌 반지에 며느리 주신다고 용돈까지 챙겨오셨는데, 장인어른이 갑자기 버럭 역정을 내시는 거예요. '뭐 이런 걸 다 챙겨오셨냐.' 하면서 이유도 없이 역정을 내시는데, 솔직히 굉장히 불쾌하더라고요. 아니, 기분 나쁘잖아요. 시골에서 아침 일찍 저희 부모님도 올라오셨는데, 너무 경우가 아닌 거죠. 그래서 제가 '지금 뭐 하시는 거냐'라고 되게 큰소리를 쳤거든요. 장모님도, 아내도 장인어른한테 지금 뭐 하시는 거냐면서 보이지 않게 면박을 주고, 하여튼 좀 그랬습니다. 영문도 모르고 갑자기 화를 내시니까 굉장히 무안하고, 불쾌하고 그렇더라고요. 물론 저도 장인어른한테 그렇게 행동하면 안 되는데, 아버지가 계시는 앞에서 갑자기 그렇게 행동하시니까 저도 모르게 막 화가 나서 그런 말들이 막 튀어나온 거예요.

근데 그 장면을 아들이 보여주는 거예요. 왜 그랬을까, 왜 그 장면을 아들이 보여주고 싶었던 걸까, 생각을 해봤습니다. 그냥 뭐, 돌잔치라서? 그랬던 건 아닌 것 같아요. 아들의 돌잔치라는 건 맞는데, 사실 저는 불쾌한 감정이 상당히 오래 남아 있던 시간이었거든요. 아내 때문에 처갓집에도 일주일에 한두 번은 꼭 방문했었는데, 그 일이 있고 나서는 두어 달 정도를 처갓집에도 안 갔고요. 솔직히 기분 나쁘잖아요. 부모님도 계시는 자리에서 장인어른이 그렇게 이야기하시는데 기분 안 나쁠 사람이 어디 있겠습니까?

나중에 알게 된 사실인데요, 돌잔치를 하기 얼마 전부터 장인어른이 많이 편찮으셨다고 하더라고요. 원래부터 폐가 안 좋으셨다는 건 알고 있었어요. 담배의 영향도 있고, 자동차정비소를 운영하셨는데 일하는 곳도 먼지가 많다 보니 그런가 보다, 했죠. 일을 안 할 수는 없으니까, 자식 입장에서는 너무 무리하지 마시고 쉬엄쉬엄 일하시면 좋겠다고 권유드리는 정도였거든요. 나중에 알고 보니 말기까지 간 상황이었고, 여기저기 전이도 꽤 많이 된 상황이었던 거예요. 그 정도 되면 보통 사람은 가만히 앉아 있지를 못한다고 하더라고요. 너무 아프니까. 그 상황에서 아들 돌잔치에 오신 거예요. 첫 손자 돌잔치에 가긴 가야 되는데 몸이 너무 아파서 가만히 앉아 있지는 못하겠고, 상황이 상황이다 보니 뭐 이것저것 챙길 겨를도 없이 그렇게 왔는데 사돈어른은 손자 돌 반지에 며느리 용돈까지 두둑하게 챙겨주시는 거죠. 그렇다 보니 빈손으로 온 게 괜히 무안해서 마음에도 없는 큰소리를 쳤는데, 사위는 속도 모르고 마음 상해서 막 따지고 들고. 나중에 돌아가시고 난 뒤에 장모님이 그때 여차여차했다고 이야기를 해주셔서 알게 됐습니다. 그제야 상황이 이해가 되잖아요. 그때 장인어른 심정은 어떠셨을까, 생각해보니 저도 아차, 싶더라고요.

사실 장인어른 몸 상태가 그렇게 안 좋으셨다는 걸 저희가 알게 된 것도 돌아가시기 얼마 전이었어요. 뭐, 한 보름 전? 전혀 이야기를 안 하시는 거예요. 장모님이랑 아내 이야기를 들어보니까, 원래 그런 분이셨다고 하더라고요. 그런 거 있잖아요. 어려움은 내 선에서 끝나야 하고, 가족에게까지 그 어려움이 전가될 필요는 없다, 하는 그런 태도랄까, 관념을 평생 고수하신 분이셨어요. 장모님도 저희한테는 아무 소리 안 하셨어요. 장인어른이 애들 걱정한다고, 절대 애들 앞에서 이야기하지 말라고 하셨다면서 이야기를 안 해주시고.

아내는 눈치가 상당히 빠른 편이거든요. 장인 장모님의 그런 모습들을 어릴 때부터 봐와서 그런지 모르겠는데 약간은 눈치 채고 있었던 모양이더라고요. 아, 이제 우리 아버지가 얼마 안 있으면 돌아가시

101

겠구나, 하고요. 폐암 말기라는 것까지 알았는지 어쨌는지는 모르겠지만, 돌잔치 준비하는 내내 인상이 안 좋았어요. 그러다 나중에 장인어른 팔짱을 끼고 사진을 찍는데, 훌쩍훌쩍 울더라고요. 그때 당시엔 몰랐습니다. 그냥 딸이다 보니 연세가 드신 아버지가 조금은 애처로운가 보다, '진작 손주 보여드릴걸' 싶어서 좀 그런가 보다, 하고만 생각했거든요. 지나보니까 알겠는 거예요. 이 사람은 이미 장인어른의 임종을 준비하고 있었겠구나, 하고요.

돌이켜 생각해보면, 그때가 온 가족이 처음으로 한번 모인 날이었습니다. 양가 부모님, 처남, 여동생까지요. 그 이후로는 한 번도 온 가족이 모여본 적이 없습니다. 처남은 해외에 파견근무로 나가서 1년에 한 번 들어올까 말까 했고, 여동생도 서울로 취업해서 가더니 잘 안 내려오더라고요. 명절 때나 부모님 생신 때 한 번씩 내려오고, 그 외에는 내려오더라도 한 이틀 있다가 올라가고 하니 얼굴 볼 시간도 별로 없고요. 그러고 보면 가족이란 게, 참 아픈 손가락인 것 같아요. 가족만큼 마음에 큰 힘이 되는 존재도 없지만, 가족만큼 뼛속 깊이 상처를 주는 사람들도 없는 거잖아요. 그래도 돌아보면 다들 그리운 사람들이고 그렇지 않습니까? 어릴 때는 지지고 볶고 싸우던 여동생도 없으니까 그립고, 보고 싶고, 그렇더라고요. 처남도 둘이 있으면 서먹서먹하고 말도 별로 안 하는 사이였는데, 또 좋을 때나 어려울 때는 곁에 있는 것만으로도 위안이 되는 걸 분명히 느꼈거든요. 근데 이제는 그렇게 모일 수 있는 시간이 없는 거예요. 다들 어른이 돼서 각자의 짝이 생기고, 그렇게 부모가 되고, 또 자식이 생기면 더 모일 수 있는 시간이 줄어들겠죠. 물론 장인어른이 돌아가신 게 제일 큰 이유가 되겠지만, 이제는 모여서 뭔가 담소를 나누거나 마음을 나눈다는 게 쉽지 않은 나이가 되어 버린 겁니다.

둘째 날부터는 아들한테 팔베개를 하고 재웠습니다. 품에 안고, 이런저런 이야기를 하면서 재웠던 그 꿈이 지금도 너무 생생하게 기억이 나요. 아내는 아들이 두 살 되던 무렵부터 세상을 떠날 때까지 늘 일을 했어요. 학원에서 강사로 일을 하기도 하고, 작은 건설회사에서 경리로도 일을 하고, 마트에서 캐셔 일도 잠깐 하고요. 야근을 한다거나 회식이라도 하는 날에는 늦게 오잖아요. 회사에서 직책이 생기고, 책임감이 점점 생기면서 저녁 9시 넘어서 퇴근하는 날들이 많아지더라고요. 그렇게 아내가 늦게 오는 날에는 제가 항상 아들을 재웠습니다. 그때마다 늘 팔베개를 하고 재웠어요. 너무 어릴 때는 머리가 작으니까 팔베개하는 게 좀 그랬고, 두 살이 되면서부터 7살까지 항상 팔베개를 해서 재웠어요. 초등학교에 들어갈 무렵에는 아빠 팔이 불편하다고 그냥 자기 베개를 베고 잤고요.

아들이 보여주고 싶었던 게 그런 거였나 싶더라고요. 우리 가족들이 함께 있는 모습. 장인, 장모님, 저희 부모님, 처남, 아내, 고모, 그리고 아들. 가족이긴 해도 뭔가 어색하고 불편한 관계에 있는 사람들의 모임. 하지만 참척의 아픔 따위는 전혀 없는, 아직 어린 인생, 어린 영혼의 첫 일 년을 축하하는 그런 자리를 보여주면서 가족의 소중함을 일깨워주고 싶었던 게 아니었을까 싶습니다."

05

세 번째 날

"아들이 세 살 때 있었던 일인데요. 행복했던 기억들, 좋았던 기억들은 정말 수도 없이 많지만, 아들이 세 살이던 그때 당시를 생각하면 지금도 마음이 울컥하고 그렇습니다.

당시 지인의 소개로 자그마한 회사에 다니고 있었거든요. 대표님이 아주 능력도 좋고, 또 인성 면에서도 괜찮은 분이셔서 일을 해나가는 부분에 있어서 많이 배웠습니다. 대개 아침 9시에 출근해서 저녁 6시에 퇴근하는데, 일이 없으면 2시나 3시에 퇴근하기도 했거든요. 그만큼 편하게 일을 다니기도 했고요.

하루는 아침 출근길에 아들이 "아빠, 가지 마." 하고 떼를 쓰면서 울더라고요. 무슨 문제가 있거나 그런 건 아니었어요. 그냥 아빠랑 놀고 싶고, 그날따라 아빠랑 있고 싶고 그랬던 거 같아요. 회사에 안 갈 수는 없으니까 간신히 떼어놓고 나가려고 하는데 "아빠, 가." 하고 떠밀더라고요. 눈물을 펑펑 흘리며 떠미는데, 아내도 있었고 해서 저러다 말겠지, 싶어 손을 흔들고 가려고 했어요. 근데 이번에는 잽싸게 뛰어와서 바짓가랑이를 잡고 울더라고요. 이제는 막, 더 크게 우는 거예요."

그는 생각에 잠긴 듯 잠시 이야기를 멈추고 검지손가락으로 눈썹을 갈그락갈그락 긁었다. 그때의 추억이 그의 마음에 새로운 감정을 불러일으키는 듯했다. 오랜 시간이 지난 후에 '사실 이 이야기를 할 때마다 되게 아들 생각이 많이 나고 그런데…' 하고 운을 뗀 그는, 단정하게 손질된 그의 머리를 다시금 정돈하려는 듯 조심스레 쓰다듬었다. 고개를 숙인 그의 모습에서 하늘의 창을 찢고 날아오른 자식을 향한 깊은 그리움이 묻어나는 듯했다.

"아들을 품에 안고 한참을 다독여주다가 이야기했어요. "아빠는 세상을 다스리러 가는 거야. 아빠가 세상과 싸우지 않으면, 아빠도 세상에 있는 수많은 바보들처럼 평범한 사람으로 살게 될 거야. 아빠가 바보처럼 사는 것보다, 세상을 다스리는 사람이 되는 게 좋겠지?" 하고요. 제 이야기가 통했는지, 아니면 좀 울어서 감정이 가라앉아서 그랬는지는 몰라도, 뭐 그렇게 달래고 사무실에 왔어요. 왔는데, 같이 근무하는 과장님이 '아침에 친구가 죽었다는 연락을 받았다.'라는 거예요.

저녁에 남편분이랑 식사하면서 이런저런 담소를 나누다가 갑자기 스르르 뒤로 넘어갔고, 그대로 세상을 떠나셨다고 들었습니다. 54살이셨고요. 54살이면 뭐, 젊죠. 한창 일해야 할 나이 아닙니까? 이제 애들 제대시키고, 대학 졸업시키고, 뭔가 인제 내 인생을 제대로 한 번 살아봐야겠다, 하고 기지개를 켜야 되는 나이에 세상을 떠나신 거잖아요.

그날 과장님이 장례식에 다녀오셔서는 이렇게 이야기하시는 겁니다.

"하고 싶은 것 다 하고 사세요."

그리고 혼잣말로 '아, 진짜 허무하다.' 하시더라고요.

그리고 얼마 안 지나서 비슷한 시기에, 그런 비슷한 경험을 다시 겪었어요. 다른 지인 한 분이 그렇게 돌아가신 거예요. 이분은 나름 사회적 위치가 있는 분이셨어요. 주위 사람들의 평판도 좋고, 본인의 업무 분야에서 직장 동료들의 만장일치로 몇 번이나 대표직을 연임하실 정도로 인품도 훌륭하신 분이었습니다. 아주 건강하고, 진실하고, 자기 관리도 잘하는 분이셨습니다. 굉장히 멋진 분이셨죠. 근데 하루는 동료들이랑 식사하시다가 갑자기 앞으로 고개가 찬찬히 숙여지더니, 그대로 돌아가셨습니다. 무슨 유언 같은 것도 없었어요. 그냥 평소처럼 일하고, 미팅하고, 식사하는 자리에서 갑자기, 그야말로 갑자기 돌아가신 거예요.

그때 제가 죽음에 대해서 정말 많이 고민했습니다. 따지고 보면 오늘, 혹은 내일, 뭐, 운명이라는 게 진짜 있다면, 지금 당장이라도 죽을 수 있는 게 인생이잖아요. 그럼 어떤 걸 제일 먼저 준비해야 하나, 참 많이 생각했었습니다. 지금부터라도 가족한데 손편지를 좀 써볼까, 책을 한번 써볼까, 아버지로서, 남편으로서, 아들로서 해야 할 이야기들을 담은 영상이나 노래 같은 걸 좀 만들어볼까, 그런 생각이 들기도 하고요. 그때 세상을 떠난 그분도, 자신의 마지막이 오늘이라는 사실을 미리 알고 있었더라면, 매 순간 어떤 선택을 해왔을지는 불을 보듯 뻔하잖아요. 가족과 많은 대화를 나누고, 정말 사랑한다고 이야기하고, 매 순간마다 감사해하고, 또 세상 모든 것들에 크고 작은 의미를 부여하면서 하루하루 살아가려고 노력하셨겠죠. 물론 평소에도 그렇게 살아오신 분이셨지만요.

문득 생각난 건데, 고등학교 3학년 때 일입니다. 그때 집 근처 독서실에 다녔거든요. 당시 초등학교, 중학교 동창인 친구 한 명이 제 자리 바로 뒷자리에서 공부를 했어요. 지금은 변호사가 된 거로 아는데, 꽤 공부를 잘하던 친구였어요. 그리고 그 친구의 옆자리에는 또 다른 친구가 한 명 있었습니다. 초등학교만 동창이었던 그 친구는 지금 뭐 하는지 모르는데, 그 친구도 굉장한 수재였어요. 고3 1학기 모의고사에서 수리Mathematics랑 언어영역Korean Language에서 전국 1위를 한 적도 있습니다. 근데 수능을 5개월인가, 남겨놓고 갑자기 자퇴를 하겠다는 거예요. 뭔 소리냐, 웃기지 마라, 하고 주변에서 대수롭지 않게 이야기했는데, 자기는 심각한 거예요. 나는 이런 공부 말고 진짜 공부를 하고 싶다, 하면서 얼마 뒤에 진짜 자퇴를 해버린 거예요. 아시죠? 검정고시로 대학 간다고 하면 주변에서 어떤 반응들이었는지. 지금은 좀 낫다고 하지만, 당시만 하더라도, 뭐 사회적 인식이 그렇잖아요. 근데 자퇴를 해버리더라고요. 나중에 검정고시로 대학 갔다고는 하던데, 잘 모르겠습니다.

대학 안 가고 바로 사업 전선으로 뛰어드는 친구들도 있지만 사실 그건 일부분이고, 고3이 수능 준비한다고 하면 뭐, 비슷비슷하잖아요. 밤새워 가면서 문제집 풀고, 강의 듣고, 학원 다니고, 또 뭐 하고 뭐 하고. 막 어떻게든 대학을 가야 한다는 그 압박감이랑 긴장감이 말도 못 하죠. 저희도 마찬가지였고요. 그냥 온 가족이 피를 말리는 전쟁을 치르는 거잖아요.

근데 이 친구는 완전 딴판인 거예요. 이 친구의 공부는, 우리가 하던 공부랑은 좀 다르더라고요. 다들 수학 문제집이나 영어 문제집 풀고 있는데, 이 친구는 월간경제지를 어디서 구해와서 읽는다거나, 경제신문을 집중적으로 파는 공부를 하고 있는 거예요. 그리고 외국에서 가지고 온 영자신문을 읽기도 하고요. 언젠가 보니까 두꺼운 한자 문제집을 갖고 와서는 하루에 40자씩 한자를 쓰면서 외우고 있는 거예요. 또 중, 고등학교 국어 교과서를 계속 반복해서 읽고 생각하고요. 그러니까 수험생 입장에서는 말이 안 되는 거죠. 야, 그게 무슨 공부냐, 국영수를 해야지. 근데 일단 모의고사만 쳤다, 하면 도道, Province에서는 그냥 1등인 거예요.

하루는 변호사가 된 친구가 수학 문제집을 풀고 있는데, 이 친구가 옆에서 그 모습을 본 거예요. 수학 문제집 푸는 모습을요. 그걸 보고는 대뜸 이러는 거예요.

"야, 답지를 없애!"

그리고 두 친구는 꽤 옥신각신했던 것 같아요. 자세한 대화는 기억이 안 나는데, 대충 이런 거였겠죠. '수학은 답이 중요한데 왜 답지를 없애냐, 안 된다.' 하는 게 변호사 친구의 답변, '답지가 있으면 문제 해결능력이 떨어진다, 다양하게 문제를 해결할 수 있는 방법을 찾는 게 우선이다, 답지를 없애라.' 하는 게 그 수재 친구의 답변인 거죠. 저는 그 순간이, 지금도 굉장히 생생하게 제 기억 속에 남아서 제 마음을 아주 강하게 울리는 걸 느낍니다. 아들을 키우면서 그때 그 생각이 참 많이 들었습니다. 그 친구가 그냥 툭, 던진 그 한마디 말이, 그 친구가 다른 친구들과는 그토록 다를 수 있었던, 아주 탁월할 수 있었던 부분에 대한 분명한 해답이었던 거예요.

수학이라는 학문이 영어나 국어처럼 문장의 맥脈을 유추해서 의미를 해석하고 답을 구하는 학문이 아니잖아요. 1+1=2처럼 분명하고 명확한 답이 나오는 학문 아니겠습니까? 좀 다르게 이야기하자면, 아무리 완벽한 과정을 통해서 문제를 해결하는 계산식을 써 내려간다고 해도, 결과적으로 숫자 하나 틀리면 모든 과정이 다 쓸모없어지는 학문이라는 거죠. 그렇게 복합적인 사고력을 요구하는 과목이다 보니 과정이 올라갈수록 굉장히 중요해지는 과목인 반면에, 복잡한 계산 과정 자체가 워낙 골머리를 앓게 하다 보니까 학생들이 가장 힘들어하는 공부가 아닌가, 싶어요. 실제로도 그렇잖아요.

그래서 수학이 굉장히 포기가 빠른 과목이죠. 대단히 무슨 재미를 붙이지 않는 이상 힘들고 어려운 과정이 상당히 많고, 다양한 방식의 사고를 요구하기도 하고요. 많은 학생이 수학을 어려워하는 이유도, 다 이 골치 아픈 사고의 과정을 뛰어넘지 못했기 때문이 아닐까, 싶습니다. 뭐, 저도 그랬고요. 수학 제일 못했거든요.

근데 나이가 들면 들수록 그 친구 말이 막 생각나는 거예요. 수학이랑 상관없는 인생을 살고 있고, 또 시간도 많이 지났는데도요. 아무래도 어린 마음에 뭔가 많은 깨달음을 준 경험이라서 생각나는 게 아니었나 싶거든요.

실제로 수학에서 답지를 없애면 문제를 해결할 수 있는 길이 많아지잖아요. 굉장히 다양하게 문제를 해결할 수 있는 방법을 생각해볼 수 있겠다 싶은 겁니다. 그래서 저는 지금도 한 번씩 수학 문제집을 풀거든요. 심심하거나, 시간이 좀 남으면 수학 문제집 펴놓고 문제 풀이를 하고 그래요. 그래봐야 초등학교 고학년 수준인데, 풀다 보면 집중력도 생기고, 또 재미도 있고 그렇더라고요. 틀리면 다시 풀면 되고요. 성적 올리기를 위한 문제 풀이가 아니니까, 그냥 재밌게 풀어보는 거예요. 손으로 도형도 그려보고, 계산식도 써보고요. 그냥 잘 먹고 잘 살기 위해서 해야 되는 게 수학이라면 확실히 힘들고 고통스러운 과정인 건 맞는데, 생각하는 그 자체의 즐거움을 위한 공부라면, 수학만큼 재미있는 공부도 없다 싶더라고요.

근데 살다 보니까, 수학에만 답지를 없애야 되는 게 아니다 싶은 거예요. 누구나 답지 같은 인생이 있지 않습니까? 좋은 대학 졸업하고, 좋은 직장 들어가고, 예쁜 아내나 잘생긴 남편 만나서 결혼하고, 땅도 사고, 집도 사고, 하는 그런 일련의 과정들. 그게 사실 알고 보면 다 답지잖아요. 그냥 누구나 아는 그런 답지요. 저는 그런 아버지, 그런 인생을 요구하는 아버지가 되고 싶지 않았어요. 답지는 없애버리든지 참고만 해라, 참고하다가 옆길로 빠지는 사람 있으면 그 길로도 가보고, 길이 없으면 돌아서 다른 곳으로도 가보고, 그렇게 살아봐라, 하고 이야기해주는 아버지가 되고 싶었단 말입니다. 물론 정해진 답이란 건 있습니다. 수학에는 답이 있고, 인생에는 죽음이란 게 답이 되겠죠. 누구나 죽으니까요. 그럼 그 마지막까지 해답을 찾기 위해서 끊임없이 모험하고, 또 나름의 진리를 찾아가는 과정이 필요하겠죠. 그게 수학과 인생이 참 닮은 점이라는 생각이 들더라고요. 인생에 딱히 해답이라는 건 없지만, 저마다 살아가면서 해답을 찾는 것 같아요. 살다 보면 수학 문제를 풀면서 만나는 재미랑은 비교할 수 없을 정도로 대단한 재미가 많이 숨어 있잖아요. 그런 재미를 느끼지 못하면서 하루하루를 산다면, 그보다 내 인생에 낭비가 어디 있겠습니까?

세 번째의 날이 그렇게 저물었습니다. 자기 전에 무릎에 앉혀놓고 책을 읽어주고, 음악을 켜놓고, 제 팔을 베고 누운 아들을 재우면서, 그런 이야기를 조곤조곤 해줬던 기억이 나요. "인생은 있잖아, 정해진 길이 없어, 아들이 만들어가는 대로 만들어지는 거야.", 뭐 그런 이야기들. 고리타분하고 시시콜콜한 이야기이긴 한데, 그냥 아버지니까 할 수 있는 이야기였던 거죠. 어쩌면, 그런 이야기들이 내가 정말 아들한테 해주고 싶었던 말들이었겠구나, 당시에는 어려서 해주지 못한 이야기들을 꿈에서나마 아들에게 해주는구나, 그랬던 게 아니었나 싶어요. 아내는 뭐, 제가 그냥 잠꼬대하는구나, 그렇게 생각했겠죠."

06

네 번째 날

"네 살이 되어서는 말을 제법 잘하더라고요. 그전에도 '또래에 비해서 꽤 빠르다.'라고 느끼긴 했거든요. 그래봐야 애들 수준 차이가 오십 보백보 정도이긴 할 건데, 그런데 네 살이 되니까, 뭐랄까, 사용하는 어휘에서 확실히 빠르다는 느낌이 들더라고요. 야, 요 녀석이 제법 말을 잘한다, 언제 이렇게 자랐을까, 싶은 거예요.

네 살, 그리고 다섯 살은 진짜 부모가 같이 놀아줘야 되는 시기더라고요. 장난감을 가지고 놀 때도, 잠깐 뛰어놀 때도, 항상 제가 곁에 있어야 안심이 되는가 보더라고요. 제가 없으면 뭐, 아내라도 있든지. 그런 시기가 아니었나 싶어요.

네 살이 되고 나니까 아들이 그렇게 놀아달라고 하더라고요. 밥 한 숟갈 떠먹고 돌아서면 아빠 놀아줘, 낮잠 한숨 자려고 누우면 아빠 놀아줘, 아침에 일어나서 정신이 하나도 없는데 아빠 놀자, 공부 좀 하려고 서재 책상에 앉으면 아빠 놀아줘. 아빠 놀아줘, 엄마 놀아줘, 이 말을 입에 달고 살더라고요. 애들이 단순하니까 놀아주는 거야 뭐 어렵지 않은데, 중요한 시험이나 일을 앞두고 있는데 놀아달라고 하니까 뭐 어떻게 해야 될지 모르겠더라고요. 지금 같으면 모든 걸 다 내려놓고 하루 종일, 평생이라도 놀아줄 수 있을 것 같은데, 당시엔 현실이 급급하니까 그게 안 되더라고요. 윽박지르거나 화를 낼 수도 없고, 급한 일은 해야 하는데 안 놀아줄 수도 없고. 그렇다 보니까 애들이 보는 만화를 티브이로 많이 보여주곤 했습니다. 정작 아내나 저는 티브이를 전혀 안 보는데, 아들만 주야장천 티브이를 보여주는 거예요.

하루는 아내가 그러더라고요. '우리한테 어리광부리고 놀아달라고 조르는 껌딱지 아들을 볼 날이 생각보다 길지 않다, 이제 초등학교만 들어가도 친구들이랑 놀러 간다고 할 것이고, 머리가 굵어지면 이런 시간이 그리워질 텐데, 우리가 같이 있을 때는 티브이 보여주지 말고 많이 놀아주는 게 좋지 않겠느냐.' 하고요. 그 뒤로는 티브이를 보여주기보다는 놀아주려고 많이 노력했던 것 같습니다. 재밌는 책도 빌려와서 같이 보고, 장난감도 빌려와서 같이 놀기도 하고요. 그걸 아들도 느끼는 것 같더라고요. 티브이 보는 것보다 엄마랑 책 읽고 아빠랑 풍선 놀이하는 게 더 재밌구나, 하고요.

그 무렵 언젠가 아내가 아들한테 물어봤대요. 아빠가 왜 좋냐고. 이유는 다양하겠지요. 아빠라서, 맛있는 거 사줘서, 엄마한테 잘해줘서. 뭐 그런 거 있잖아요. 애들은 단순하니까요. 근데 아들이 "아빠는 나랑 잘 놀아줘서 좋아."라고 이야기했다는 거예요. 저는 그 이유가, 아들이 아빠를 좋아해주는 이유가 된다는 게 좀 신기했습니다. '나는 그냥 장난감 갖고 놀고 조곤조곤 책 읽어준 것 말고는 해준 게 없는데, 그게 아들이 아빠를 좋아할 수 있는 이유가 되는구나.' 하고요.

하루는 어린이집 갔다가 집으로 오는 길에 "아빠, 이따 집에 가서 공룡 놀이랑 자동차 놀이 할거지?" 하고 묻더라고요. 저도 일하고 저녁에 집에 오면 바쁘잖아요. 나름 가정적인 남편이 되겠다고 설거지도 하고, 빨래도 돌려서 널어놓고, 집 정리도 하고 그러는데, 그 시간에도 같이 놀아줄 수는 없으니까 잠시 티브이 틀어주고 아들이 티브이 보는 동안 저는 집안일을 좀 하고 그랬거든요. 그러다 어느 정도 컸을 때는 티브이만 보여줄 수 없어서 제가 같이 놀아주고 그랬습니다. 애들이랑 놀아준다는 게 뭐 대단한 거 아니잖아요. 장난감으로 같이 놀고, 탱탱볼로 거실에서 공놀이하고, 아니면 운동장에 나가서 같이 공차고 노는 그 정돈데, 아직 어려서 그런지 그렇게 놀아주는 걸 아들이 참 좋아했어요.

그래서 아들이랑 자주 놀아주려고 노력했습니다. 어떨 때는 그냥 저 하고 싶은 대로 가만히 놔두기도 하고요. 딱히 위험한 게 아니라면 '아들이 하고 싶어 하는 대로 놔두는 것도 나쁘지 않은 선택이겠다.'라는 생각을 한 겁니다. 그냥 뭘 하든지 아무렇게나 내팽개친다는 말은 아니고, 이를테면 이런 거죠. 어디서 휴대용 전등을 갖고 나오는 겁니다. 서재 서랍 어딘가에 굴러다니던 거였을 거예요. 그걸 들고 와서 혼자 의사 놀이를 하는 거예요. 아들이 저한테 묻습니다. "어디가 아파서 오셨어요?" 그럼 저는 소파에 누워서 "이가 아파서 왔어요." 하는 겁니다. 그럼 아들이 "아, 해보세요. 아이고, 이가 많이 썩으셨네요. 고쳐드릴게요." 하면서 손가락이랑 면봉 같은 거로 제 입안 여기저기를 막 쑤시는 거예요. 저는 가만히 누워서 아들이 하는 대로 가만히 있고요. 어떨 때는 소파에 누워 있는데 제 머리를 깔고 앉아서 '이랴이랴' 하면서 말타기를 하기도 하고요.

그게 무슨 뛰어난 교육법이라든가 자녀교육의 바이블 같은 선택이라서 그렇게 놀아준 건 아니었어요. 남자애들은 몸으로 놀아주면 제일 좋아한다고 하더라고요. 그래서 몸으로 놀아주려고 참 노력을 많이 했던 것 같아요. 어디 잠깐 나갈 때도 어부바하고 다니고, 목마 태워 다니고, 안고 다니고, 소파에 가만히 앉아서 티브이를 본 적이 별로 없어요. 소파를 뒹굴면서 장난치고, 돌리고, 뒤집고, 늘 그랬던 기억이 나요.

어릴 때 읽은 책 중에 불효자와 효자에 관련된 동화책이 있었습니다. 제목은 기억이 안 나는데, 간략하게 설명드리자면 대충 이런 내용이에요. 어느 마을에 효자로 이름난 아들이 있는데, 그렇게 칭찬을 듣는 효자라는 겁니다. 그래서 이웃 마을의 어떤 사람이 그 효자가 하는 행동을 봤는데, 일반적인 효자와는 거리가 먼 거예요. 어머니가 아들의 신발을 벗겨주고, 밥을 떠먹이고, 이불을 깔아주고, 재워주고 하는데 이놈의 효자는 그냥 가만히 어머니가 해주시는 걸 누리고만 있는 겁니다. 홀어머니가 해주시는 걸 가만히 누리고만 있는 저놈이 어떻게 효자일 수 있나, 싶어 기가 찼는데, 그래도 뭔가 이유가 있겠거니 싶어 그 효자를 불러놓고 물어봤다는 거예요. "내가 보아하니 당신이 여차여차하던데, 어떻게 그렇게 효자로 알려졌느냐." 하고요. 근데 이 효자라고 하는 사람이 하는 말이 참 일리가 있는 게 뭐냐면, "어머니가 자신에게 해주고 싶어 하시는 그것을 하실 수 있도록 도와드린다."라는 겁니다. 어머니가 아들의 신발을 벗겨주고 싶어 하시면 그러실 수 있도록 가만히 신발을 벗겨주시는 걸 보고 있고, 밥을 떠먹여주시는 걸 기뻐하셔서 그렇게 하실 수 있도록 가만히 입을 벌리고, 자신을 재워주시는 걸 기뻐하셔서 자기는 어머니의 자장가를 들으면서 잠자리에 든다는, 뭐 그런 줄거리였거든요.

동화책이었으니까 어릴 때 읽은 책이었겠죠. 못해도 20년, 30년 전에 읽었던 책이 아니었을까 싶은데요. 근데 그 내용이 어른이 되어서도 생생하게 기억에 남는 겁니다. 동방무례지국이니, 동방안하무인지국이니 하는 말도 요즘에는 심심찮게 들리긴 하는데, 어쨌거나 한국이라는 나라에서 어릴 때부터 배워온 교육과는 좀 다른 분위기의 동화 속 이야기가 참 신선하게 와닿았던 것 같습니다. 그래서 아들을 키우면서도, 그때 읽었던 동화책에서의 내용처럼 자식을 키워보자는 생각을 자연스럽게 하지 않았나 싶습니다. 아들의 수준에서 이해하지 못하는 실수에 대해 질책하지 않고, 남에게 큰 피해 주지 않고, 아주 위험하지 않은 놀이 정도라면 그냥 하고 싶은 대로 놔둘 것, 그 정도의 기준을 갖고 아들을 키웠던 기억이 납니다. 교육의 관점, 그러니까 옳고 그르다의 관점에서 봤을 때 제가 했던 방식들이 옳은 것이었는지는 잘 모르겠습니다. 다만 그때는 그렇게 하는 것이 아들의 영혼이 자유롭게 세상을 거닐 수 있도록 돕는, 부모로서 할 수 있는 최소한의 역할이 아닐까 생각했던 거죠. 결과적으로 아들과 꽤 친했다고 생각합니다. 아들이 저를 참 편안해하고, 또 좋아해주었으니까요. 그때가 아들이 네 살 되던 해였죠. 그해에는 제 인생을 좀 되돌아볼 만한 큰 변화가 하나 있었습니다.

하루는 지인한테서 연락이 왔어요. 택배회사가 매물로 나온 게 하나 있는데 일이 괜찮다, 그리 힘들지도 않고 수익률도 좋다, 당신이랑 잘 맞는 일 같으니까 한번 해보라, 그런 이야기를 하더라고요. 일종의 사업 제안이었던 거죠. 매매자금이 1억인데, 한번 해보면 어떻겠느냐, 그런 소리도 하고요. 근데 1억이라는 돈이 적은 돈이 아니죠. 마음을 먹고 돈을 모은 사람이 아닌 이상, 현찰 1억을 통장에 갖고 있는 사람이 얼마나 되겠습니까? 대출을 받으면 되지 않느냐고 이야기는 하는데, 당시에 대출을 받을 만한 상황도 안 됐고요. 나중에는 집을 팔면 되지 않겠느냐고 하더라고요. 결혼할 때 매매로 들어온 집이었는데, 오르지도 않고 내리기만 하는 그런 집이라서 늘 골치가 아팠거든요. 처음에는 말도 안 되는 소리라고 생각했죠. 근데 그 지인이 이야기하는 수익률을 보니까, 한 1년에서 1년 반 정도 하면 다 갚겠는 거예요. 고객도 꾸준히 있고, 수익률도 괜찮다고 하니까 안 할 이유는 없겠더라고요. 뭘 하든지 힘든 건 있고, 어려운 일도 있지만, 돈이 된다고 하니까 한번 해보자, 싶었던 거죠. 그래서 집을 팔려고 보니까 딱 1억이 나오더라고요. 나름 믿을 만한 사람이었기 때문에, 별 의심 없이 집을 팔아서 인수자금을 마련했습니다. 한 달 정도 일을 배우고, 그사이에 매매자금을 마련해서 인수하고, 서류를 정리하고, 작은 월세방으로 집을 옮기고, 그렇게 일을 시작했어요. 살던 집이 큰 집은 아니었는데 막상 이사를 하려고 보니까 옮길 짐도 엄청나게 많더라고요. 10년 동안 사용한 장롱도 버리고, 책상도 버리고, 침대도 버리고, 안 입는 옷도 그때 대부분 정리하고요. 덕분에 집 정리는 잘한 것 같습니다. 그래도 뭐, 수익률이 괜찮다고 하니까 걱정은 안 했습니다. 너무 안일하게 생각한 거죠.

한 달 해보니까 답이 바로 나오더라고요. 일단 일 자체가 엄청 힘들었습니다. 택배 중에서도 소화물 택배가 있고 대형화물 택배가 있는데 제가 인수한 택배 회사는 대형화물 택배사였습니다. 물류 차량이 얼마나 일찍 들어오는지, 새벽 3시 반에서 4시 사이에 일어나서 준비해서 나가면 이미 차가 와 있어요. 그럼 물류 기사들이 늦게 나왔다고 막 잔소리를 합니다. 새벽 4시 반에 사무실에 출근했는데도 지각을 한 거예요. 그러니까 새벽 4시 출근이라는 게 일단 말이 안 되는 거죠. 그 시간에 눈 비비면서 나가서 지게차로 짐 내리고, 구역별로 분류하고, 새벽 5시 정도 되면 여기저기 배달을 다니는 겁니다. 예전에 영업직 사원으로 회사 다니던 때를 생각해보면, 아무리 출근이 빨라도 아침 6시였습니다. 그것도 핵심 영업 기간에 실적 채우려고 그 시간에 출근하는 거지, 평소에는 8시에서 8시 반에 출근하는 게 일반적이었습니다. 아닌 회사도 있겠지만, 대부분 그렇잖아요. 그러니까 그 일 자체가 일반적인 상식으로는, 도저히 이해가 안 되는 일인 거예요. 누구나 아는 그런 일반적인 상식으로는요, 일반적인 상식으로는요.

아는 동생은 환경미화원으로 일하고 있는데 거기도 새벽 4시에 일을 나간다고 하더라고요. 근데 일 자체는 그렇게 힘들지 않대요. 주말이랑 빨간 날 다 쉬고, 명절에 떡값 나오고, 특근하면 특근비 나오고요. 연봉 자체가 높진 않지만 공무원이니까 안정적이기도 하고, 뭐 그렇지 않겠습니까?

근데 택배는 개인사업이거든요. 솔직히 사업도 아니죠, 그냥 자영업이에요. 새벽 4시부터 그 무거운 짐 배달 다니면서 일해도 회사 다닐 때보다 월급이 적었습니다. 월초에 직원 월급 주고, 월세 주고, 사납금 정리하고, 미수금 정리하고, 그렇게 하나하나 결산을 하다 보면 처음에 이야기한 수익률의 3분의 1도 안 되는 거예요. 어떤 달에는 차 수리에 보험에 이것저것 빼고 나면 한 달 수익이 100만 원도 채 안 되던 때도 있었습니다. 한숨밖에 안 나오죠. 지금 뭐 장난하나 싶더라고요. 어떤 사람은 택배 착불금이 몇 달 치나 밀려 있는 경우도 있었어요. 그걸 달라고 했더니 '누가 안 준다고 하더냐, 젊은 사람이 왜 그렇게 돈 돈 거리냐.' 하면서 쌍욕을 들은 적도 있습니다. 주먹다짐 안 한 게 다행이다 싶을 정도로요. 그 일이 그런 일이더라고요. 힘들고, 더럽고, 굉장히 위험한 일인 거죠. 그래서 그런지 모르겠는데, 저는 그 일이 남들한테, 특히 자식한테 자랑스럽게 이야기할 만큼 괜찮은 일은 아니더라고요. 그 일이 재밌고, 적성에 맞는 사람도 있겠죠. 저는 아니었어요. 몸을 쓰는 일이다 보니까 사무직보단 스트레스를 적게 받는다는 게 그나마 장점이라면 장점이었습니다.

하루는 이런 일도 있었어요. 퇴근 시간이 다 돼서 한참 일을 마무리하고 있는데 그, 스키드Skid라고 하나요? 타이어 끼이이익 하는 소리가 엄청 크게 들리더니, "쾅!" 하면서 사고 나는 소리가 들리는 거예요. 사무실 바로 앞에서요. 사무실 앞 도로가 약간 내리막인데, 자동차전용도로라서 과속하는 차들이 많이 있습니다. 무슨 일인가, 하고 보니까 내리막을 내려가던 트럭 한 대가 방향지시등을 안 넣고 끼어드는 옆 차를 피하다가 바퀴가 미끄러지면서 갓길에 주차되어 있던 직원 차를 들이박은 거예요. 다행히 사고를 낸 분도 다치진 않았고 인명

피해도 없었는데, 직원 차가 완전히 박살 나서 폐차를 했습니다. 트렁크는 뭐, 완전히 날아가고 운전석까지 밀고 들어왔더라고요. 얼마 안 되어서 경찰도 오고, 119구급대도 오고, 레커 차도 오고 난리도 아니었습니다. 인명피해만 없었다 뿐이지, 차를 폐차할 정도로 사고가 컸으니까요. 근데 그 직원 차가 세워져 있던 곳이, 제가 한 번씩 아들을 데리고 걸어가던 도로였거든요. 일이 조금 늦게 마친다 싶으면 먼저 어린이집에서 아들을 데리고 사무실에 와서 일을 마무리한 뒤에 같이 퇴근하곤 했는데, 그때 주차장이 있는 곳까지 걸어가는 길이 바로 그 사고지점이었던 겁니다.

제가 생각을 좀 해봤어요. 그 사고가 발생한 시간이 오후 5시 무렵이었거든요. 평소 제가 어린이집에서 아들을 데리고 오는 그 언저리 시간대였던 겁니다. 만약에, 정말 만약에, 그날 제가 아들을 데리고 그 시간에 사무실로 왔었더라면, 그럼 저랑 아들은 이 세상에 없는 거거든요. 설령 살아 있다고 하더라도 하반신이 완전히 날아갔거나, 평생 아들이랑 저는 식물인간으로 살아야 하는 상황이 발생할 수도 있었겠구나, 싶은 거예요. 생각지도 못한 순간에 가족의 행복이 완전히 산산조각이 날 수도 있었겠다는 생각에, 갑자기 온몸에 소름이 끼치더라고요. 그 폐차된 차를 보고 있는 그때의 제 모습을 아들이 보여주는 거예요. 제 손을 꼭 잡고요.

그 정도로 위험한 상황이 몇 번이나 있었습니다. 말도 못 할 정도로 많아요. 하루는 어떤 분이 '무거운 짐을 하나 보내려고 하는데 도저히 차로 실을 수가 없어서 그렇다, 좀 실으러 와달라.' 그런 부탁을 하는 거예요. 주방에서 쓰는 세척기계였거든요. 그래서 '그렇게 무거운 건 안 된다, 실을 수가 없다.' 그랬더니 지게차로 가지러 오면 안 되겠느냐는 거예요. 당연히 안 된다고 했죠. 지게차를 타고 도로에 나가는 건 상당히 위험한 일이거든요. 근데 '이전에 있던 사장은 해주던데 왜 안 된다고 하느냐, 좀 도와주라. 대신에 보내는 요금 세 배로 얹어서 줄게.'라고 하는 거예요. 택배비 요금 세 배 해봐야 얼마 되지도 않습니다. 근데 그렇게까지 나오는데 안 해줄 수도 없고, 참 난감하더라고요. 그래서 차가 별로 없는 새벽 시간에 실으러 가야겠다, 생각하고 그날 밤을 기다렸습니다.

새벽 1시쯤 됐을 거예요. 사무실로 가서 지게차를 끌고 도로로 나왔습니다. 새벽이라 차는 별로 없는데, 문제는 비가 좀 내리고 있었어요. 내리막길인 데다 비까지 오니까 얼마나 위험하겠습니까? 지금 생각하면 그냥 끝까지 '나는 못 한다.' 그러면 되는 건데, 돈까지 받았으니 안 한다고 하기도 좀 그랬던 것 같아요. 그렇게 한참 목적지로 가고 있는데, 갑자기 엄청 큰 클랙슨 소리가 들리면서 상향등이 뒤에서 번쩍번쩍하더라고요. 백미러로 보이는 그 불빛이, 상당히 밝았던 기억이 납니다.

물류트럭이라고, 뒤에 컨테이너가 실리는 대형트럭이 있어요. 그냥 덤프트럭보다 좀 더 큰 트럭이라고 생각하시면 됩니다. 그 물류트럭이 막 고속으로 질주해오다가 그 내리막길에, 제가 타고 있는 지게차를 발견한 겁니다. 새벽 1시에, 비도 내리고 깜깜한데, 그 내리막길에서 지게차를 발견할 거라고 누가 생각했겠어요? 솔직히 말이 안 되는 상황이거든요. 근데 지게차는 바퀴가 작아서 속도가 잘 안 납니다. 지게차마다 다르긴 한데, 저희 사무실에 있는 지게차 크기로 평균 속도가 한 30km/h? 비도 오고 했으니까 더 느렸겠죠. 운전하던 그 양반도 깜짝 놀라서 급히 상향등을 켜고 옆 차선으로 이동한 모양이에요. 다행히 옆으로 지나가긴 했는데, 그 큰 차가 옆으로 훅 지나가니까 지게차가 휘청휘청하면서 흔들리더라고요. 지게차는 어지간하면 그렇게 흔들리지 않거든요. 근데 아마 그 차가 빗길에 미끄러졌거나 전방 주시를 하지 않았더라면, 아주 큰 사고로 이어질 수 있는 상황이었던 겁니다. 저는 뭐, 당연히 죽었겠죠. 그런 일이 정말, 정말 비일비재했습니다. 그렇다 보니까 그 일을 하는 동안에는 잠을 잘 못 잤어요. 별별 안 좋은 생각들이 계속 머릿속을 맴도는 거예요. 지게차에 깔려서 죽는 모습, 차 사고가 나서 트럭이 뒤집힌 모습, 그런 안 좋은 생각들이 계속 나더라고요. 그냥 딴 세상 이야기라면 모를까, 이미 비슷한 경험을 해봤고, 그렇다 보니까 충분히 나한테 일어날 수 있는 일들이잖아요. 앞서 말씀드린 그런 차 사고가 아들을 어린이집에서 데리고 오던 길에 났더라면 어땠을까, 그런 생각을 하다 보면 잠이 안 와요. 잠들어 있는 아들 얼굴에 뽀뽀하고 사무실로 나가던 생각도 나고, 아내 생일에 돈이 없어서 케이크 작은 거 하나 사놓고 촛불 불면서 축하해주던 때 생각도 나고, 뭐 그런 생각들이 그 일을 하는 동안 계속 마음을 울적하게 하더라고요. 그 일을 하는 1년 내내 그랬습니다. 그러다 어느 날 거울을 보니까, 중년의 아버지가 되어 버린 제 모습이 보이는 거예요. 하루하루가 너무 지치더라고요. 의욕도 없고요.

하루는 마음이 너무 힘들고 답답해서 사무실에 혼자 앉아서 엉엉 운 적이 있었어요. 근 5년, 10년 안에 그렇게 울어본 적이 있나 싶을 정도로 막, 소리 내서 울었거든요. 내 인생이 이렇게 무너지는구나, 싶고, 왜 이런 잘못된 선택을 내가 했나, 싶은 생각에 너무 힘들더라고요. 그렇게 막 엉엉 울고 있는 제 모습을 아들이랑 보는데, 참….”

감정이 북받친 듯, 그는 한동안 말을 잇지 못했다. 한참 뒤 겨우 감정을 추스른 그가 다시 이야기를 이어나갔다.

“지난 시간에 말씀드린 것처럼, 그럭저럭 괜찮은 직장에 다니고 있었거든요. 연봉이 그다지 높진 않아서 아쉬움이 좀 있긴 했는데, 뭐 동료들도 좋고, 일도 수월했고요. 회사는 좀 작았지만요. 근데 택배 일을 해보라고 추천한 지인이 그 회사를 그만두는 게 좋겠다는 식으로 이야기를 하니까, 솔직히 저도 좀 흔들리는 거예요. 고민을 많이 했죠. 그러다 결국 저도 ‘꽤 좋은 기회가 되지 않겠나’ 싶어서 회사를 정리하고 택배사를 인수했던 거고요. 아마 그 사람이 추천하지 않았더라면 그런 일은 아예 하지도 않았을 겁니다. 힘들고, 어렵고, 위험하고, 돈도 안 되는데 누가 그런 일을 하겠습니까? 그 사람도 세상을 너무 몰랐고, 저도 몰랐고, 둘 다 어리석어서 그런 선택을 했던 건데, 결국 모든 책임은 제가 져야 되는 상황이 된 거잖아요. 살면서 그렇게 후회해본 적이 있을까, 싶을 정도로 어리석은 선택이었던 겁니다.

좌우지간 그렇게 1년을 채우고 정리했습니다. 그때 손해를 꽤 많이 봤어요. 1억을 투자했는데 폐업 처리하고 나니까 3천만 원이 남더라고요. 7천만 원이면 적은 돈이 아니잖아요. 매매로 산 집도 팔았죠, 월세로 옮겼으니까 월세도 내야 되죠, 회사를 정리하고 나니까 돈은 없죠, 아들은 유치원에 들어가야 되죠. 참 답답하더라고요.

근데, 그때 마음속으로 한 가지 결정한 게 있었습니다. 그게 뭐였냐면, 이제 살면서 어떤 일이 있더라도 두 번 다시는 돈만 좇아서 인생을 살지 않겠다, 하는 일종의 결단이었습니다. 내가 정말 원하는 일, 하고 싶어 하는 일을 하면서 인생을 살아야지, '이제 아들도 커가는데 하고 싶어 하는 일만 하면서 살면 되냐, 돈을 벌어야지.' 하고 스스로 위로 아닌 위로를 하면서 원하지도 않는 일에 내 시간과 노력과 젊음을 바치면서 살고 싶지 않았습니다. 살다 보면 하기 싫은 일은 어떻게든 하게 되어 있잖아요. 사람이 어떻게 늘 좋은 말만 듣고, 하고 싶은 것만 하면서 살겠습니까? 근데 오직 돈을 벌기 위해서 하기 싫은 일을 하는 것과, 내가 이루고 싶은 꿈을 이루기 위해서 하기 싫은 일을 하는 건 시작점부터가 다른 거잖아요. 그때 '좋다, 내가 좀 어렵고 힘들더라도, 이제는 내가 이루고 싶은 꿈을 위해서 인생을 살아보자', 그 생각이 들더라고요. 그래서 사람들이 어렵고 힘들 때 인생의 전환점이 찾아온다고들 이야기하는구나, 하는 생각이 들 정도로 큰 변화였습니다. 아들이 제 손을 잡고 보여준 그 장면들, 울고, 힘들어하고, 위험하고, 어려워했던 순간들의 장면들이 제가 아들을 키우면서 결정적으로 심경의 변화가 생긴 경험들이었습니다. '아빠의 인생을 이렇게 흘려보내지 마세요, 나에게는 아빠랑 엄마보다 중요한 게 없어요', 하는 마음을 보여주려고 했던 게 아닐까 싶더라고요.

어린아이는 어떤 것이 숨은 뜻이고 어떤 것이 아닌지를 분별할 수도 없으며, 그런 나이에 갖게 되는 생각들은 쉽게 씻어내거나 바꾸기가 어렵다. 바로 이런 이유로 인하여 이들이 처음으로 듣게 되는 이야기들은 훌륭함과 관련하여 가능한 한 가장 훌륭하게 지은 것들을 듣도록 하는 것을 가장 중요하게 여겨야만 한다.
-[국가] 2권, 378d-e, 플라톤

그때 이후로 '매사에 너무 심각하게 생각하지 말자.' 뭐 그런 생각을 좀 했던 것 같습니다. 돈, 명예, 그거 뭐 별로 대단한 거 아닌데 내가 너무 심각하게 세상을 살려고 했던가, 싶은 거예요. 그 사업체를 정리하면서 마음이 많이 편해졌던 것 같아요. 아들을 대할 때나 아내를 대할 때, 늘 웃는 얼굴과 긍정적인 말을 꺼내려고 노력을 많이 했습니다. 그 일이 가르쳐준 것도 많았고, 또 유년 시절이나 학창 시절이 힘들었다 보니 철학적인 질문에도 관심이 많았거든요. 학교나 학원에서 학생들을 가르칠 때도 그랬습니다. 나중에 다시 설명을 드리겠지만, 학생들이 저에게 붙여준 별명이 있었는데 'yes man'이었어요. 학생들이 무슨 실수를 해도 저는 다 오케이부터 했거든요. "숙제 안 했어? 잘했어", "친구랑 싸웠어? 잘했어", "오늘 엄마한테 대들었어? 잘했어", 뭐 그렇게 아이들을 가르쳤던 기억이 납니다. 애들 머리로는 이해가 안 되는 거죠. 숙제를 안 한 게 솔직히 잘한 건 아니잖아요. 근데 저는 이렇게 생각한 겁니다. 너무 피곤해서 못 했을 수도 있고, 엄마 아버지가 싸우시는 모습을 보는 게 너무 힘들어서 숙제를 못 했을 수도 있고, 아니면 한글을 읽는 것 자체가 너무 어려워서 숙제를 못 했을 수도 있다, 그렇게요. 다문화 가정이라거나, 부모님이 맞벌이를 해서 공부하는 걸 어려워하는 애들은 초등 고학년이 되어서도 한글을 못 읽는 경우가 종종 있었거든요. 뭐 까먹었을 수도 있고요. 그렇잖아요. 엄마한테 오늘 대들었다? 이것도 한쪽 입장에서만 생각하면 안 되는 거라고 저는 생각했거든요. 엄마 입장에서는 잘못된 건데, 학생 입장은 전혀 아닐 수도 있고요. 이론으로 아는 옳음, 올바름은 절대 옳은 게 아니다, 그 학생의 사정은 본인 외에는 누구도 모르는 거다, 함부로 단정 지어서는 안 된다, 하는 생각을 하면서 아이들을 대했습니다. 그게 옳다, 그게 맞다, 하고 단정 짓기보다는, 반대의 상황도 생각해보는 거지

요. 덕분에 아직까지도 연락하면서 지내는 아이들도 있고요. 중학생
이던 아이들이 고등학생, 대학생이 되어서도 연락을 주고받는 거예요.
선생님, 잘 지내시죠, 선생님, 보고 싶어요, 하는 메시지를 받으면 그렇
게 뭉클할 수가 없습니다. 저로서는 저의 교육 철학이 옳았다고 믿게
만드는 결과였던 셈이죠."

07

다섯 번째 날

"다섯 살이 되어서 유치원에 가게 됐습니다. 유치원에 가면 어린 이집에서 만난 친구들이랑은 떨어지게 되잖아요. 아들이 어린이집에서 친하게 지내던 형이 한 명 있었는데, 다문화 가정에서 자란 친구였어요. 한국말도 서툴고, 또래 친구들이랑 잘 어울리지도 못했던 모양이에요. 근데 아내가 되게 밝거든요. 아들이 아내 성격을 쏙 빼닮았어요. 워낙 밝은 성격이라 잘 챙겨주고 그랬나 봐요. 어디 가도 "주하 형이랑 같이 갈 거야.", 놀 때도 "주하 형 같이 놀자." 이렇게요. 그 친구이름이 최주하였거든요. 아들이 유치원에 가면서도 주하 형을 그렇게보고 싶어 하는 거예요. 어릴 때 지나가는 인연이니 저러다 말겠지 싶었는데, 꽤 오랜 시간이 지났는데도 그 형을 찾더라고요. 그래서 제가주하 부모님한테 '대성이가 주하를 참 좋아해서 친하게 지냈지 않느냐, 어린이집에 가서도 주하를 보고 싶어 하니 자주 연락을 주고받자.' 이렇게 말씀드렸어요. 이후로 일주일에 한두 번은 주하 어머니랑 아버지한테 연락해서 같이 만나고, 차도 마시고, 놀이터도 가고 그랬습니다.

다문화 가정에서 자란 친구들이 대체로 밝지가 않아요. 성격이나 성향의 문제는 아닙니다. 이건 제 개인적인 편견이나 잘못된 판단에 근거해서 드리는 말씀이 아니고, 경험에 의해서 알 수 있었던 부분입니다. 이 친구들이 한국에 살면서 한국어를 배우지만, 집에서는 어머니, 혹은 아버지의 모국어를 배웁니다. 그러니까 한국어가 모국어지만 한편으로는 모국어가 아닌, 외국어인 셈이죠. 나이가 들면 어릴 때부터 다중언어를 배우는 게 참 좋은 경험이었다 생각할 수 있지만, 애들은 그렇지 않죠. 아무래도 언어가 서툴다 보니 뭔가 다르다는 걸 자기도 느끼는 겁니다. 그 친구들이 성인이 되면 어릴 때의 그저 그런, 조금은 어색했던 경험으로 인식할지 모르겠습니다만, 어린아이가 스스로 다른 친구들이랑 다르다고 느끼는 그 감정이 참, 말로 표현하기 어려운 불편함이겠죠.

하루는 이런 경우가 있었어요. 지인분이 외국인 아내분이랑 결혼해서 사는데 길에서 친구 부부를 만난 거예요. 거기도 다문화 가정이었고요. 그 부부한테 듣기를, 아들이 엄마한테 질문을 했대요. '징그럽다는 게 무슨 뜻이야?' 하고요. 그 부부 아이가 초등학교 2학년이었거든요. 그래서 지인분이 저한테 묻더라고요. 그럴 때는 뭐라고 대답해야 됩니까, 하고요. 간단하게 설명해줬지요. 지렁이나 뱀을 만질 수 있냐, 하고 물어보면 된다고요. '못 만진다고 하면, 왜? 하고 다시 되물어보면 된다. 그때 느끼는 감정이 징그럽다는 감정이다', 하고 설명하면 된

132

다고 말씀을 드렸습니다.

징그럽다는 단어의 사전적 의미나 이론을 설명하면 어렵잖아요. 그래서 그냥 생활에서 활용할 수 있는 예시, 경험을 들어서 설명을 드린 건데요. 이 이야기를 왜 드렸냐면, 대성이가 다섯 살 때 있었던 재밌는 경험 때문입니다.

먼젓번 상담 때, 아들의 수준에서 이해하지 못하는 실수에 대해 질책하지 않는 게 제 나름의 교육 철학이다, 뭐 이런 말씀을 드린 적이 있었던 것 같은데요. 그 실수라는 단어를 아들이 아주 어릴 때부터 가르쳐준 적이 있습니다. 이를테면 물을 쏟았어요. 아니면 아들이 생각하기에, 아! 이건 엄마 아빠에게 혼날 수도 있겠는데, 싶을 만한 실수를 했다고 예를 들어볼게요. 신기하게 그 순간 아들이 눈치를 보더라고요. 눈을 들어서 아내나 제 얼굴을 보는 거죠. 인간이란 존재가 참 신기한 게, 누가 가르쳐주지 않았는데도 이게 잘못된 행동이다, 혹은 야단을 맞을 만한 행동이다, 하는 걸 알더라고요. 그게 너무 신기한 거예요. 어떻게 이게 잘못된 행동이라는 걸 알지? 아들을 키우다 보니 그런 경험들이 참 신기하게 다가오는 겁니다.

근데 꽃병을 깨트린다든지, 컵을 떨어뜨린다든지, 우유를 쏟는다든지 하는 행동이, 사실 뭐 질책받거나 야단맞을 일은 아니잖아요. 그냥

133

실수였고, 어린아이들이니까 당연히 근력도 부족하고, 또 주위를 둘러볼 만한 지혜가 어른에 비해서는 아무래도 부족하니까 그런 일들이 발생하는 거잖아요. 그래서 제가 그런 실수, 그런 일들에 대해서 혼을 낸 적은 단언컨대 한 번도 없었습니다. 물론 잘못하면 혼이 나죠. 저희 앞에서 컵을 집어 던진다든가, 화가 나서 장난감을 부순다든가, 놀이터에서 친구를 때린다든가 하는 행동들은, 그전에 왜 그렇게 행동했는지 우선 들어보긴 해야겠지만, 좌우지간 혼이 날 만한 행동이라고 생각합니다. 일단 폭력을 쓰는 것 그 자체는 잘못된 거니까요. 하지만 그냥, 뭐 지내다 보면 으레 할 수 있는 실수, 의도된 잘못이 아닌 실수는 질책할 만한 일이 아니라고 생각했고, 또 지금도 그렇게 생각합니다. 어린아이에 불과하니까요. 그래서 아들을 키우면서, 아들이 하는 실수와 잘못을 구별하는 분별력이 무척 필요하고, 또 중요하다는 생각을 많이 했습니다. 어느 부모가 안 그렇겠냐만 저도 아내도 아들 교육에 대해서 관심이 많았고, 또 유년 시절과 학창 시절이 별로 행복하지 않았기 때문에 더 아들의 마음을 세밀하게 둘러보려고 노력했던 것 같아요.

> 분별력은 무지가 아니라 알고 있는 어떤 것에 의해서라는 것은 분명한 사실이다.
> -[국가] 4권, 428b, 플라톤

아들이 하루는 무슨 실수를 했어요. 별문제는 아니었고, 앞서 말씀드린 그런 사소한 실수요. 그래서 아들을 안고 이렇게 이야기해주었습니다. "아들, 이건 그냥 실수한 거고 잘못한 게 아니야. 그리고 실수는 언제든지 용서받을 수 있는 거야." 크고 작은 실수는, 뭐 인간이라면 누구나 하고 사는 거니까요. 일을 하다 보면 실수를 하기도 하고, 부부 관계에서도 서로 실수를 하잖아요. 괜히 말 한마디 잘못했다가 아내한테 구박받고, 뭐 남편들이 늘 그러잖아요. 직장이나 사업장 같은 조직에서도 실수를 할 수 있고요.

하루는 아내가 무슨 실수를 했어요. 대단한 건 아니고, 그냥 누가 봐도 실수처럼 보이는 그런 실수를 한 거죠. 근데 아들이 아내한테 이렇게 이야기하는 거예요.

"엄마, 아빠가 그랬는데 실수는 누구나 할 수 있고, 용서받을 수 있는 거랬어. 엄마, 그건 그냥 실수야. 괜찮아."

그런 모습들, 그렇게 점점 성장하는 모습들이 저나, 또 아내로 하여금 더 배우게 하고 성장하게 만들었던 것 같아요. 자식한테는 공부해라, 뭐 해라, 뭐 해라, 이야기하는데 정작 부모가 돼서 맨날 티브이 앞에서 드라마나 보고 있고 그러면 얼마나 웃기겠습니까? 그래서 저는 아들을 키우면서도 계속 공부하려고 노력했던 기억이 나요. 대단히 집착처럼 느껴질 정도로 공부에 매진했던 기억이 납니다.

아들이 네 살 되던 해에 제가 대학원을 준비했거든요. 공부에 왕도가 어디 있고 빠르고 늦은 때가 어디 있겠냐만은, 자식 키우면서 대학원을 준비하는 게 사실 빠른 건 아니잖아요. 대학 졸업하고 바로 석박사 따고 서른 갓 넘어서 교수가 되는 사람도 있고, 조기 졸업에, 조기 유학에, 무슨 최연소 박사니 해서 20대 중후반에 교수가 되는 경우도 있고요. 그런 사람들도 있는 마당에, 마흔이 돼서 대학원을 준비한다는 게, 저는 뭐 제가 살아온 인생을 아니까 재밌게 공부를 하긴 했지만, 아쉬움은 좀 남더라고요. 물론 후회는 안 합니다. 공부에 흥미를 가져본 적이 없는 유년 시절이랑 학창 시절을 보내다 보니, 나이가 들어서 그렇게 공부가 하고 싶더라고요. 아주 열심히, 재밌게, 또 신나게 공부를 했습니다. 그러면서 내가 공부에 흥미를 가지게 된 것처럼, 아들도 뭔가 배우는 걸 재미있게 느낄 수 있도록 해줘야겠다, 싶은 생각을 많이 했습니다.

그래서 그런지 모르겠는데, 제가 결혼하기 전부터 늘 생각하던 게 하나 있었습니다. 나중에 자식이 태어나면 무릎에 앉혀놓고 백과사전을 조곤조곤 읽어주어야겠다, 하는 거였습니다. 백과사전은 그냥 사전이잖아요. 글씨도 빼곡하고, 뭐 대단히 재미있을 만한 내용이 있을 리도 없죠. 그래서 아예 처음부터 결단을 했어요. "백과사전이란 건 말이야, 아주 재미있는 책이고 대단한 책이지만, 너무 재미있어서 혼자 읽다 보면 밥 먹는 것도 잊어버리고, 잠을 자는 것도 잊어버릴 정도로 그 내용에 푹 빠져 버리기 때문에 아주 위험한 책이야. 그러니까 절대로 혼자 읽으면 안 돼. 엄마나 아빠랑 같이 읽어야 되는 책이야. 그래야 이해도 잘 되고, 더 재미있게 읽을 수 있는 거야." 이렇게 교육해야겠다, 하고요. 엄마 아빠가 읽어주면 좀 재미없는 부분은 재미있게 읽어줄 수도 있고, 너무 어렵고 재미없으면 그 부분을 뛰어넘으면서 "여기는 너무 재미있는 부분이라서 나중에 읽자." 하면서 흥미를 유발시키는 척하면서, 그렇게 읽어줄 수도 있으니까요.

그래서 그때부터 백과사전을 조금씩 읽어주었습니다. 백과사전만 읽어준 건 아니었습니다. 성경도 읽어주고, 영어책도 읽어주고, 또 좀 어려운 책도 읽어주기도 하고요. 그런 책을 읽어줄 때, 매번 비슷한 방법으로 나름의 교육을 시켰던 것 같아요. "너무 재미있는 거니까 절대 혼자 보면 안 돼." 이런 말들이 아이들 심리를 꽤 자극시켰나 보더라고요. 하루는 운전하면서 어딜 가고 있었거든요. 근데 뒷좌석에서 아들 혼자 뭐라 뭐라 중얼거리면서 종이가 사각사각 넘어가는 소리가 같이 나는 겁니다. 뭐 하는고, 하고 보니까 제가 공부하던 책을 읽고 있더라고요. 윌리엄 제임스William James의 「심리학 원리The Principles of Psychology」였나, 그랬을 겁니다. 뭐, 글자를 아직 모를 때라서 이해하면서 읽는 건 아니었습니다. "토끼는 눈이 빨개요. 빨간 건 원숭이 엉덩이에요. 원숭이는 기차예요." 뭐 이러면서 읽고 있는 거예요. 그 모습이 참 귀여우면서도, 그렇게 뭉클하더라고요.

뭐 그렇게 다섯 살을 보내면서, 소변도 서서히 가리기 시작했습니다. 세 살 되던 해부터 기저귀 떼기 훈련은 했는데, 완전히 뗀 건 다섯 살이 되면서부터였어요. 매번 소변을 가린 건 아니고 이불에 쌀 때도 있었지만, 자기 전에 소변 누이고, "오줌 마려우면 아빠 깨워야 돼." 하고 이야기해주면 그런 날은 또 잘 가리고요.

저는 아침에 일찍 일어나는 편이거든요. 서재에서 책도 보고 운동도 하고 그러는데, 하루는 아침에 아들이 엉엉 울면서 저를 찾는 거예요. 이게 무슨 일인가 싶어 놀라서 아들한테 가보니까 저를 발견하고 더 큰 소리로 울면서 목에 매달리는 거예요.

나중에 아내한테 들은 이야기였는데, 아들이 오줌을 쌌다고 하더라고요. 오줌 싸면 아무래도 냄새도 나고, 축축한 그런 느낌이 있잖아요. 그런 느낌이 들어서 이불을 만져보니 축축하더래요. 전에는 아내가 아주 그냥 훈련을 시킬 요량으로 오줌을 싸면 깨워서 젖은 수건으로 닦이고, 옷도 갈아입히고, 잔소리도 좀 하고, 몇 번 그렇게 했던 모양이에요. 그날도 요놈을 어떻게 할까, 하다가 이른 아침에 자기도 좀 피곤하고, 또 아들이 스스로 뭔가 느껴야 되지 않겠나 싶어 그냥 놔뒀다고 하더라고요.

한참 그렇게 누워 있는데, 아들이 일어나는 인기척이 느껴지길래 실눈을 뜨고 가만히 지켜봤대요. 그랬더니 아들이 가만히 일어나서 자기 쪽을 빤히 쳐다보더래요. 아내는 자는 척 그냥 누워 있고요. 그러다 또 조용히 일어나서 문밖으로 나가려고 하다가 고개를 돌려서 아내 쪽을 보더랍니다. 아내는 또 자는 척 누워 있고요. 그렇게 방문을 열고 나가서 조용히 방문을 닫더니만, 아빠를 찾더래요. 그러다 아빠가 대답도 없고 아무 인기척도 없으니까, 막 아빠를 부르면서 엉엉 울더랍니다. 그때쯤 제가 나와서 아들을 안고 다독이고 하는 소리가 나더래요.

이놈이, 엄마는 무서운 거예요. 엄마한테 오줌 싼 걸 들키면 야단도 치고 뭐라고 하니까 엄마한테 들키는 건 겁이 났던 거죠. 반면에 아빠는 뭐라고 하지도 않고 엉덩이만 토닥토닥 두들겨주고, 씻겨주고, 씻기면서도 조곤조곤 이야기해주고 하니까 편했나 보더라고요. 그래서 뭐라 하는 엄마보다는 좀 편한 아빠를 찾은 건데, 그 아빠가 없으니 막 울었던 것 같다고 이야기하더라고요.

코피가 난 적도 몇 번 있어요. 겨울철에는 아무래도 집이 건조하잖아요. 그래서 코피가 나는 경우가 왕왕 있었는데, 그럼 아침에 일어나서 코피를 뚝뚝 흘리면서 저를 찾는 거예요. 제가 서재에 있으면 서재에 와서 코피를 닦아달라고 하는데, 제가 없는 날에는 꼭 베란다 문을 열고 제 이름을 막 불러요. 집이 3층이었는데, 제가 어디 갈 때면 항상 베란다 문을 열고 "아빠, 안녕! 잘 다녀와!" 하고 인사를 했거든요. 그게 습관이 되어서, 서재에 제가 없으면 베란다 문을 열고 저를 찾는 거예요. 그럼 거기엔 아빠가 있었으니까요. 베란다 문을 열면 아빠가 있을 거라고 생각하는 거죠. 그런데 베란다 문을 열고 아빠를 불렀는데도 아빠가 없으면 저를 막 부르면서 엉엉 우는 거예요. 그럼 아내가 일어나서 아들 코피를 닦아주고, 씻겨주고 해요. 나중에 제가 그 이야기를 듣고 집에 와서 보면, 베란다에까지 아들의 코피가 뚝뚝 떨어져 있더라고요. 그 코피를 보면 그렇게 마음이 아팠어요. 아들이 피를 흘리는 것도 마음 아프지만, 아빠를 찾아서 여기저기 돌아다녔을 그 마음이 생각나니까 좀, 그렇더라고요.

저는 아들이 저한테 와주는 게 참 고마웠어요. 엄마는 부드럽고 아버지는 엄하다, 그런 이야기를 하잖아요. 저는 반대로 했어요. 그게 옳았다기보다는, 그러고 싶었거든요. 아버지는 항상 부드럽고, 친구 같고, 편안한데 엄마는 비교적 엄한, 그런 가정을 꾸리고 싶었어요. 그런 아버지가 되고 싶었고요. 제가 아버지를 무서워하고, 어려워하고, 힘들어했기 때문에, 아들한테는 정말 편안한 아버지가 되고 싶었거든요. 아버지로서 역할을 잘했다기보다는, 그런 면에서는 참 성공한 게 아니었나 싶어요.

아내가 학원에서 일을 하다 보니까 저녁에는 항상 늦게 왔거든요. 대개 밤 10시, 11시 정도에 집에 왔었고, 학생들 시험 기간에는 자정이 넘어서 온 적도 꽤 많았어요. 그때는 그게 참 힘들었던 것 같아요. 어릴 때는 아빠도 중요하지만 엄마가 진짜 중요한데, 아내가 없으니까 아들이 늘 엄마를 찾는 거예요. 놀 사람도 별로 없고요.

아내가 없는 집에서 아들이랑 둘이 있으면, 참 미안하더라고요. 아내한테도 미안하고, 아들한테도 미안하고. 그래서 아들한테 잘해주려고 노력을 많이 했던 것 같아요. 잘해주고 싶다고 해서 잘되었느냐, 돌이켜보면 꼭 그렇지만도 않았습니다. 모든 부모는 자식에게 미안한 마음을 갖고 있다고 하잖아요. 저도 그랬어요. 아들한테 미안한 거랑 잘못한 것만 기억에 남지, 제가 아들한테 잘해준 건 별로 기억이 안 나더라고요. 물론 아들이 기뻐한 건 기억에 남지만요. 여하튼 그런 기억들 때문에 아들한테 항상 미안한 마음으로 대했던 것 같습니다. 그래서 아들이 저를 편하게 느낀 것도 있지 않았나 싶어요.

밤에 잘 때도 제가 항상 아들을 재웠어요. 저녁에는 아내가 없으니까요. 공휴일이나 휴일에는 물론 아내가 있지만, 그래도 제가 익숙하다 보니까 집에 아내가 있어도 제가 아들을 재우는 때가 훨씬 많기도 했고요. 먼젓번에도 말씀을 드린 것 같은데, 아들이랑 잘 때면 항상 아들에게 팔베개를 하고 재웠습니다. 그래야 아들을 품에 꼭 안을 수 있거든요. 아들을 꼭 안고 재우면 아들이 참 잘 잤어요. 잘 잤는데, 자기 전에 항상 하는 말이 있었습니다. "아빠, 엄마 언제 와?"하는 말이었거든요. 그 말이 당시엔 참 힘들었던 기억이 나요. 아들이 그렇게 떠나고 나서, 아내도 후회를 많이 하더라고요. 그때 우리가 좀 어렵더라도 아들 저녁밥도 차려주고, 같이 책 읽으면서 재워주기도 하고, 그렇게 하면서 돈 벌 수 있는 일을 할 걸, 왜 늦게까지 그렇게 야근을 했으며, 늦게까지 학생들을 가르쳐야 하는 학원에서 일을 하면서 아들과 보낼 수 있는 그 시간들을 날려버렸을까, 하고요. 저도 후회가 많이 돼요. 내가 돈을 많이 벌었더라면 우리 가족이 더 많은 추억을 가질 수 있지 않았을까, 내가 아니라 아내가 집에 있었더라면 아내와 함께 보내는 시간들이 더 추억이 되었을 텐데, 하고요. 매번 아빠가 아들이랑 집에 있으면서 재워야 하니까, 엄마가 해줄 수 있는 것들이 줄어들 수밖에 없잖아요. 엄마 손이 가장 많이 필요한 시기에 엄마는 없고 아빠만 있으니까 아무래도 애정결핍이라든지, 여러 가지를 생각할 수밖에 없겠더라고요. 그래서 잠을 잘 때면 아들을 품 안에 꼭 끌어안고 잠을 재웠어요. 아빠가 아들을 너무너무 사랑한다는 것을 보여주기 위해서 그랬던 거죠.

제가 누우면 아들이 등을 제 쪽으로 향하고 누워요. 그럼 저는 아들을 등 뒤에서 꼭 끌어안고 재웠습니다. 아들을 뒤에서 꼭 끌어안고, 아들의 두 손을 살며시 쥐고 재웠어요. 항상 그렇게 잠을 재웠어요. 저를 보고 누워서 잘 때도 있었는데, 그럴 때면 아들의 이마에 키스를 하고 꼭 끌어안고 재웠습니다.

아들이 잠들기 전에는 항상 똑같은 이야기를 해주었습니다. "대성이는 엄마랑 아빠의 소망이고, 기쁨이고, 행복이고, 즐거움이야. 아들은 훌륭한 리더가 될 거고, 사람들을 올바른 길로 인도하는 훌륭한 인도자가 될 거야. 우리 아들은 엄청나게 큰 부자가 될 거고, 엄청난 리더가 될 거야."라고요. "아빠, 엄마 언제 와?" 하고 물을 때에도 항상 똑같은 말을 해주었습니다. "앞으로는 엄마가 항상 아들 곁에 있을 거야. 영원히 아들 곁에 있으면서 아들의 즐거움이 되고, 행복이 되고, 기쁨이 될 거야." 하고요. 어떤 날에는 아들이 잠결에 "아빠, 안아줘." 할 때가 있어요. 제가 잠들면 잘 안 깨는데, 아들이 그렇게 이야기하면 저도 모르게 벌떡 일어나서 아들을 꼭 끌어안아 줬습니다. 품 안에 꼭 안기는 아들을 느끼다 보면 참 마음이 따뜻해지기도 하고, 괜히 미안해지기도 하고 그렇더라고요.

아들이 이제 정말 커간다, 라고 느끼던 것도 그 무렵이었습니다. 그러니까 다섯 살이 되던 그해가, 정말 이 녀석이 완전히 아기에서 조금씩 아이가 되어 간다고 느껴지던 해였습니다. 5살을 기점으로 무럭무럭 자란다는 느낌이 들더라고요. 그렇게 자라는 아들의 모습을 볼 때마다, 죽음 이후의 삶을 생각해보게 되더라고요.

언젠가 제가 아내한테 "나는 언제 죽을지 모른다." 하고 이야기한 적이 있습니다. 코웃음을 치죠. 아직 한창 젊은 사람이 할머니, 할아버지가 할 만한 이야기를 하니까요. 저처럼 젊은 사람이 죽음을 생각한다고 하면 대부분의 사람들이 이상한 사람 취급합니다. 주변 지인들도 쓸데없는 소리 한다는 반응들을 보이고요. 근데 저는 진심이었거든요. 한 치 앞도 내다보지 못하는 게 인간인데, 어떻게 죽음을 염두에 두지 않고 하루하루를 사는지 저는 이해가 안 갑니다. 그들은 제가 이해가 안 되겠지만, 저는 그 사람들이 이해가 안 되는 거죠.

뭐, 이런 생각을 가지게 된 것도 남다른 경험이나 계기가 있어서 그런 거겠죠. 택배회사에서 겪은 일들도 계기가 됐었고요. 근데 그것보다 저는 어떤 계기로 인하여 죽음 앞에 한 번 초연해진 적이 있었습니다. 뭐 사고를 당했다거나 그런 건 아니었고, 그냥 죽는 게 아무렇지 않게 느껴진 적이 있었어요. 비교적 젊은 나이에 죽음을 마주한 것이었는데, 외할머니의 임종을 지켜보면서 들었던 마음입니다. 제대를 한 3개월? 4개월 앞두고 있을 때 경험한 일입니다.

병장이 되고 얼마 안 돼서 외할머니가 위중하시다는 소식을 들었어요. 부대에 이야기를 했죠. 이러이러하니 좀 다녀올 수 있겠느냐고. 부대에서는 '저놈이 말년에 군 생활이 지루하니까 핑계를 대는 모양이다.' 하고 생각했던 모양이에요. '상황은 알겠는데, 임의로 휴가를 주기는 어렵다, 병장휴가 10일 중에 5일을 잘라서 다녀오겠다고 하면 보내주겠다.' 하더라고요. 별문제 없잖아요. 병장쯤 되면 휴가 5일 정도야 안 나가도 그만이고요. 그러겠다고 했고, 휴가를 나왔어요.

외할머니 댁에 갔는데, 할머니가 누워 계시더라고요. 근데 너무 앙

상한 할머니가 누워 계시는 거예요. 그게 참 이해가 안 되더라고요. '아니, 저분이 왜 저렇게 힘없이 누워 계시지? 불과 일병 휴가 때만 하더라도 아무렇지 않고 정정하셨는데, 어떻게 1년도 안 되는 그 짧은 사이에 저렇게 앙상해져서 오늘내일하시는 걸까?' 싶은 거예요. 안타깝거나 슬프거나 하는 감정은 저한테도 있었죠. 근데 그런 것보다, '어떻게 사람이 1년 사이에 이렇게 많이 변해버리는 걸까.' 하는 의아함이 너무 크다 보니까 안타깝고 슬픈 감정이 묻혀버릴 정도였어요. 그만큼 충격이 대단했습니다.

앞서 말씀드린 대로, 부모님이 맞벌이를 하셔서 저와 동생은 어린 시절에 외할머니 손에서 자랐습니다. 학교 마치면 외할머니 댁에서 놀다가 낮잠도 자고, 저녁밥도 먹고, 그러다 아버지가 퇴근하시면 동생이랑 같이 집으로 가는 학창 시절을 보냈어요. 그래서 외할머니에 대한 기억이 나쁘지 않았습니다. 젊은 시절에 서울에서 오랫동안 살아오신 분이라서 서울깍쟁이 스타일에 노인답지 않은 깐깐함이 있는 분이시긴 했지만, 그래도 뭐, 외할머니니까요.

여하튼 5일간 휴가를 보내고 부대로 복귀하려는데, 아버지가 식사하고 가라고 하시더라고요. 사실 일정이 있었어요. 같이 휴가 나온 동기랑 후임들이랑 만나서 간단하게 밥 먹고 소주라도 한잔하고 좀 쉬다가 들어가려고 했거든요. 근데 아버지랑 밥 먹고 가는 게 더 좋을 것 같아서 알겠다고 했습니다. 동기한테는 전화해서 이러이러한 상황이라 먼저 들어가라고, 미안하다고 연락하고요.

식사하고 아버지랑 기차역으로 가는데, 아버지 휴대폰으로 엄마한테서 전화가 왔어요. 아버지가 "어 그래. 어, 어, 뭐? 언제? 좀 전에? 알았다, 일단 갈게." 하시더라고요. 아버지랑 밥 먹고 기차역으로 가는 사이에 할머니가 돌아가신 거예요. 기분이 참 이상하더라고요. 나는 분명히 그 자리에 없어야 되는데, 동기랑 밥을 먹고 낮술 한잔하고 부대에 복귀해야 되는데, 아버지랑 식사하고 기차역으로 가는 동안 할머니가 돌아가신 거잖아요. 부대에 전화하니까 휴가를 이틀 더 줬어요. 월요일에 부대에서 나왔는데 그날이 금요일이었거든요. 일요일까지 휴가를 준 셈이죠. 덕분에 할머니 마지막 가시는 모습까지 볼 수 있었습니다.

그때 병원에서, 마지막으로 할머니의 육체를 보여주는 시간이 있었어요. 염습殮襲이라고 하죠, 입관入棺 전에 하는 거 있잖아요. 마지막 가시는 길에 인사드리라는 건데, 영혼이 사라진 할머니의 육체를 바라보면서 뭔가 형언할 수 없는 감정이 들더라고요. 굳이 표현하자면 이런 거예요. 나도 언젠가는 이렇게 죽겠구나, 나도 언젠가는 사랑하는 사람들의 슬픔과 안타까움을 뒤로한 채 세상을 떠나겠구나, 내가 사랑하고 좋아했던 사람들을 이제는 두 번 다시 볼 수 없는구나. 뭐 그런 감정이요.

그때 처음으로, 나라는 사람의 죽음이 아무렇지 않게 다가왔습니다. 좋은 차, 좋은 집, 좋은 신발 가지는 거 중요하죠. 얼마나 좋습니까? 싫어하는 사람 없잖아요. 근데, 죽음 앞에 서보면 그렇지 않다는 걸 정확하게 아는 거예요. 그런 게 뭐 그리 중요할까, 그런 게 인생에서 차지하는 비중이 그렇게 큰 것도 아닌데, 나는 뭘 하면서 살 건가, 하는 생각이 굉장히 크게 들었던 기억이 납니다.

그때부터 이런저런 실패를 당하고, 어려움을 당하고, 문제들이 생겨도 딱히 죽음 그 자체를 두려워하지는 않았던 것 같아요. 간접적으로 경험한 죽음이란 게 저한테는 너무 크게 와닿았던 거죠. 그 뒤로 죽음이라는 걸 처음으로 깊이 감각한 것이 상담 첫날이었던가, 그때 말씀드렸던, 산부인과에서 아들의 심장 소리를 들었을 때였습니다. 그러니까 그사이에, 20년 가까운 시간 동안 죽음이라는 것 자체를 두려워해본 적이 한 번도 없었던 거예요. 진짜 한 번도요. 근데 산부인과에서 처음으로, 정말 오랜만에, 죽음이라는 게 두렵게 느껴지더라는 겁니다.

산부인과에 가면 태아 검사를 하잖아요. 크림 같은 걸 아내 배에다 바르고, 초음파 기계라고 하나요? 그걸 갖다 대니까 화면에 아들이 나오더라고요. 아내 배 속에서 쪼끄만 아기가 막 움직이고 있는 거예요. 뭐, 아시잖아요. 이게 눈이고, 이게 콧대고, 이게 입이라고 설명은 해주는데 하나도 모르겠더라고요. 그냥 그런가, 했지요. 근데 심장 소리를 듣는 순간, 세상이 정지가 되는 거예요. '아, 생명체가 살아있구나.' 하는 생각이 들면서 죽는 게 두려워지더라고요. 아들의 심장 소리, 희미하게 움직이는 아들의 윤곽을 보면서 생각을 했죠. 이제부터 나는 함부로 아파서도 안 되고, 함부로 운전을 해서도 안 되고, 함부로 사람들을 대해서도 안 되고, 함부로 사업을 실패해서도 안 된다, 나를 위해서가 아니라 오직 가족을 위해서다. 뭐 그런 생각이요.

사실 죽음 그 자체는 모든 사람에게 허락된 불변의 진리 아니겠습니까? 죽음을 마주한 스물서너 살 무렵부터 아들이 태어나던 해까지 저는 죽음이라곤 두려워하지 않는 인생을 살았다는 데 큰 의의를 두고 있습니다. 그 시기 동안 많은 어려움도 있었고 실패도 있었지만, 그래서 아들한테 줄 수 있는 것들도 참 많았다고 생각하거든요.

아들이랑 잠들기 전에는 항상 기도를 했어요. 그냥, 그게 제가 해야 되는 일이라고 생각했던 거죠. 나는 언젠가 죽는다, 그럼 아들에게 줄 수 있는 것들도 영원의 세계에 존재하는 무엇이어야 한다, 그 해답이 바로 기도다, 라는 생각으로 기도를 했던 것 같습니다. 짧든 길든 상관없어요. 틈만 나면 기도를 하는 거예요. 아들도 제가 기도를 하니까 따라서 하더라고요. 애들이 어른들 하는 거 잘 따라서 하잖아요. 근데 아들이 하는 기도가 참 재밌었어요. "하나님, 탱탱볼 안 잃어버리게 해주세요. 하나님, 아빠가 과자 사주게 해주세요." 뭐 이런 기도를 하는 거예요. 어른들의 기준에서 봤을 때 얼마나 귀엽고, 또 재밌었겠습니까? 근데 그런 기도를 들을 때마다 저는 참 마음이 따뜻해지는 걸 느끼겠더라고요. 야, 나도 이렇게 순수해야 하는데, 나도 이렇게 어린아이처럼 살아야 하는데, 하는 생각들이 많이 들더라고요. 잠시만요."

그는 휴대폰을 꺼내 들고 한참 동안 무엇인가를 찾았다. "제가 아들을 위해서 기도한 내용을 녹음해둔 게 있는데, 한번 들려드릴게요. 잠시만요."라고 이야기하며 휴대폰을 뒤적거리는 그의 눈망울이 무척이나 맑고 빛나 보였다. 나는 짐짓 서류 정리를 하는 척하면서 이미 붉어진 눈시울을 보이지 않기 위해 애써 그의 얼굴을 피하려는 의도적인 노력을 기울였다. 동시에 곁눈질로 그의 얼굴을 가만히 바라보았다. 아들의 목소리를 녹음파일로나마 들을 수 있다는 옅은 희망을 가득 품고 있는 소년 같은 천진난만함과 기쁨, 그 너머 깊이를 가늠하기 어려운 슬픔이 뒤섞인 묘한 표정을 가진 중년의 남성이 앉아 있었다.

잠자코 휴대폰을 뒤적거리던 그는, 이윽고 음성파일을 하나 보여주었다. 제목은 '아들과의 기도'였다. 녹음파일을 재생시키자, 아들을 품에 끌어안고 기도하는 그의 얼굴이 머릿속에 스쳐 지나갔다. 그날의 행복한 기운이 나에게도 느껴지는 듯했다.

"하나님, 감사합니다. 우리 대성이와 함께 행복한 하루를 보낼 수 있어서 하나님 앞에 너무 감사했습니다. 하나님, 우리 대성이가 밤에 자다가 오줌을 싸는 게 너무 걱정이 되나 봐요. 하나님, 나 밤에 오줌 안 싸도록 해주세요, 하고 기도를 해달라고 저에게 이야기했습니다. 하나님, 대성이가 밤에 자다가 오줌을 안 쌀 수 있도록 하나님께서 도와주시고, 우리 대성이가 오줌이 마려울 때, "맞아, 내 곁에는 항상 엄마가 있었고 아빠가 있었지, 그럼 나는 혼자 오줌 누러 가는 게 무섭지만 엄마랑 아빠한테 같이 가달라고 하면 엄마랑 아빠가 항상 나랑 같이 가주겠지." 하는 믿음으로 잠결에 일어나서 오줌을 누고, 그 뒤로는 오줌을 싸지 않을 수 있도록 하나님께서 지혜와, 긍휼과, 은혜를 대성이에게 내려주시길 부탁드립니다. 하나님, 대성이라는 이름은 하늘에 떠 있는 큰大 별星이라는 뜻에서 지은 이름입니다. 영원한 우리의 인도자이시고, 우리의 영혼을 지키시고, 대성이의 영혼을 구원으로 이끄셔서 귀한 일꾼으로 세우실 하나님이 대성이라는 이름에 들어 있습니다. 그렇기 때문에 하나님께서 대성이의 영혼과 육체를 지켜주시고, 대성이가 오줌을 싸지 않는 믿음과, 세상을 두려워하지 않는 담대함을 가질 수 있도록 하나님께서 대성이를 지켜주시기 바랍니다. 오늘 하루 우리 대성이를 지키시고, 대성이가 자는 동안 대성이의 영혼과, 육체와, 마음을 영원토록 지키실 하나님께 감사를 드립니다. 살아계신 예수 그리스도의 이름으로 기도를 드립니다. 아멘."

그가 기도를 마친 뒤에는, 그의 아들로 보임 직한 어린아이와 나누는 대화가 뒤이어 들려왔다.

   - 아빠, 하나님한테 거짓말하지 말라고 얼른 이야기해줘.
   - 하나님은 거짓말 안 해. 아들, 걱정하지 마.
   - 그럼 나 이제 오줌 안 싸겠지?
   - 그럼, 하나님이 지키시니까 오늘은 오줌 안 싸고 아주 잘 잘 거야.

   가벼운 입맞춤 소리가 들려온 뒤, 그가 아들을 향해 작고 부드러운 목소리로 속삭여주는 소리가 들려왔다.

   "아들이랑 같이 누워 있으니까 아빠는 너무 행복해. 우리 아들은 엄마랑 아빠의 행복이고, 희망이고, 기쁨이고, 즐거움이고, 소망이고, 수많은 사람을 아름다운 곳으로 이끄는 훌륭한 리더가 될 거야. 오늘 꿈속에서 하나님 만나면, "하나님, 우리 아빠의 영혼을 지켜주시고, 우리 아빠의 마음을 지켜주시고, 아빠가 소망과 행복을 잃지 않도록 지켜주세요." 하고 이야기해줘. 하나님과 많은 대화를 나누고, 즐거움을 나누고, 소망을 나누는 시간이 되길 바래. 내일 아빠랑, 엄마랑 또 행복한 하루 보내자. 잘자, 우리 아들. 엄마랑 아빠가 우리 아들 너무너무 사랑해."

   8분 11초짜리 음성은 아들을 향한 아버지의 사랑과 기도로 충만하게 채워져 있었다.

08

여섯 번째 날

"아들은 다른 것보다 유독 말을 잘하는 아이였어요. 그냥 부모들이 으레 이야기하는 자식 자랑에 대한 이야기가 아니라, 그 또래 아이들이 사용하는 표현들보다 좀 뭐랄까, 하여튼 다른 표현들을 쓰곤 했어요. 반면에 성격이 쾌활하다거나 리더십이 있는 성격은 아니었어요. 그러니까 언어적 표현력이 뛰어나다는 게 두드러졌던 게 아닐까 싶어요.

이를테면 이런 식이었어요. 하루는 호박죽이 먹고 싶대요. 그 어린 애가 어디서 호박죽이란 걸 먹어보기나 했을까 싶기도 하고, 유치원에서 먹어봤거나 그랬을 텐데, 그게 사탕이나 과자에 비해서 무슨 대단한 맛이 있었을까 싶은 거예요. 일단은 호박죽이 먹고 싶다고 하니 해줬죠. 처음 해보는 거라서 쉽진 않았는데, 어찌저찌 레시피를 찾아보고 따라 하면서 한번 만들어 봤습니다. 넙죽 받아먹더라고요. 그러더니 하는 말이 '맛이 없다'라는 거예요. 그러면서 이유를 대요. "아무래도 내가 젤리를 먼저 먹고 난 뒤에 호박죽을 먹어서 호박죽이 맛있다고 느껴지지 않는 건가 봐. 젤리가 호박죽의 단맛을 못 느끼게 만드니까 말이야." 뭐 이러는 겁니다. 좀 신기하죠. 글자를 빨리 쓴다거나, 숫자를 빨리 이해하는 수준의 영특함이 있는 아이는 아니었습니다. 어

152

떤 면에서는 좀 느렸어요. 여섯 살이 돼서도 한글 쓰는 걸 어려워했고, 한글도 다 떼지 못했으니까요. 사실 그건 뭐, 별로 대수롭지 않게 생각 했습니다. 아내나 저나 때가 되면 다 한다는 주의였으니까요.

제가 말을 잘한다는 이야기를 종종 듣습니다. 논리적으로 이야기한 다고 주변에서 이야기하더라고요. 재능 같은 건 아니고, 소심해서 그 런 것 같아요. 상처 받기 싫어서 적을 안 만들려고 노력하는 편이거든 요. 내가 그래서 아들도 그런가, 하고 생각했던 기억이 납니다. 나처럼 마음도 여리고, 눈물도 많고, 그렇게 연약한 아들로 자라면 어떡하나, 그런 생각도 해보고요. 지금은 너무 그리운 추억이고, 또 그리운 시간 이지요.

아들이 다섯 살에서 여섯 살로 넘어가던 해에 학원에 들어갔어요. 택배회사를 정리하고 들어간 거죠. 영어랑 국어를 가르쳤습니다. 원 래 애들을 좋아했었고, 또 조곤조곤 애들 가르치는 것도 적성에 맞고 요. 육아하는 시간도 그렇고, 경제 사정도 넉넉하지가 않아서 대학원 은 안 가기로 결정하고, 초등학생만 대상으로 하는 학원에 들어간 거 예요. 아들 유치원 마치는 시간에 맞춰서 업무도 마칠 수 있도록 시간 표를 짰고요.

학원에 있다 보면 정말 많은 아이들을 만납니다. 마음이 예쁜 아이들, 착한 아이들, 또 말을 안 듣는 아이들도 만나기도 하고요. 그래도 다 사랑스럽죠. 아들을 품에 안았을 때 그 따뜻함, 작고 부드러운 머리카락을 쓰다듬을 때 느껴지는 부드러움. 그런 느낌들을 생각하다 보면, 그 아이들을 함부로 대할 수가 없게 되더라고요. 아이들이 아무리 문제가 있고, 뭐 말썽을 피우고 해도, 그 친구들이 무슨 대단한 문제를 일으키는 건 아니거든요. 사실 문제는 교사죠. 교사들이 제일 문제더라고요. 교사만큼 독특한 사람들이 없다는 생각을 한 것도 그 무렵이에요. 평생 누군가를 가르치는데, 정작 자기 자신은 가르치지 않는 사람들이 교사구나, 그런 걸 진짜 많이 느꼈거든요. 자기관리에 미흡한 교사들이랑 이야기를 나누다 보면, 저 사람은 차라리 다른 일을 하지 왜 교사를 하고 있나, 그런 생각을 할 때가 진짜 많았습니다.

당시 학원에서 같이 근무하는 노교사가 한 분 계셨어요. 환갑을 훌쩍 넘긴 분이었는데, 한 20년 근무했다고 하시더라고요. 업계에서는 나름 베테랑이었죠. 실력도 괜찮고요. 아니, 솔직히 말해서 실력이 괜찮다기보다는, 교과서도 그렇고, 학원 교재라는 것도 그렇고, 일단 한 번 만들어놓으면 몇 년을 가잖아요. 20년을 똑같은 문제집이랑 책을 보는데 당연히 그만큼 많이 알고, 나름의 노하우도 생기겠죠.

좌우지간 경력도 많고, 나름 베테랑 교사라고 알려진 분이었는데도 인생이 너무 박복薄福하더라고요. 그 선생님 남편이 평생 돈을 안 벌었

대요. 그럼 뭐 했냐? 결혼하고 마흔 즈음 될 때까지는 무슨 공부도 했대요. 변호사 공부를 했다던가, 행정고시 공부를 했다던가, 잘 기억은 안 나는데, 하여튼. 근데 그게 안 되는 거예요, 시험을 보는 족족 떨어지더래요. 그 사람 일이 아니었던 거고, 그 사람이랑은 안 맞는 일이었던 거죠. 근데 사람이 웃긴 게, 집안의 가장이면 그런 상황에서 무슨 노가다라도 하든지, 공장에서 일이라도 하면서 돈을 벌어야 되는데, 이분은 그게 안 되는 거예요. 내가 합격만 하면 변호사가 되든지 회계사가 되든지 뭐라도 할 사람인데, 내가 이번에 합격만 하면 어디 공기업에서 어서 오세요, 할 사람인데 어디 남 밑에서 일을 하냐, 그런 생각이나 하고 앉아 있는 겁니다. 그렇게 몇 년 살다 보니까, 이제는 진짜 돈을 못 버는 거예요. 그러니까, 경제 상황이나 사회적 활동이라는 거에 대한 감感이 완전히 사라져 버린 겁니다. 그리고 지금도 대형학원 강사는 돈도 잘 벌고 잘 살지만, 한 20년, 25년 전에 학원 강사는 나름 대학물도 먹고 공부도 한 사람이었단 말입니다. 그러니까 지금과는 좀 다른, 뭐랄까요, 교사의 권위라고 할까요? 그런 게 있다 보니, 그냥 아내가 벌어오는 것만으로도 충분했을 거거든요. 그러니 누구 밑에서 일하겠어요? 인생이 그렇게 길이 들어버려서 평생 아내가 벌어다 주는 돈으로 생활을 했대요. 막말로 이분이 생긴 건 멀쩡해요. 그냥 길에서 한 번쯤 마주칠 법한, 아주 평범하고 인자하게 생긴 할아버지예요. 근데 속은 그렇지 않죠. 연세도 있는 분인데, 연륜에서 얻어지는 경험이나 지혜가 없다 보니까 그런 쪽에서 배울 점이라고는 하나도 없는 거예요. 무슨 남자가 아내는 밖에 내보내서 일 시키고, 자기는 집에서 늦잠이나 자고, 아내가 벌어오는 돈이나 쓰면서 집안 어른인 척합니까? 근데 그 선생님 남편은 평생 그러고 있는 거예요. 나이가 60이 넘은 분이요. 굉장히 우습죠. 연세가 있는 분이니까 저도 어쩌다 마주치면 "반갑습니다. 잘 지내시죠?" 하고 인사는 하지만, 속으로는 '뭐 저런 양반이 다 있나', 하고 욕하지요.

그래서 그런지 모르겠는데, 이 여선생님도 성격이 보통이 아니었습니다. 그렇게 깐깐할 수가 없어요. 아니, 깐깐하다기보다는, 어떻게 설명해야 될까요? 아주 사람을 향한 정情이라고는 전혀 없는, 아주 별 희한한 성격을 가진 분이었어요. 예를 들어볼게요. 어떤 애가 숙제를 잘 해왔어요. 그럼 그렇게 예뻐해요. 아이고 잘한다, 잘한다, 해요. 뭐, 그건 당연한 거 아니겠습니까? 교사가 학생 예뻐하는 건 당연한 거잖아요. 근데 어떤 애가 숙제를 안 해왔거나 수업 시간에 집중을 안 하면요, 그렇게 무시를 해요. 잘잘못에 대해 따끔하게 타이르고 혼을 내는 건 교사가 마땅히 해야 할 부분이잖아요. 그게 잘못되었다는 게 아닙니다. 근데 이건 잘잘못에 대한 야단을 치는 게 아니라, 완전히 그냥 무시를 해버리는 거예요. 어떨 때는 부모님에 대한 흉을 그렇게 볼 때도 있어요. "니네 엄마는 이런 것도 안 가르쳐주냐?"부터 시작해서, "니네 부모가 가정교육을 어떻게 시켰길래 니가 이 모양이니?"까지, 별의별 소리를 다 합니다. 이제 초등학교에 다니는 애들한테요.

156

이분이랑 같은 시기에 근무한 다른 선생님들에게 물어보니까, 이분도 남편분이랑 기질이 거의 비슷하답니다. 자기가 대장, 소위 말하는 갑甲이 안 되면 그렇게 난리를 치는 분이라고 하더라고요. 동료 교사들이 자기를 무시한다고 느낀다든지, 아니면 자기가 하는 말에 뭔가 토를 단다, 싶으면 그렇게 난리가 난답니다. '어디 감히 나 같은 베테랑한테 너 같은 사람이 지적질이냐', 하는 거죠. 사실 이 부분은 좀 겪어봐야 아는 부분이라 설명으로는 좀 이해가 어렵지 않나 싶습니다.

이분이 젊은 시절에는 상고를 졸업하고 은행에서 경리로 근무했대요. 그러다 나이 마흔이 다 돼서 학원에 학생들을 가르치러 들어와서는 20년 넘게 가르친 거예요. 토요일도, 때로는 일요일에도 학원에 딱 나와서 자기가 수업해야 되는 부분 교재를 연구하고, 또 필요한 애들은 나오라고 해서 공부 가르치고 그러더라고요. 사실 대단한 거라고 생각합니다. 대단한 거예요. 그건 인정합니다. 인정할 건 해야죠. 그런데, 그런 분이다 보니 마음도, 육체도, 평생 한 번도 마음 놓고 여유를 가져보지 못한 분이었어요. 평생 돈이라고는 벌어올 생각을 안 하는 남편 때문에, 이분 혼자서 평생 마음 졸이면서 사는 거예요. 제가 그 학원에서 일할 때 이분이 환갑이 되셨어요. 그래서 그 학원에서 20년 만에 처음으로 한 보름 정도 휴가를 보내줬습니다. 그러니까 20년 만에 처음으로 보름 정도를 쉬어본 겁니다. 일요일이랑 명절 정도를 제외하면 20년 동안 애들만 가르친 분인 거예요.

이분이랑 이야기하다 보면, 깜짝깜짝 놀랄 때가 많았어요. 무슨 9살 짜리 초등학교 여학생이랑 이야기하는 느낌인 거예요. 어찌나 마음도 어리고 생각도 어린지, 나이가 예순을 넘긴 분들 중에 그런 분은 처음 봤습니다. 나이가 든다는 건, 그냥 주름이 많아지고, 근육이 빠지고, 새 치가 많아진다는 것만을 의미하는 게 아니지 않습니까? 때로는 젊은 사람들의 존경을 받고, 인생에 도움이 될 만한 조언을 해줄 줄도 알고, 여유가 있으면 맛있는 식사라도 대접하면서 이런저런 덕담도 해주고, 뭔가 앞으로 살아가는 동안 인생의 방향성을 잡는 데 있어서 도움이 될 만한 기회들을 제공할 수 있는 나이가 예순이잖아요. 또 주변 사람 들의 이야기를 들을 만한 귀가 생기는 때이기도 하고요. 조언이든, 충 언이든, 그게 무엇이 되었든지 간에 말입니다. 근데 그런 면에서 인생 의 선배라든지, 중후한 멋을 가진 조언자라고 느껴본 적이 한 번도 없 는 겁니다. 본받을 만한 점이라고는 전혀 없는, 자기 고집만 중요하고 다른 사람의 감정이라고는 전혀 생각하지 않는 환갑의 중년 여성. 덩 치는 크지만 생각은 어린 철부지 어린아이 같더라고요.

그 선생님을 가까이에서 보면서, 60대가 된 제 모습을 정말 많이 생 각했습니다. '나는 절대로 이렇게 나이 들고 싶지 않다. 나는 내 아내 가 이런 어머니가 되는 것도 싫고, 내가 이런 아버지가 되는 것도 싫 다.' 하는 생각도 정말 많이 했고요. 물론 세대 차이라는 건 존재한다 고 생각합니다. 제가 젊은 사람의 눈으로 그분을 대했을 수도 있을 겁

158

니다. 그분이 살아온 인생, 환경을 모르기 때문에 함부로 판단하는 것일 수도 있고요. 그렇다고 이 땅에 존재하는 모든 60대가 그분처럼 행동하진 않잖아요. 제 주변에 마음으로 존경할 만한 60대, 70대 어르신들이 안 계셨겠습니까? 게다가 나이가 얼마나 되든지 타인에게 귀감이 되고 존경받는 사람은 있기 마련입니다. 제가 가르치던 학생들 중에는 어머니, 아버지가 아이들을 굉장히 잘 키우시는 경우도 많이 있었습니다. 늘 책을 가까이하고, 자신의 일에 집중하고, 훌륭하게 자녀를 키운 분들이 분명히 있었습니다. 그분들은 항상 겸손했어요. 그러니까 그냥 비치는 행동들 있잖아요. 이를테면 무슨 이야기를 해도 "예예, 알겠습니다, 예예. 다 이해했어요." 하는 형식적인 태도가 아니라, 마음에서 묻어나는 겸손한 태도가 그분들에게는 항상 자리하고 있다는 것을 저는 경험해봐서 압니다.

앞서 이야기한 선생님 같은 분도 제 인생에 있었지만, 그런 분들 말고 존경할 만한 분들도 많이 계셨습니다. 인생의 선배가 되어 주신 분들도 있었고, 언제 어디서 무슨 이야기를 해도 들어줄 수 있는 그런 분들도 있었습니다. 저는 그런 분들에게서 제가 갖춰야 할 자세들을 많이 배웠습니다. 진짜 멋진 아버지가 되기 위해서 갖춰야 할 자세들을 배운 거라고 생각하거든요. "우리 아버지는 크게 부자도 아니었고, 좋은 차를 타고 다닐 여력도 안 되셨고, 좋은 집에 사는 분도 아니었는데, 나에게 항상 진실과 겸손을 이야기하셨어. 항상 책을 들고 다니면서 읽으셨고, 사람들에게 존중을 받는 분이었어. 난 그런 아버지를 너무 존경해." 이런 말을 듣는 아버지가 되는 게 제 인생에 있어서 음, 마지막 목표라고 할까요, 아니면 마지막 꿈이라고 해야 할까요. 그땐 그런 마음이 있었습니다.

그래서 제 아들보다는 형, 누나들이었겠지만, 학원에 오는 아이들을 대하는 것이 꼭 제 아들을 대하는 것처럼 느껴졌습니다. 그 작은 입술, 오똑한 코, 동그란 눈으로 자기들끼리 재잘재잘하는 아이들을 보고 있으면 그렇게 감동스러울 수가 없는 겁니다. 이 녀석들도 누군가의 귀한 아들이고, 귀한 딸이고, 귀한 손자, 손녀겠지. 나는 그저 하늘에서 내려온 천사와 같은 이 아이들을 잠깐 맡아서 키우는 청지기에 불과한데, 내가 어떻게 이 아이들을 함부로 미워하고, 내 기준으로 잣대를 들이밀고, 함부로 판단할 수 있을까, 싶은 겁니다. 저는 그게 맞는다고 생각하고, 또 그렇게 아이들을 대해왔고요.

뭐, 저는 그렇게 살아왔습니다. 잘 살았다고 이야기하기엔 좀 그렇긴 한데, 그래도 이만하면 내 깜냥으로 열심히는 살지 않았나 생각하거든요. 아이들 가르치는 것도 재미있고, 자라나는 아이들 얼굴을 보는 것도 행복하고요.

그렇다 보니까 자연스럽게 교육에 관심을 가지게 되었던 것 같아요. 아들이 여섯 살 정도 되면 교육에 대한 관심이 생기잖아요. 학원에서 일한 것도 영향을 좀 미쳤고요. 저는 사실 아들이 여섯 살이 되면서 걱정되는 게 하나 있었습니다. 혹시 내가 학원에서 아이들을 가르치면서 강압적이고 위압적인 태도가 생기지 않을까, 그래서 아들한테 그런 잘못된 태도를 주입하지 않을까, 그런 고민을 솔직히 정말 많이 했습니다. 물론 최선을 다해서 아이들을 가르쳤습니다. 깊은 사랑으로 대했지요. 아이들이 실수하거나 잘못을 해도 "괜찮아, 누구나 그럴 수 있어. 문제없어." 하고 이야기를 했거든요. 그래서 별명도 예스맨Yes-man 선생님, 괜찮아 선생님, 노프라블럼No problem 선생님이었어요. 그중에는 지금도 선생님, 제자 관계로 연락하는 친구들도 있고요. 제가 원래 아이들을 좋아해요. 그래서 그런 것 같아요. 그래도 누군가를 가르치는 일을 해오다 보니까 저도 모르게 형성된 권위의식 같은 것도 있을 수 있겠다 싶었습니다. 그런 걸 무시할 수 없잖아요. 늘 조심했습니다.

제가 부모님을 생각하면 좋은 추억도 있고, 힘들고 슬픈 기억들도 있고 그런데요. 만약 내 기억에서 완전히 지울 수 있다면 정말 좋겠다고 생각하는 기억이 두 가지 있습니다. 한번은 중학생 때 있었던 일인데요. 아침부터 부모님이 크게 다투셨어요. 학교에 가야 되는데, 집안 분위기가 너무 살벌해서 학교 가야 된다고 말이 안 나오는 거예요. 아버지 회사가 제가 다니던 학교에서 차로 조금만 더 가면 있는 곳이라서, 늘 아침에 아버지 차를 타고 학교에 갔거든요. 근데 그날은 말이 안 나오는 거죠. 무슨 불똥이 튈 줄 모르니까요. 멀뚱멀뚱 있는데,

아버지가 지갑에서 5천 원짜리를 한 장 꺼내서 던지듯이 주시면서 택시 타고 가라고 하시더라고요. 그러면서 "공부도 똑바로 안 하면서 학교는 뭐 하러 가, 이 새끼야!" 하시는 거예요. 솔직히 공부 못한 건 사실인데, 그 상황에서 그렇게 이야기하시니까 진짜, 제가 너무 초라해지는 거예요. '나는 부모한테도 인정 못 받는 자식이구나', 싶고, '나는 왜 태어나서 이렇게 힘들게 살아야 할까' 싶은 생각도 들고요. 한시라도 빨리 그 상황을 벗어나고 싶더라고요. 인사도 하는 둥 마는 둥 하고 학교에 가려고 하는데 엄마가 같이 나가자고 하시더라고요. "나도 이 집에서 못 있겠다. 같이 나가자." 하고요. 근데 아버지가 엄마를 막으시는 거예요. 엄마는 가겠다고 하시고, 아버지는 나가기만 해봐라, 하고 으름장을 놓으시고. 결국 엄마가 제 등을 떠다밀고 문을 걸어 잠그시더라고요. 그리고 뭐, 엄마 비명도 들리고, 뭐 깨지는 소리도 들리고⋯."

그가 잠시 이야기를 멈추었을 때, 벽시계의 째깍거리는 소리만 우리 둘 사이에 존재했다. 상담을 나누는 동안, 어느새 그의 침묵이 익숙해져 있었던 나는 가만히 앉아서 그가 무슨 말을 꺼낼지 기다리고 있었다. 한동안 말이 없던 그가 이야기를 시작한 것은 그로부터 약 7분 정도가 지난 뒤였다. 짧지 않은 시간이었다.

"그때 학교까지 걸어갔어요. 날이 꽤 흐렸던 기억이 납니다. 집에서 학교까지 거리가, 모르긴 해도 6, 7km 정도 되었을 거예요. 종종걸음으로 걸어서 1시간 30분 정도 걸리는 거리였으니까요. 가방을 메고 한참 걸어가는데, 길 건너편에서 누가 제 이름을 크게 부르는 거예요. 누군가 하고 보니까 사촌 형이더라고요. 사촌 형은 저희 집 인근 고등학교에 다니고 있었거든요. 사촌 형이 저를 보고 손을 막 흔들어주길래 저도 손을 흔들고 학교로 가는데, 갑자기 눈물이 막 나더라고요. 결국 막 엉엉 울면서 학교에 간 기억이 나요.

사촌 형은 공부를 꽤 잘했어요. 제가 초등학생일 때 형 집에 놀러 간 적이 있는데, 볼펜으로 영어단어를 쓰면서 암기를 하고 있었어요. 근데 그 볼펜을 다 쓴 심이 몇 개나 있는 거예요. 중학생일 때부터 그렇게 했으니 공부를 꽤 잘했죠. 형이랑, 형 친구랑 같이 축구장에 축구 보러 간 기억도 있어요. 그 친구분 얼굴은 잘 기억이 안 나는데, 그냥 봐도 아주 선하고 공부 잘할 것 같은 그런 인상 있잖아요. 그런 친구를 둔 사촌 형이었던 거예요. 반면에 저는 공부를 굉장히 못했거든요. '공부가 인생의 전부냐, 사람이 먼저 돼야 된다.' 뭐 그런 이야기를 할 만한 나이가 됐는데도, 저는 그때만 생각하면 그렇게 제 학창 시절이 부끄럽고, 또 싫고 그렇습니다. 어쨌거나 그렇다 보니까 사촌 형에 대해서 저는 좋은 기억을 갖고 있었어요. 공부 잘하고, 친절하고, 늘 밝은 인상을 가진 그런 사촌 형이었거든요.

그 사촌 형을 보는데 막 뛰어가서 안기고 싶은 거예요. 위로가 받고 싫었던 거죠. 이런저런 일이 있었다, 학교까지 걸어가는 중이다, 어떻게 해야 될지 모르겠다, 하고 이야기하고 싶은데, 사춘기 중학생이다 보니까 용기가 안 나서 차마 그런 이야기를 못 했어요. 그때 사촌 형을 보면서 나도 저렇게 밝은 학창 시절을 보냈으면 좋겠다, 나도 누군가에게 의지하고픈 마음이 드는 그런 사람이 되고 싶다, 하고 생각했던 기억이 너무 생생한 거예요. 이제 와서 돌이켜 생각해보면, 큰아버지가 남다른 교육열을 갖고 계신 분이었던 것 같아요. 공부를 닦달하거나 강제로 시키는 분은 아니었는데, 늘 웃는 얼굴을 하고 계셨어요. 나도 나중에 어른이 되면 내 자식이 이렇게 밝게 자라는 모습을 보고 싶다, 그런 생각을 했었던 기억이 납니다.

그리고 군대에 입대하기 전이었던 거로 기억하는데, 부모님이 한번은 크게 싸우셨어요. 군에 가기 전이면 20대 초반이니까 부모님을 어느 정도는 이해할 만한 나이잖아요. 머리도 굵어졌고 하니, 방에서 가만히 모른 척하고 있었어요. 부부싸움은 칼로 물 베기인데 별일이야 있겠나 싶기도 하고, 부부가 다 사정이 있어서 다투는데 자식이 거기다 대고 무슨 이야기를 하겠나 싶기도 하고요. 그래서 방에서 가만히 있는데, 갑자기 엄마가 막 악다구니를 하시는 거예요. "당신이 뭔데 날 때려! 왜 날 때려!" 뭐 이런 소리가 막 들리더라고요. 깜짝 놀라서 후닥닥 안방 문을 열고 뛰어 들어갔는데, 그때 아버지가 엄마 뺨을 때리는 모습을 처음 본 거예요.

아버지가 엄마를 때린다. 그게 저는, 너무너무 충격이 크더라고요. 어른이 어른의 따귀를 때리는 모습을 바로 눈앞에서 본다는 게 마음에 너무 크게 후유증으로 남는 거예요. 아버지도 말리고, 왜 때리냐고 막 소리치는 엄마도 말리고, 한 손으로는 친구 만나고 있는 동생한테 전화해서 이러이러하니까 빨리 들어오라고, 와서 아버지 좀 말려보라고 막 소리치고. 그 뒤로는 어떻게 상황이 해결되었는지 기억이 안 나요. 엄마가 아버지한테 맞는 그 순간만 기억이 나요. 동생이 오고, 또 말리고, 그렇게 해결이 되었겠죠.

그 상황은 그렇게 지나갔는데, 그다음에 기억나는 건 다음 날 저녁이에요. 회사에서 퇴근하신 아버지가 제 방에 들어오셔서 제 손을 꼭 잡고 이야기하시는 거예요. 미안하다고요. 아빠가 이런 모습 보여서 미안하다고 그러시는 거예요. 근데 그 목소리가, 너무 기억에 남는 거예요. 제가 아버지 목소리를 알잖아요. 잘 알죠. 근데 그 목소리가 아닌 거예요. 분명히 울컥하셔서 목이 메는, 그런 목소리인 거예요. 아버지도 홧김에 실수를 한 것에 대해서 후회하고, 자식 앞에서 잘못된 모습을 보여준 것에 대해서 분명히 부끄러움을 느끼시는구나, 하는 생각이 드니까, 뭐 할 말이 없더라고요.

부모님은 지금도 서로를 사랑하고, 의지하면서 건강하게 잘 지내고 계세요. 다만 그게 저에게는 너무 큰 상처로, 또 너무 잊고 싶은 기억으로 남아 있는 게 사실입니다. 그 두 가지 기억 때문에, 저는 한 번도 아내한테 손찌검을 해본 적이 없어요. 아예 결혼을 준비하면서부터 늘 이야기했어요. "우리 사이에 어떤 일이 있어도, 오빠가 너에게 손을 대는 일은 절대 없을 거야." 하고요.

이 말씀을 드리는 이유가, 남자든 여자든 폭력적인 성향이 나오는 건 어릴 때부터의 가정교육의 문제도 있겠지만, 보고 배운 것이 자연스럽게 당연한 것으로 형성될 수밖에 없지 않겠습니까? 저도 그렇겠더라고요. 제가 마음을 정하지 않으면, 저도 제 아들한테 그런 잊어버리고 싶은 기억을 줄 수도 있겠다는 생각이 많이 드는 거예요. 아들을 키우면서, 아내한테 그런 실수를 하지 않도록 아주 조심했던 기억이 납니다.

교육이라는 게 참 중요하죠. 저도 많이 놀아주려고 노력했지만, 아내도 아들이랑 그렇게 잘 놀아줬어요. 그래서 아들이 아내를 참 잘 따랐어요. 그게 저는 너무 고맙더라고요. 이 사람이 마음이 어둡거나 부정적인 사람이 아니고 아주 긍정적이고 밝은 사람이라서 참 다행이다, 하는 생각을 참 많이 했습니다.

그래도 한 번씩은 답답할 때도 있어요. 하루는 아내가 장모님이랑 통화를 하고 있더라고요. 무슨 내용으로 통화하고 있는지는 잘 모르겠는데 약간 옥신각신하는 모양이더라고요. 제가 가만히 듣고 있다가 "그냥 예, 해라." 하고 이야기했어요. 이 사람이 자꾸 싸우려고만 하니까요.

싸울 수 있죠. 그게 잘못되었다는 게 아닙니다. 살다 보면 싸울 수도 있고, 미워할 수도 있고 그렇잖아요. 와이프 입장에서는 자신이 틀리지 않았고, 자신이 생각하는 바는 이렇고, 이렇기 때문에 이게 맞는다고 생각한다, 하고 이야기하는 게 맞는다고 생각할 수 있잖아요. 근데 그런 거 말고, 그냥 별것 아닌 것 있잖아요. 예를 들어서 누가 "나는 짜장면보다 짬뽕이 더 맛있다고 생각한다."라고 하면, "아, 너는 그렇구나." 하고 넘길 수 있는 건데, 그런 상황에서 항상 논쟁거리를 만드는 거예요. "아니, 근데 짬뽕은 너무 맵잖아."라든지, "아니, 근데 짬뽕은 더 비싸잖아."라든지, 그냥 별것도 아닌 건데 싸우려고 하는 거예요. 제가 아내랑 대화할 때마다, 항상 들었던 말이 "아니, 근데"였습니다. '지금 나는 이기고 지는 문제를 가지고 이야기하는 게 아닌데 왜 저러나' 싶죠. 어떻게든 이기려고 하고, 어떻게든 한번 트집을 잡으려는 태도를 갖고 있는 거예요. 한 10년 살아보니까 그런 성격이라는 것을 경험으로 알겠더라고요.

물론 아내가 가진 장점이 너무 많기 때문에 그런 단점들이 살아가는 데 별문제는 되지 않아요. 아내가 갖고 있는 단점들을 완전히 상쇄해버릴 수 있는 장점들을 저는 존중합니다. 아내를 너무 사랑하고, 또 좋아하고요. 이 사람이 없었다면 아들도 없었을 것이고, 우리가 그동안 나눈 행복들도 없었겠죠. 다만, 그냥 "네." 한마디 하면 끝날 상황에서도 "아니, 근데 어쩌고저쩌고"를 하면서 상황이 험악해진 적도 꽤 많이 있었거든요. 교육에 대해서 생각하다 보니까 '아들이 이런 걸 배우면 어떡하지?' 하는 걱정을 그때 참 많이 했어요. 올바른 인간관계를 만들어가는 데 필요한 것들 중에 제일 중요한 게 경청傾聽이라고 생각하는데, 무슨 말만 해도 "아니, 근데"를 하는 사람이랑 대화하는 게 생각보다 힘든 일이거든요.

그래서 언젠가 아내랑 약속을 한 게 하나 있습니다. 아들의 이야기를 들으면서, 절대로 "아니, 근데"를 하지 않기로요. 절대로 하지 말자고 해서 100% 지켜지는 건 아니겠지만, 그런 약속을 하는 것과 하지 않는 것은 차이가 있겠죠. "아니, 근데"가 나오는 순간 우리는 조언자가 되어 버리고, 옳은 사람이 되어 버리는 거라고 생각했거든요. 부모는 자식한테 조언하고 경고하는 조언자가 아니라 느티나무가 되어야 한다고 저는 생각했습니다. 대여섯 살이면 아직 어린애잖아요. 누구라도 자신의 이야기를 가만히 들어주기를 바랄 겁니다. 부모가 자식한테 조언하고, 충고하고, 잘못을 가르치는 것도 물론 해야겠지만, 매번 그렇게 할 순 없잖아요. 그런 건 우리가 아니라도 누군가가 하겠죠. 세상이 되었건 운명이 되었건. 부모가 된 우리는 하늘이 우리에게 맡아달라고 잠시 선물한 아들이 하는 이야기를 그냥 가만히 듣고, 미소 지어주고, 맞장구쳐주고, 더 많은 이야기를 할 수 있도록 궁금해하면 된다고 생각하거든요.

언젠가 지인이랑 대화를 하는데, 제가 잘 모르는 부분을 막 이야기를 하시더라고요. 무슨 말인지도 모르겠고, 잘 이해도 안 되고 그랬습니다. 근데 저는, 살다 보면 어떤 상황이냐에 따라 딱 잘라서 싫으면 싫다고 이야기하는 것도 중요하지만, 사람을 얻는 게 더 중요하다고 생각하는 주의거든요. 그래서 그분이 이야기를 막 하시는데, 맞장구를 계속 쳤어요. "아, 그래요? 그랬다고요?" 하면서요. 그러니까 이분이 되게 마음을 열고 이야기를 하시는 거예요. 덕분에 저도 많이 배웠죠. 또 좋은 기회들도 많이 얻었고요. 그냥 가만히 들어주는 것만 해도 사람들이 얼마나 좋아하는지 모릅니다. 상담사로 근무하시니까 더 잘 아시겠죠. 사람들이 이야기를 안 들어주니까, 결국 잘 들어주는 사람을 찾아오는 거잖아요.

그래서 아들이 무슨 이야기를 하면, 항상 맞장구를 쳐주곤 했어요. 방에서 책을 보고 있다가도, 잠을 자고 있다가도, 아들이 무슨 이야기를 하면 맞장구를 쳐주는 게 일상이 되었습니다. 그게 자식에 대한 도리라고 생각했거든요. 꼭 그게 이유는 아니었겠지만, 늘 아들에게 팔베개를 해주고 재울 수 있었던 이유도 그런 태도가 어느 정도 영향을 미치진 않았나 생각하게 되더라고요.

그렇게 교육기관에서 일을 1년쯤 했을 때, 몸에 무리가 오더라고요. 출근은 일찍 하는데 퇴근을 밤 11시, 12시에 하다 보니까 불면증도 오고, 몸이 말도 안 되게 안 좋아지는 걸 느끼겠는 겁니다. 그래서 결국 일을 정리하고 무역회사로 자리를 옮겼어요. 지인분 소개로 일을 옮겼는데, 직원이 한 30명 정도 있는 그런 회사였습니다. 큰 회사는 아니죠. 그냥 조그마한 중소기업이었어요.

회사라는 곳이 기본적으로 이윤을 추구하는 곳이지 않습니까? 봉사활동을 하는 곳도 아니고, 친목 도모를 위해서 모이는 곳도 아니고요. 저도 회사를 몇 군데 다녀봤는데, 분위기가 좋다고 해서 일이 잘되는 것도 아니고, 분위기가 나쁘다고 해서 일이 안되는 것도 아니더라고요. 나랑 일이 잘 맞으면 좀 힘들고 분위기가 안 좋아도 그냥 다니는 거고, 일이 잘 안 맞으면 분위기가 좋고 사람들이 좋아도 어려울 수 있고, 저는 그런 게 아닌가 싶거든요. 분위기 좋고 일도 잘 맞으면 제일 좋은 거고요. 근데 거긴 일도 굉장히 많고 힘들었는데, 분위기가 진짜 말도 안 되게 너무 안 좋은 거예요. 직원들이 그렇게 냉랭할 수가 없더라고요. 서로 인사도 안 하고, 가족 같은 따뜻함도 전혀 없는 거예요. 아주 삭막하고, 냉정하고, 서로에게 불친절하고요. 그런 분위기가 저는 너무 어색하더라고요. 그나마 같이 입사한 동기가 한 명 있었는데, 나이가 한 10살 많은 사람이었어요. 나중에 안 사실인데, 다른 회사 다니다가 사고 쳐서 잘렸다고 하더라고요. 상사한테 욕을 했던가, 뭐 그랬습니다.

여하튼 그런 회사였는데, 경력직 대리로 입사를 했어요. 위로 선임 대리가 두 명 있었는데, 한 명은 38살이고, 한 명은 40살이었어요. 나이치고는 너무 늦게 직책을 단 경우였죠. 한 명은 5년 차 대리, 또 한 명은 8년 차 대리였어요. 팀장님은 그 대리 두 명을 보고 '똥차'라고 이야기하시더라고요. 입사하고 얼마 안 돼서 팀장님이 저한테 "자네는 저 똥차들처럼 살면 안 돼." 하고 이야기하셨거든요. 그때는 이해를 못 했는데, 지금 생각해보면 얼마나 일머리가 없었으면 그런 별명을 듣고 있나 싶은 거예요. 솔직히 코딱지만 한 중소기업에서 대리를 8년씩이나 하고 있으면 그런 생각이 안 들겠습니까? 다른 사람들은 3년, 4년 돼서 다 대리 달고 과장 달고 하는데, 그 사람들은 5년, 8년을 있었는데도 김 대리, 박 대리 소리를 듣고 있는 거예요. 대리에서 과장 가는 게 쉬운 일인 줄 아느냐, 그게 그냥 당신 생각일 수도 있지 않느냐, 뭐 이렇게 생각하실지 모르겠는데, 그 사람들이 회사에서 받는 평가가 있잖아요. 저도 그 평가를 보고 그 사람들에게 의지해볼지 아닐지를 생각하지 않겠습니까? 제가 하는 생각과 그들에 대한 회사의 평가가 전혀 엇갈린 평가는 아니었다는 걸 말씀드리는 겁니다.

하루는 팀장님이 저를 불러서 이야기하시더라고요. "두 달 뒤에 영국에서 바이어가 한 팀 온다, 시간을 줄 테니까 바이어들 앞에서 프레젠테이션을 해봐라." 하고요. 근데 영어로 하라는 거예요. 바이어랑 임원들 앞에서요. 굉장히 파격적인 제안이죠. 선임 대리, 과장, 차장, 부장들도 있고 임원들도 있는데 경력직으로 들어온 신입 대리한테 그런 일을 시키는 거예요. 그때 내가 여기에서 참 크게 성장할 수 있겠다, 하는 생각을 했습니다.

팀장님은 굉장히 꼼꼼한 분이었어요. 그리고 직원들에게 아주 엄격한 분이었습니다. 솔직히 무서운 분이었어요. 그냥 사회에서 만났더라면 참 의지할 만한 사람이고 믿을 만한 사람이었을지 모르겠는데, 직장에서 만난 그 팀장님은 아주 칼 같은, 어떤 면에서 봤을 때 굉장히 냉정한 분이었어요. 근데 저는 그분이 너무 좋더라고요. 이 사람은 어떤 일이 있어도 직원을 함부로 내칠 만한 사람은 아니다, 라는 그런 믿음이 저에겐 있었습니다. 그런 사람들이 겉으로는 무섭고 냉정하고 깐깐하지만, 입에 발린 소리나 하는 사람들보다는 훨씬 멋있잖아요. 자기 일에 철두철미하고, 인간적인 면에서는 품위가 있는 사람이니까요. 그래서 팀장님이 실망하는 모습을 보지 않기 위해서라도 최선을 다해 준비하기로 마음먹었습니다. 기왕 들어왔으면 사장의 마음으로 일해보자, 그럼 반드시 큰 결실이 있을 것이다, 그렇게 생각한 거예요. 매일 아침 8시 전에 출근해서 밤 8시, 9시까지 브리핑 자료를 만들고, 영어로 번역하고, 스크립트를 짜는 일을 반복했습니다. 힘들었죠. 힘들었는데, 주어진 일이 아주 중요한 일이었고, 또 팀장님이 저를 믿고 맡겨주신 거였기 때문에 마음을 다해서 준비했습니다.

근데 문제가 있었어요. 팀장님은 그런 사람인데, 그런 마인드를 갖고 일하는 사람이 팀장님 한 분밖에 없다는 게 문제인 거예요. 신입으로 들어온 경력직 대리가 입사한 지 한 달 만에 바이어 앞에서 영어로 프레젠테이션을 진행할 수 있는 기회가 주어졌다는 건 그 회사에서 일례가 없는 경우였어요. 그전에는 차장, 부장급 선임들이 그런 일을 했었다고 하더라고요.

저는 그런 상황이 되면 직원들이 저를 되게 응원해주고 도와줄 줄 알았어요. "야, 저 사람 들어온 지 얼마 안 됐는데 저렇게 큰일을 맡았다고? 어려운 점이 꽤 많을 텐데 내가 좀 도와줘야겠다. 도와줄 거 없는지 찾아보고 같이 노력해서 일을 해봐야겠다." 뭐 그렇게 생각할 줄 알았어요. 바로 위에 있는 대리 두 명이 나서서 도와주고, 자료도 같이 찾아주고, 브리핑하는 것도 봐주고 할 줄 알았어요. 근데 너무 웃긴 게, 그런 사람이 한 명도 없는 거예요. 심지어 제가 일주일 정도 밤을 새우다시피 해서 프레젠테이션 자료를 만들면 그렇게 비판을 하더라고요. 그 깐깐하고 무서운 팀장님은 보자마자 너무 맘에 든다고, 이 정도면 아주 충분하다고 이야기하는데도 대리 두 명은 "저희는 이것도 마음에 안 들고, 저것도 마음에 안 들고" 어쩌고저쩌고하면서 그렇게 욕을 하는 거예요. 사실 저는 한 귀로 흘렸습니다. 솔직히 속으로는 무시했어요. 그럴 수 있잖아요. '니네가 그렇게 대단하면 왜 니네한테 안 맡기고 나한테 맡겼겠냐, 아직 대리로 있는 게 부끄럽지도 않으냐.' 하면서 속으로 무시도 많이 했습니다. 동기로 들어온 형님은 담배를 태우는 분이었는데, 직원들이랑 같이 담배를 태우다 보면 직원들이 꼭 제 험담을 하더래요. 나중에는 그분이랑도 사이가 틀어졌는데, 나이도 10살이나 많은 자기가 그 브리핑 업무를 맡은 게 아니고 제가 맡다 보니까 배알이 좀 뒤틀렸던 모양이에요. 나중에 회식하는 자리에서 술김에 그 이야기를 하더라고요.

하루는 또 어떤 일이 있었냐면, 창고로 쓰는 옛날 사무실을 정리하다가 나온 책이 하나 있었거든요. 제목이 더 골(The goal, 엘리 골드렛과 제프 콕스가 쓴 책으로, 미국 대부분의 기업과 MBA스쿨에서 교재로 채택한 전 세계 초대형 베스트셀러 도서 중 하나)인가 그랬어요. 잠깐 읽어봤는데 재밌더라고요. 그래서 화장실에서 양치하는 동안에 그 책을 읽고 있었어요. 양치하면서 책 보는데 상무님이 화장실에 들어오셔서 그 모습을 보신 거예요. 그러고는 아주 칭찬을 해주시더라고요. "이야, 화장실에서 양치하면서 책 보는 직원이 들어왔네. 젊은 친구가 참 좋은 습관을 갖고 있어. 너무 좋아." 하면서 칭찬을 막 해주시더라고요. 근데 그 뒤에 38살짜리 대리가 화장실에 들어왔어요. 이 사람도 제가 양치하면서 책 보는 걸 봤죠. 대뜸 한숨을 쉬더라고요. 그러고는 "야, 내가 이런 것까지 이야기 안 하려고 했는데" 하면서 이야기를 하는 거예요.

말인즉슨, 아침에 출근해서 회사에서 용변 보고 양치하는 게 이해가 안 된다는 거예요. '용변도 집에서 보고, 양치질도 집에서 하고 와야 되는 게 아니냐. 좋다, 그건 그렇다 치자, 근데 화장실에서 책까지 보는 건 도대체 무슨 정신이냐', 그러더라고요.

뭐 그런가, 했어요. 상무랑 대리랑 보는 시각은 완전히 다르니까요. 사람마다 느끼는 것도 다르고, 제가 모르는 업무가 있었을 수도 있고요. 양치하고 사무실로 들어갔죠. 근데 사무실 분위기가 엄청 안 좋은 거예요. 무슨 일인가 싶어 보니까 저 때문에 분위기가 안 좋은 거예요. '화장실에서 책을 본다고? 그 막간幕間을 이용해서 책을 읽고 공부한다고? 젊은 친구가 대단하네, 우리가 배워야겠다.' 이렇게 생각하는 게 아니라, '화장실에서 책을 본다고? 책 볼 시간이 있어? 무슨 개념이 그렇게 없지? 팀장님이 기회를 한 번 주니까 자기가 무슨 대단한 사람이라도 된다고 생각하는 건가?' 다들 그런 생각들을 하고 있는 거예요.

그러니까 보는 시각 자체가 완전히 다른 거예요. 어느 회사든지 상무, 전무 정도면 사장을 대리할 수 있는 위치에 있는 사람들이잖아요. 사장이랑 맞먹는 거죠. 그런 사람이 '젊은 친구가 참 귀하다, 책도 보고 공부도 하네.' 하고 이야기하는 건 뭔가 봤다는 거잖아요. 그 사람들이 보기에 뭔가 남다른 태도가 있다는 거 아닙니까? 그럼 '상무님, 전무님이 그렇다고 하면 그럴 수 있겠다.' 하고 이해하고 받아들이면 되는 건데, 전혀 배울 생각도 없고, 그냥 뒤에서 뒷담화나 하고 있는 거예요.

그러다 며칠 뒤에 일이 하나 터졌어요. 대리 중에 한 명이 저를 사무실 밖으로 불러내더라고요. 뭔가 싶어서 나가보니까 다른 대리 한 명이랑 같이 있는 거예요. 무슨 일이시냐, 하고 물었죠. 그러니까 대리

한 명이 '팀장이 하라고 한 프레젠테이션 다 끝내봤냐.' 묻더라고요. "아직 못 끝냈습니다." 하니까 그때부터 막 뭐라고 하는 거예요. '빨리 빨리 해라, 20분짜리 프레젠테이션 만드는 게 뭐 그렇게 오래 걸리냐.' 그런 이야기를 막 쏟아내더라고요.

근데 제가 만들던 자료가 전부 영어로 된 거였거든요. 브리핑을 어떻게 하느냐에 따라 수십억, 수백억 계약이 될 수도 있고, 계약 자체가 완전히 날아갈 수도 있는 일인 겁니다. 어렵죠. 전혀 쉬운 일이 아닌 겁니다. 당연히 지지부진할 수밖에 없고, 시간도 많이 쏟아야 되는 일이었습니다. 제가 영어 전공자도 아니고 특출나게 영어를 잘하는 것도 아닌데, 하나하나 만들 때마다 영어사전 뒤적거려 가면서 적절한 단어 체크해서 넣고, 사진 하나 고를 때도 엄청 신경 써서 골라가면서 자료를 만들었거든요. 그런데도 지지부진한 걸 어떡하겠습니까? 제 실력도 거기까지였고, 일도 쉬운 게 아니었는데 금방금방 할 수 있는 게 아니잖아요.

그 사람들 입장에서는 제가 불쾌할 수도 있었을 거예요. 선임 대리라고 두 명이 떡하니 앉아 있는데, 선임 대리들을 제쳐놓고 제가 중요한 프로젝트를 맡았잖아요. 그러니까 그 사람들 입장에서 '뭐 도와줄 것 없느냐, 쉬엄쉬엄해라.' 하고 이야기하는 것도 좀 그랬겠죠. 그렇다고 그런 이야기를 다 할 수는 없고, 그냥 "예, 빨리 처리하겠습니다."

하고 대답했습니다. 어디까지나 이해관계의 문제라고 생각했거든요. 그 사람들이 하는 말이 이해가 되었다기보다는, 일단 저보다 나이도 많은 사람들이었고, 좀 답답한 사람들이긴 해도 제 입장에서 나쁜 감정은 전혀 없었으니까요. 정말이에요. 저는 나쁜 감정은 없었습니다. 왜냐? 솔직히 말해서 제 마음에서도 그 사람들을 그냥 '똥차'로 보고 있었거든요. 그러니까 나쁜 감정이 없었던 거예요. 미안한 말이지만요. 게다가 이미 저에 대해서 안 좋은 편견을 갖고 있는 대리들이랑 논쟁해봤자 남는 것도 없고, 얻어지는 것도 없고, 도리어 힘만 빠지잖아요. 그래서 얼른 그 자리를 피하고 싶어서 대충 둘러댄 겁니다.

그런데 대뜸 트집을 잡기 시작하는 거예요. '우리가 이야기하는 게 만만하게 보이냐, 우리가 니 친구냐, 팀장님이랑 전무님이 좋게 봐주니까 회사가 만만하냐', 하면서 무슨 별의별 소리를 다 하는 거예요. 치고받고 싸운 건 아닌데, 언성을 높이면서 좀 싸웠습니다.

그 직원들이 팀장님을 그렇게 어려워했어요. 말수도 적고, 냉정하고, 차가운 사람이라고 생각을 한 거죠. 근데 저는 그 팀장님이 너무 좋더라고요. 그냥, 괜찮은 사람이었거든요. 괜찮은 사람 있잖아요. 무섭고 냉정하고 차가운데, 마음 중심에는 분명한 선이 있는, 그런 괜찮은 사람이요. 직장에서 친절하게 대해주고 잘 웃는 그런 괜찮은 사람 말고 마음이 올곧고 대쪽 같은 사람이요. 그런 사람이었어요. 저는 그런 팀장님이 참 좋았거든요. 저도 팀장님한테 잔소리 많이 들었습니다. 혼도 많이 나고요. 그건 그거고, 사람이 좋은 건 좋은 거죠. 근데 대리 두 명도 그렇고, 다른 직원들도 제가 팀장님에게 겸손하게 묻고 대하는 걸 굉장히 싫어하는 거예요. '니가 뭔데 팀장님한테 잘 보이려고 하냐, 팀장님이 너한테만 특별대우 해주기를 바라는 거냐', 뭐 이런 식으로 사람을 대하더라고요. 그게, 정말 너무 힘들었어요.

그 회사 분위기가 그랬어요. 회사가 어찌나 고립되어 있던지, 그 회사 특유의 답답함과 권위 의식은 말로 다 표현 못 할 정도였습니다. 너무너무 힘들었어요. 그런 기분을 정말 간만에 느꼈는데, 그 회사에서 일하는 동안에는 항상 긴장해 있었어요. 아침 출근길에 심장이 막 빠르게 뛰고, 밥을 먹는데 숟가락이 덜덜 떨리더라고요. '오늘 하루는 어떻게 버틸까.' 하는 생각이 늘 머릿속을 맴도는 그런 기분을, 그 회사에서 처음 느꼈습니다. 그러다 그 회사에서 결정적으로 나오게 된 계기가 있었습니다.

하루는 대리 한 명이 출장을 갔어요. 가면서 무슨 일을 시켰는데, 제가 실수를 좀 했습니다. 제 실수였던 건 사실입니다. 굳이 핑계를 대자면, 일이 익숙하지도 않았던 것도 있었지만, 너무 긴장해 있으니까 딱히 실수할 게 없는 상황에서 실수를 한 적도 있었어요. 좌우지간 제가 무슨 실수를 한 상황에서 출장을 간 대리한테 전화가 왔는데, 다짜고짜 욕을 막 퍼붓는 거예요. 전화기 너머로 아주 심한 욕을 하면서 "두 번 다시는 너한테 일 안 시킬 거니까 절대 건들지 말고, 너는 그냥 아무것도 하지 마라!" 하고 막 소리치는 거예요.

전화를 끊고 나서 가만히 생각했어요. '어떻게 하는 게 맞는 걸까? 죄송하다고 이야기하고 더 마음을 들여서 배우겠다고 하는 게 맞는 걸까, 아니면 뉴스에 나오는 것처럼 유서라도 써놓고 스스로 생을 마감하는 게 맞는 걸까?', 별별 생각이 다 들더라고요. 그때 아들 생각이 막 나는 거예요. 아침에 출근할 때 뛰어와서 저를 끌어안고 "아빠, 다녀오세요." 하고 인사하던 아들 생각이 나니까 너무 눈물이 나는 거예요. 다시 생각을 바꿔먹었지요. '내가 이 아들이랑 아내를 두고 절대 잘못된 결정을 하는 일은 없어야 되겠다', 그런 생각을 했던 기억이 나거든요.

그렇게 생각은 해도, 솔직히 그때는 뭘 어떻게 해야 되는 건지 모르겠더라고요. 아들은 벌써 여섯 살이고, 돈 들어갈 곳은 많고, 이 회사를 나가서 뭘 해야 될지도 모르겠고, 너무 힘들더라고요. 근데 그 상황에서 버틸 힘도 없는 거예요. 더 이상 버티다가는 제가 아주 잘못된 선택을 할 수도 있겠다는 생각이 드는 거예요. 남들이 뭐라고 하든지 간에 내가 먼저 살아야지, 하는 생각이 너무 강하게 드는 겁니다.

그날 퇴근하고 집에 와서 앞으로의 미래를 생각해봤습니다. '내 인생은 앞으로 어떻게 흘러갈까, 나는 앞으로 뭘 하고 살아야 할까, 어떻게 살아야 되는 걸까.' 그런 고민을 하면서 저녁 시간을 보낸 기억이 나요. 아주 침울하고, 울적한 마음으로 그날 밤을 보냈습니다. 지금도 그날의 분위기가 생생해요. 하늘은 흐리고, 공기는 축축하고, 서재는 적막하고, 책상 위에 까만색 표지의 로이텀노트Leuchtturm1917만 덩 그러니 펼쳐놓고 아무 글자나 쓰고 있는 제 모습이 너무 처량하게 보이더라고요. 제 손을 잡고 있던 아들이 보여준 제 뒷모습이, 바닥에 웅크리고 앉아서 가만히 한숨만 내쉬고 있는 제 뒷모습이 그렇게 처량해 보일 수가 없는 거예요.

그날 아들이 "아빠 왜 눈이 빨개? 아빠 울었어?"하고 물었었거든요. 그래서 제가 "아빠가 오늘 조금 힘든 일이 있었는데, 아들 얼굴 보니까 힘이 나. 아빠 괜찮아." 하고 대답했던 기억이 나요. 그러니까 아들이 저를 끌어안으면서 "아빠, 울지 마. 아빠가 울면 나 슬퍼." 하고 이야기하는 거예요. 참, 마음이 너무 아프더라고요. 아들 앞에서 강한 아빠가 되어야 하는데 이런 약한 모습을 보이는 게 맞는 건가 싶고, 더 좋은 모습도 보여주고 싶은데 그게 잘 안 되니 힘들기도 하고요. 아들 얼굴을 보고 있으니 마음이 참 심란하더라고요.

근데, 그날 잠자리에 들기 전에 제 마음에서 강하게 결정했던 지난 시간들이 막 기억나는 거예요. 앞으로는 절대로 남들을 위해 내 인생을 살지 않고, 오롯이 나를 위해서만 내 인생을 살겠다는 다짐을 했었다고 했잖아요. 먹고사는 데 급급하다 보니까 그런 다짐들을 저도 모르게 잊고 있었던'거죠. 생각이 고립된 사람들이 이럴 때 잘못된 선택을 하는구나, 싶은 생각이 드니까 정신이 번쩍 들더라고요. 그때 다시 다짐했죠. '너희들이 나를 그렇게 대할 수 있다, 내가 실수한 것도 있으니 내가 다 잘했다고 말은 못 하겠다, 그러나 너희들처럼 어리석은 사람들 앞에서 내 자존감을 낮춰가면서까지 내 인생을 허비하고 싶지는 않다, 나는 절대 이대로 무너지지 않는다.' 하고 다짐하던 그때의 기억이 지금도 생생합니다. 두 주먹을 불끈 쥐고 천장을 노려보면서, 두 번 다시는 이렇게 살지 않겠다고 다짐하던 그날 밤의 기억이 지금도 제 마음속에 생생하게 기억납니다.

다음 날, 출근하자마자 사직서를 작성해서 제출하고 바로 퇴사해버렸어요. 회사에서는 난리가 났죠. '이게 지금 뭐 하는 짓이냐, 사람이 어쩜 이렇게 무례하냐'부터 시작해서 별별 쌍욕을 다 하더라고요. 나중에는 상무님, 전무님한테까지 전화 와서 '다시 이야기해보자, 프로젝트는 마무리해야 되지 않느냐, 자네 말고 누가 이걸 할 수 있겠냐, 누가 자네를 못살게 굴더냐', 뭐 그런 이야기도 하고요.

제가 바보가 아니잖아요. 제 행동이 결코 다른 누군가에게 추천할 만한 그런 행동은 아니었습니다. 굉장히 잘못됐죠. 아무리 회사가 잘못했기로서니 당일 아침에 사직서 내고 그날 퇴사해버리는 건 예의가 아니죠. 저도 결코 잘했다고 이야기하는 건 아닙니다. 그건 인정해요.

상당히 경우에 어긋난 행동이었다고 생각합니다.

근데, 한편으로는 제가 그렇게라도 하지 않으면 이 사람들도 바뀌지 않겠다 싶더라고요. '너희가 나를 그렇게 함부로 대했으니, 나도 너희에게 선처 따위는 하지 않겠다', 싶은 마음도 들었고요. 삼국지에도 그런 내용이 있잖아요. '차라리 내가 천하의 사람들을 버릴지언정, 세상 사람이 나를 버리게 하지 않겠다寧教我負天下人, 休教天下人負我, 영교아부천하인, 휴교천하인부아'라고요. 제 행동이 무슨 조조와 같은 영웅에 비할 바는 아니지만요.

그 뒤로 쉬운 일만 있었던 건 아닙니다. 당연하죠. 어려운 일도 많았고, 힘든 일도 많았습니다. 너무 비겁했나 싶기도 하고, 나도 그냥 인생의 낙오자가 되어서 살겠구나, 하는 생각에 속상하기도 했고요.

근데 그때의 그 시간이, 저에게는 정말 엄청나게 크게 성장할 수 있는 기회였다고 지금도 생각합니다. 그렇게 마음먹은 뒤로는 어떤 조직에서도 사람 때문에 힘들거나 고생해본 적이 별로 없었거든요. 아마 그때 회사 상사에게 머리를 조아리면서 '죄송합니다, 제가 다시 배우겠습니다', 라고 했더라면 어땠을까 생각해봅니다. 물론 그 나름대로 배워지는 게 있었을 거예요. 일도 배웠을 것이고, 프로젝트를 잘해서 나름 특진도 할 수 있었겠죠. 근데 아마 저는 날개가 꺾인 새처럼, 뿔이 뽑혀나간 코뿔소처럼, 아니면 온몸이 묶인 사자처럼, 그냥 그렇게 살았을 것 같아요. 벗어날 수 없는 현실에 묶여서 사는 거죠. 그냥 그렇게, 꿈이고 뭐고 다 내팽개치고요.

저는 그러고 싶지 않았어요. 화장실에서 양치질하며 책을 보는 게 전혀 이해가 안 된다, 라고 생각하는 사람들의 기준에 맞춰서 살고 싶은 생각이 전혀 없었어요. 그 사람들이 보기에 이해할 수 없는 행동이었는지는 모르겠지만, 그런 태도를 굉장히 적극적으로 추천하는 사람들은 있기 마련이거든요. 그리고 그 사람들은 대개 사회에서 리더감이거나 조직의 우두머리일 가능성이 높습니다. 저를 칭찬해주신 그 상무님처럼요. 반면에 저를 비난하고 뒤에서 욕한 사람은 8년 차 대리였거든요. 별명도 똥차였고요. 그럼 답은 나온 거잖아요. "내가 왜 이 사람들의 기준에 맞춰서 내 날개를 꺾어야 되지? 말도 안 되는 소리 하고 있네." 하고 저는 생각한 거죠.

화장실에서 양치질하면서 책을 보는 습관은 지금도 고쳐지지 않았거든요. 근데 그런 습관을 좋아해 주고 아껴주는 사람들을 굉장히 많이 만났습니다. 그분들의 삶 자체가 저한테는 롤 모델이 되어 주더라고요. 결국 나는 올바른 선택을 했다, 라고 지금도 생각합니다.

까다로운 사람, 성격이 모난 사람, 비전이라고는 없는 회사와 인도자는 어디에나 있기 마련이잖아요. 그렇다고 그런 사람들이나 상황들에 매번 반응할 수도 없고, 매번 싸울 수도 없고요. 어떨 때는 참아야 되고, 어떨 때는 정중하게 사과도 해야 한다고 생각합니다. 근데 그 회사에서 겪었던 경험처럼, 도저히 감당하기 어려울 정도로 불합리한 상황이 생기거나 모욕감을 느낄 때는 완전히 새로운 시작을 할 수 있는 용기가 필요하다고 생각하거든요. 사직서를 제출하고 퇴사했다고 해서 무슨 세상이 끝나는 것도 아니고, 인생이 망한 것도 아니었고요. 훨씬 좋은 분들을 더 많이 만나고, 제가 가진 장점과 단점을 이해해줄 수 있는 분들이 세상에 많이 있다는 걸 경험한 시간이었다고 생각합니다.

아들이랑 그 시간들을 돌이켜 보면서, 참 많은 생각이 들었습니다. 내가 이때 정말 힘들었구나, 근데 그 시간들을 통해서 내가 정말 크게 변화하고 성장한 계기가 되었구나, 그런 것들을 아들이 보여주고 싶었겠구나, 싶더라고요. 아들은 제가 가족을 위해서, 또 저 자신을 위해서 스스로 결단하고 변화하려는 모습을 다시금 보여주고 싶었던 게 아닌가 싶습니다."

09
일곱 번째 날

"아는 분 중에 태권도장을 운영하는 분이 계시거든요. 일곱 살 때부터는 거기 태권도를 보냈어요. 첫날 도복을 입고 흰 띠를 두르고 왔는데, 그 표정이 어찌나 볼만했던지 모릅니다. 어떻게 표현해야 할까요, 어린 마음에 도복이라고 하니 뭔가 있어 보이기도 하고 그렇잖아요. 유치원에 갈 때 입고 가는 망토 달린 슈퍼맨 의상과는 또 다른 멋이 있다고 느껴졌겠죠. 그 모습을 가만히 보고 있는데, 갑자기 막 눈물이 나더라고요. 제가 갑자기 눈물을 흘리면 아들이 당황해할까 봐 방에서 혼자 울고 나왔는데, 꽤 오랫동안 눈물이 나는 거예요. 아내는 제가 우는 걸 보고 막 낄낄거리면서 혼자 웃고요. 그래도 살아온 시절이 있으니 그 마음을 이해는 하겠죠. 그러니까 아내는 아는 거예요, 제가 왜 그러고 있는지.

아들의 모습을 보는데, 문득 아버지 생각이 나는 거예요. 내가 태어났을 때, 내가 처음으로 걷고, 뛰고, 웃고, 엄마 아빠 품에 안길 때, 내가 처음으로 엄마, 아빠를 말할 때, 그때도 엄마 아버지는 이렇게 기뻐하셨을 텐데, 나도 엄마, 아버지한테 이런 아들이었을 텐데, 왜 나는 평생 그렇게 속만 썩였을까, 왜 철없이 대들고 함부로 살았을까, 하는 늦은 후회가 마음을 막 두드리는 거예요.

딱히 사고를 친 건 아니었어요. 평범했습니다. 왕따도 아니었고, 요즘 뭐, 문제 많은 학교폭력 같은 것도 전혀 당한 것도 없고, 누구 때린 적도 없고요. 그냥 평범했습니다. 공부는 못했는데, 오토바이를 타고 다닌다거나, 패싸움을 한다거나, 뭐 그런 것도 없었습니다. 그냥 어느 교실에나 있는 그런 학생이었어요. 아주 평범한 그런 학생이요. 그냥 그렇게 살았습니다.

근데 그게 저는 후회가 되는 거예요. 뭔가 인생에 대단한 열망 같은 게 없는 10대를 보낸 거죠. 공부를 잘했더라면, 그게 아니면 뭔가 대단한 성과를 냈더라면, 그랬다면 후회가 없을 텐데, 뭔가 자랑스러운 그런 아들이 되었을 것 같은데, 부모님 앞에서 저는 결코 자랑스럽지만은 않은 아들이었다고 생각했던 것 같아요. 그냥 태어났으니 사는 자식 있잖아요. 나는 나 같은 자식 태어나면 어떨까, 나 같은 자식이라면 참 싫겠다, 뭐 그런 생각도 하면서 학창 시절을 보낸 거예요.

근데 아들이 태어나고 난 뒤에 보니까, 그렇지 않더라고요. 그런 생각 자체가 얼마나 잘못된 생각이었는지가 보이는 거죠. 예전에 어떤 연예인이 '아들이 태어났을 때, 아들의 대변에 밥을 비벼 먹고 싶을 정도로 기뻤다.' 이런 표현을 한 적이 있었거든요. 어릴 때는 그 말이 이해가 안 됐는데, 지금은 그 말이 너무 이해가 되는 거예요. 눈에 넣어도 아프지 않을 자식이라는 표현이 왜 나왔겠나, 정말 이 아들을 눈에 넣더라도 그 고통을 이겨낼 수 있을 정도로 사랑하는 마음이 아들을 향해 생기는 거예요. 어떤 부모가 자식의 부족함을 문제 삼아서 비난하고, 또 탓하고 싶겠습니까? 물론 있겠죠, 있겠죠. 자식이 잘되기를 바라는 마음에서, 그게 아니면, 부모가 자식을 하나의 인격체로 대하는 방법을 배우지 못해서 자식을 막무가내로 비난하고 무시하는 부모들도 물론 있을 거라고 생각합니다. 어쨌거나 부모님이 저를 키우시면서 느꼈을 마음들을 이해할 수 있는 시간이 저에게도 주어진 건 사실이잖아요. 부모가 되고 나서요.

제가 초등학교에 다닐 때, 엄마랑 아버지가 맞벌이를 하셨어요. 그래서 저랑 여동생은 외할머니 댁에서 유년 시절과 학창 시절 대부분을 보냈습니다. 여동생이랑 제가 다니던 초등학교 근처에 외할머니 댁이 있었기 때문에, 학교를 마치면 외할머니 댁에 가방을 던져놓고 공놀이를 가거나 친구들이랑 놀러 가곤 했지요. 전에 상담할 때 말씀드린 그 외할머니 댁 말입니다.

저는 그 학창 시절이 아주 힘들고 두려웠거든요. 지금도 그때의 울적하고 두려웠던 기억들이 생생하게 머릿속에 각인되어 있습니다. 부모님이 맞벌이를 하셔서 그랬는지, 아니면 안 좋은 트라우마가 있었는지는 잘 모르겠는데, 뭐 둘 다 이유가 되겠지요. 한 가지 분명한 건, 앞서 말씀드렸던 것처럼 아버지를 참 무서워했다는 사실입니다. 참 우습죠. 누군가는 아버지를 존경한다고 하고, 누구는 아버지를 친구처럼 대한다고 하는데, 저는 아버지를 참 사랑하면서도, 무서워했어요. 아버지를 두고 애증愛憎의 대상이라고 하면, 말이 좀 이상할까요? 어쨌거나, 아버지는 참 무서운 분이었어요. 좀 순화해서 표현하자면 보수적인 분이라고 표현할 수도 있겠는데, 보수적이거나 그런 건 아니었어요. 그러니까 엄격하거나 엄한 거랑은 좀 다른 성격을 가진 분이었어요. 어떻게 설명해야 될지 모르겠는데…."

　그는 어떻게 설명해야 할지 몰라 잠깐 동안 입술을 물어뜯었지만, 약하게 입술을 물어뜯는 그의 비언어적 표현 역시 다소 소심하고 섬세하게 느껴지는 그의 성격을 형성하는 하나의 습관일 수도 있겠다는 생각을 잠시나마 했었다. 또한 꽤 논리적인 그의 설명으로 미루어보건대, 그가 이야기하는 아버지가 어떤 분이셨을지 대강은 알 것도 같았다. 1960~1970년대에 유년 시절과 학창 시절을 보내고 어른이 되어 버린 그의 아버지는 근대화 세대의 주역이었을 것이다. 정치적으로는 불안한, 그러나 경제적으로는 급성장하는 시기에 맞물려 젊은 시절을 보내면서 타인의 감정을 이해하고 배려하려는 노력의 중요성을 배우지 못한 채 전근대적 가치관으로 가득 채워진 어른으로 성장한 경우일 가능성이 높았다. 게다가 한평생 공직에서 근무하다가 은퇴하신 경상도 출신의 아버지다 보니 따뜻한 사랑과 배려보다는 꾸짖음과

훈계, 질타 섞인 비난을 더 자주 접했을 가능성 또한 배제할 수 없었을 것이다. 아버지가 근대화의 희생양이었다면, 그는 그런 아버지에게서 크고 작은 마음의 상처를 받은 또 다른 희생양이었는지도 모른다.

"외할머니 집에서 저녁밥을 먹고 있다 보면 아버지가 오시는 차 소리가 들리거든요. 지프차였는데, 특유의 클랙슨 소리가 있어요. 고급 세단에서 나는 그런 클랙슨 소리가 아니라 높은음의 소리 있잖아요. 외할머니 집에 가까이 오시면 클랙슨을 울리셨는데, 그 소리를 들을 때마다 심장이 쿵, 하고 내려앉는 느낌이 들었던 기억이 납니다. 아버지랑 집에 가는 게 너무 두렵고 겁이 나서요. 아들이 아버지가 퇴근하고 집에 오시는 걸 너무 두려워한다, 참 아이러니하죠. 그때를 생각하면 참 묘한 기분이 들어요. 엄마는 미용실을 운영하셨기 때문에 집에 늦게 오셨어요. 밤 9시? 전후로. 그럼 그때까지는 아버지랑 집에 계속 있는 거예요. 그 시간이 진짜, 정말 지옥 같았어요.

아버지랑 같이 집에 가면 항상 그날의 숙제랑 공부를 검사하셨어요. 거기에서 조금이라도 실수가 있거나 공부를 못한 흔적이 있으면 바로 꿀밤이 날아오는 거죠. 그리고 정말 마음을 후벼 파는 비난을 막 하시는 거예요. "이 새끼는 잘하는 게 하나도 없다, 학교에서 공부는 안 하고 뭔 짓거리를 하고 돌아다니는 거냐, 그렇게 할 바에 다 때려치워라", 뭐 그런 말들이요.

마음 깊은 곳에서 아버지를 미워하거나 싫어하는 건 아닙니다. 여동생이랑 저를 키우시느라 많은 수고를 하셨고, 또 많은 걸 희생하신 분이니까요. 나이가 들어서 결혼을 하고, 아들을 키우면서, 아버지가 장손으로서 살아오신 수고와 노력을 이해하게 됐습니다. 잘 알죠. 자식을 키워보니까 아버지가 얼마나 힘들게 젊은 시절을 보내셨는지 알겠더라고요. 근데 어떻게 내가 아버지를 미워하고 싫어할 수 있을까, 싶은 거죠.

근데 유년 시절의 아버지, 학창 시절의 아버지는, 좀 달랐어요. 솔직히 말해서, 너무 피하고 싶은 분이었어요. 참 안타깝죠. 자식이 아버지를 너무 무서워하고, 또 피하고 싶어 한다는 게 굉장히 우습잖아요. 그런데 아버지가 저에게 하신 그런 말들이, 어린 마음에 굉장히 큰 상처로 남더라고요. 어떤 분이 그러시더라고요. '남들은 나한테 상처를 주지 않는다, 가장 큰 상처를 주는 것은 나 자신과 가족뿐이다.'라고요. 생각해보니까 그렇더라고요. 가족이 남긴 마음의 상처는 정말 뼈에 새겨진다는 느낌이 들 정도로 힘들더라고요. 뭐, 어머니도 비슷했습니다. 상처를 많이 주셨죠. 절대로, 두 번 다시 돌아가고 싶지 않은 시기가 언제였느냐, 하고 누군가 묻는다면 저는 학창 시절이었다고 자신 있게 이야기할 수 있을 정도로 힘든 시기였습니다. 자존감이 너무 낮고, 자신감이 없는 학창 시절을 보냈습니다. 심지어 '스무 살이 되면 자살해야지.' 하고 생각할 정도로 극심한 스트레스를 경험했습니다.

당연한 말이지만, 저는 어머니와 아버지를 닮았는데요. 이게 묘하게 헷갈리는 말입니다. 제가 보는 저는 엄마를 닮았어요. 눈이 동그랗게 크고, 책 읽는 것을 좋아하고, 조곤조곤 말하는 성격이 엄마랑 똑같습니다. 근데 저를 아는 사람들, 예를 들어 엄마 친구분, 엄마 미용실의 단골손님들 같은 경우는 제가 아버지랑 완전히 똑같이 생겼대요. 제가 예전에 아버지 아기 때 사진을 봤거든요. 저는 그 사진이 동생 돌사진인 줄 알았어요. 아버지 아기 때 사진이랑 동생 아기 때 사진이 완전히 똑같은 거예요. 그런데 사람들이 보는 저는 아버지를 닮았대요. 그게 참, 기분이 묘하더라고요. 이야기가 좀 옆으로 샌 것 같은데, 뭐 그런 기억들, 어린 시절과 부모님에 대한 그런 기억들이 저로 하여금 아들을 대할 때 최선을 다해서 대하고, 사랑을 많이 베풀어줄 수 있는 아버지가 되겠다고 다짐하게끔 만들어주었다고 생각합니다. 이미 지나간 일이니까, 지금 돌이켜 생각해보면 좋은 기회라고 할 수 있는지는 모르겠습니다만.

몇 년 전에 있었던 일인데요. 가까운 지인이 몸이 안 좋아서 병원에 좀 있었어요. 병원이라고 하면 아픈 사람이 있는 곳인데, 거기는 좀 특수한 병원이었어요. 음, 정신적으로 좀 힘든 분들 있잖아요. 그런 분들이 계시는 병원이었거든요. 그 친구도 별문제 없는 그냥 평범한 친구였는데, 하루는 횡단보도 초록불에서 길을 건너는데 이 친구를 못 보고 대형트럭이 들이받는 바람에 머리를 크게 다쳤어요. 그래서 한참 동안 중환자실에 있으면서 어떻게 수술을 잘하긴 했는데, 나중에 퇴원하고 보니까 환청이 막 들린다는 거예요. 도저히 안 돼서 가족들이 그병원에 그 친구를 데려다 놓은 거예요. 하여간 그 친구 면회를 갔다가같이 식사를 했거든요. 간만에 만나서 이런저런 이야기를 나누고 있는데, 어떤 젊은 분이 김밥이랑, 고추튀김이랑, 떡볶이랑 막 바리바리들고 인사를 하러 온 거예요. 지인이랑 가깝게 지내는 동생이라고 하더라고요. '아픈 사람들끼리는 서로 통하는 게 있으니까 금방 친해지고 그러는 모양이던데, 그래서 그런가 보다' 하고 저도 인사했죠. 그젊은 분이 '아버지가 면회를 오셨는데, 친하게 지내는 형이 저기 있어서 음식 좀 갖다드리고 오겠다 하니까 주시더라, 드시고 이야기 나누시라, 저는 아버지가 계셔서 먼저 일어나겠다.' 하고 가더라고요. 인상도 좋고 참 싹싹하더라고요. 그분이 돌아간 자리를 보니까 그분의 아버지가 앉아 계셨어요.

사람을 보면 대충 느낌이란 게 오잖아요. 얼굴도 많이 그을었고, 조금은 색이 바랜 잠바를 입고 계신 분이 한 분 앉아 계시더라고요. 겉모습만 보고 사람을 어떻게 판단하겠냐마는, 그냥 이렇게 보기에 농사를짓거나, 자그마한 사업을 하시는 분이겠다 싶은 겁니다. 깊게 파인 주름도 그렇고, 왠지 모르게 어색한 표정도 그렇고. 근데 그 아버지의 눈동자가 지금도 잊히지가 않아요. 그때가 어린이날이었거든요. 더울 때죠. 아들이 수육이랑 김밥이랑 먹는데, 혹시나 음식이 상하지나 않을까 싶어서 아버지가 계속 부채로 부채질을 하시는 거예요. 그 날씨에 부채로 부채질한다고 음식이 안 상하는 것도 아닐 텐데, 그걸 보고 있으니까 참 마음이 짠하더라고요. 그래서 물어봤죠. 저 친구는 스물 몇 살 정도 되어 보이는데, 젊은 친구가 어디가 안 좋아서 이런 곳에 입원했느냐고요.

아버지를 칼로 찔렀대요. 직업이 아마추어 킥복싱 선수였다고 하더라고요. 거친 훈련을 하다 보니까 발로 차이고, 주먹으로 머리도 맞고, 얼굴도 맞고, 그러면서 뇌 쪽에 충격이 왔던 모양이라고 하더라고요. 그러면서 조현병이 온 것 같다고 이야기를 하는 겁니다. 제가 킥복싱은 잘 모르는데, 제 지인 이야기를 들어보니까 충분히 그럴 수 있겠다 싶은 거예요. 경기력이 비슷한 사람을 만나면 서로 주고받는 게 있는데, 연습경기에서 매번 비슷한 사람이랑 경기하는 건 아닌 모양이더라고요. 실력 차이가 아주 많이 나는 사람을 만나기라도 하면, 이게 무슨 상대가 안 되잖아요. 뭐 주고받고 할 것도 없이 죽도록 두들겨 맞는 모양이더라고요. 직업 자체가 다른 사람이랑 치고받고 하면서 경쟁하는 거다 보니까 신체적으로 충격도 많이 받고, 그러다 보니까 우울증이 심각해진 거예요. 거기다 정신적으로도 많이 충격을 받다 보니까 사람이 좀 이상해지는 거죠. 그때부터 길 가는 사람을 보면 때리고 싶어 미칠 것 같고, 주먹을 막 휘두르고 싶고, 뭐 그랬던 모양이에요. 그러다 어느 순간 정신을 차리고 보니까 아버지가 피를 막 줄줄 쏟으면서 쓰러져 계시고, 자기 손에는 흉기가 들려 있고요. 여기저기 피도 막 뚝뚝 떨어지고요.

그 이야기를 듣고 나서 다시 뒤를 돌아보니까, 그 자리에 그 아버지가 그대로 앉아서 부채질만 계속하고 계시는 거예요. 아들은 간만에 바깥 음식을 먹으니까 좋아서 김밥이고 고구마튀김이고 막 먹고 있고, 아버지는 계속 부채질만 하시고요. 아, 정말, 그 장면이 잊히지가 않더라고요.

잠깐 말씀드린 적이 있었던 것 같은데, 저희 아버지도 운동을 하셨어요. 젊을 때 탁구선수를 하셨대요. 그래서 아주, 그 뭐랄까, 이런 표현이 적당한지 어떤지 모르겠는데, 속된 말로 행동도 상당히 빠릿빠릿하시고, 또 날씬하셨습니다. 연세가 드셔도 군살이란 게 별로 없는 분이셨어요. 동생도 아버지의 영향으로 고등학교를 졸업할 때까지 멀리뛰기 선수를 했는데, 나중에는 전국체전에도 나갈 정도로 아주 실력이 뛰어났어요. 아버지의 능력을 그냥 고스란히 이어받은 경우였지요.

제가 탁구는 잘 모르지만, 제가 어릴 때 아버지는 늘 운동을 하시던 분이었던 기억은 아직도 생생합니다. 늘 체육복 차림이셨고, 눈빛이 아주 살아 있는 분이었어요. 적당히가 없는 분이었습니다. 그러다 국가대표 할 실력까지는 안 되고 나중에 할아버지 덕분에 농사도 짓고 공무원도 하고 그러셨지만, 그래도 기본 체력이란 게 있어서 공직에서 은퇴하시기 전까지만 해도 웬만한 운동은 다 섭렵하는 분이셨어요. 운동신경이 아주 뛰어나신 분이었거든요. 그렇게 평생 약이라고는 한 번도 드시지 않을 정도로 건강하시던 분이, 제가 결혼하던 그해에 심장에 약간 이상이 오면서 건강이 많이 악화되셨어요.

그즈음에 엄마한테 듣기로는, 아버지가 새벽에 주무시다가 숨이 잘 안 쉬어진다고 하면서 일어나시더래요. 엄마는 걱정이 되잖아요. 그래서 병원에 연락을 할까 어쩔까 하는데 아버지는 "괜찮다. 자고 일어나면 괜찮겠지." 하시더랍니다. 근데 엄마가 어떤 촉觸 같은 걸 느끼셨나 보더라고요. 뭔가 이상하다, 싶어서 급한 대로 아버지를 차에 태워서 병원에 가신 거죠. 솔직히 숨이 잘 안 쉬어진다거나, 몸이 좀 안 좋다고 해서 새벽에 응급실에 가볼 생각을 할 정도로 죽음을 생각하는 사람이 별로 없잖아요. 1월인가 그랬으니 날도 추운데, 그 새벽에 일어나서 병원에 가는 게 쉬운 것도 아니고요. 아버지도 "됐다, 아침에 가자." 하셨는데 엄마가 기어코 데리고 병원으로 가신 거예요. 근데 그렇게 병원에 가보니까 아버지 뇌 쪽의 혈관이 거의 막혀 있었고, 자칫하다가는 혈관이 터져서 큰일이 날 뻔한 상황이었던 겁니다. 그래가지고는 바로 수술실로 들어가서 혈관에 막힌 거 뚫고, 뭐 하고 뭐 하고, 아주 그냥 난리도 아니었다고 하더라고요. 그 전해에 저도 부모님 곁을 떠나서 여기로 와서 자리를 잡았고, 동생도 10년 넘게 서울에 있으면서 자리를 잡았으니 다 뿔뿔이 흩어져 있는 상황이었는데, 바로 다음 날 저랑 동생이랑 기차 타고 고향으로 내려갔지요.

195

병원에서 휠체어에 앉아 계시는 아버지 모습을 봤는데, 그냥 덤덤하더라고요. 나이가 어려서 그랬을 수도 있고 한데, 제 기억 속에 있는 아버지는 늘 당당하고, 건강하고, 누구에게도 뒤지지 않을 정도로 운동도 잘하시고 건강한 분이셨기 때문에, 저는 딱히 아버지가 어떻게 된다, 하는 부정적인 생각 자체를 안 했던 것 같아요. 그러고는 딱히 병원에 입원하실 것도 없이 몇 년 동안 잘 지내셨어요.

근데 결혼하고 나서 언젠가 고향에 갔는데, 그냥 신혼이고 하니까 부모님 뵈러 간 거죠. 갔는데, 아버지가 무슨 약을 드시고 계신 겁니다. 그리고 엄청나게 많은 약이 포장된 채로 부엌 찬장에 있는 거예요. 그거 무슨 약이냐고 아버지한테 물어보니까, 안 먹으면 죽는 약이래요. 뭐 그런 약이 있습니까, 하니까 심장약이라고 하시는 거예요. 알고 보니까 아버지가 뇌 쪽에 혈관이 막히셔서 수술을 받으신 것도 맞는데, 그거랑은 별개로 선천적으로 심장이 약해서 펌프가 잘 안 되는 분이었다고 이야기를 하시는 거예요. 그러면서 "이 약 안 먹으면 나는 지금 바로 죽는다." 하고 이야기를 하시는 겁니다. 당신은 농담이라고 이야길 하신 건데, 듣는 사람은 그게 아니잖아요.

몰랐는데, 나중에 알고 보니까 아버지가 심장이 굉장히 약한 분이셨다는 거예요. 제가 의사가 아니다 보니 정확한 건 모르겠는데, 대충 듣기로는 심장에서 밀어주는 펌프가 약하다 보니까 혈관에 막힌 게 있어도 제대로 밀어주지 못하고, 그러니까 막힌 부분은 계속 막히고, 결국 뇌혈관이 거의 완전히 막힐 정도가 된 거라고 이야기하시는 거예요. 그래서 그 약을, 심장이 정상적으로 뛸 수 있도록 도와주는 심장약을 몇 년째 드시고 계신 상황이었던 거예요. 근데 그걸 평생 드셔야 된다는 겁니다. '병원에서는 뭐라고 하더냐' 여쭤보니까, 아예 심장이 튼튼한 분이었으면 강하게 밀어내다가 터져서 더 큰 문제가 될 수도 있었을 텐데 이만한 것만 해도 다행인 거라고 이야기를 했던 모양이에요. 좌우지간 그때 저희 생각으로는 아버지가 건강히 살아계신 것만으로도 다행이다 싶긴 하더라고요.

평생 직장 생활만 하시던 분이긴 해도, 이렇다 할 병치레 같은 건 없는 분이셨거든요. 그만큼 건강하셨어요. 근데 그때 이후로 많이 야위신 걸 보니까 마음이 참 안 좋은 거예요. 주변 사람들한테 듣기로, 남자들은 환갑 정도에 접어들면 많은 생각을 한대요. 퇴직을 준비하거나 퇴직을 할 만한 나이고, 그렇다 보니까 거울을 보면 이전보다 나이든 모습도 보이고, 애들은 다 커서 자기 앞길을 찾아가고, 배우자도 늙어가고, 친구들도 하나둘 사라져가고. 뭐 그런 것들이 한데 뭉쳐져서 감정을 잘 조절하지 못한다는 이야기를 들었거든요.

아버지는 그냥 평생 공무원으로 사신 거예요. 지금도 그렇지만, 그런 공직은 뻔하잖아요. 경직된 분위기에 봉건적이고, 꽉 막혀 있고, 뭐 그런 분위기에서 평생을 근무하시던 분이 퇴직을 얼마 앞두고 엄마한 테 산에 가자고 이야기하시더래요. 그러고는 '내가 더 살 수 있는지 어 떤지 보고 싶다.' 그러시더랍니다.

아버지가 이제 칠순을 넘기셨어요. 근데 아버지의 사촌 형님들이나 친척분들은 모두 일찍 돌아가셨어요. 50대, 60대에요. 아버지의 아버 지, 그러니까 제 친할아버지도 쉰아홉에 돌아가셨고, 제가 어릴 때부 터 아재라고 부르던 아버지의 사촌 형님도 예순둘인가, 셋에 돌아가셨 어요. 이유는 모르겠습니다. 근데 다들 초로初老에 세상을 뜨시다 보니 까, 아버지 입장에서는 좀 생각이 되신 모양이에요. 어린 시절을 같이 보낸 분들이잖아요. 가까이에서 그분들의 죽음을 목도하신 아버지 입 장에서는 환갑을 넘긴다는 게 그냥 당연한 게 아니라, 어쩌면 불가능 한 것일 수도 있겠다는 두려움 속에서 40대, 50대를 보내신 건 아닌가 싶어요.

젊은 시절에 운동을 했던 분이시다 보니까 어린 제가 보기에는 아 버지는 늘 강철 같은 분이셨어요. 그런 분이 세월이 흐르면서 조금씩 노인이 되어 가시는 걸 보니까 참 마음이, 좀 그렇더라고요. 나도 뭔 가 성공해서 부장도 되고, 임원도 되고, 뭐 그런 직장인이 싫다면 사업 을 해서 수십, 수백 억대 매출도 내고, 좋은 차도 타고 인사드리러 가 고 싶은데, 그게 안 되더라고요. 나는 왜 아버지한테 자랑스러운 아들이 되지 못하는 걸까, 그런 생각을 할 때마다 아쉬움도 들고, 죄송스러운 마음도 들고 그렇더라고요.

언젠가 지인이랑 이야기를 나누는데, 그분이 돌아가신 아버지에 대한 이야기를 한 번 해주신 적이 있어요. 그러면서 "저희 아버지는 참 훌륭한 분이셨습니다." 하면서 이야기를 해주시더라고요.

그분의 아버지도 세상 기준에서 봤을 때 딱히 성공하거나 그런 분은 아니셨어요. 젊은 시절에는 연탄배달부로 사셨고, 나이가 어느 정도 들어서는 미장이로 평생을 살아오신 분이셨어요. 반면에 이분은 사회적으로 나름 성공한 분이셨어요. 큰 기업체도 운영하였고, 나중에 시의원인가, 구의원인가 당선되어서 정치권에서도 일을 좀 하셨고요. 근데 이분은 아버지가 딱히 사회적으로 능력이 있는 분도 아니었고, 그렇다고 집에 돈을 많이 갖다주신 것도 아니었는데도, 그 아버지가 그렇게 그립대요. 왜냐. 아버지가 경제적으로 아주 풍족하게 해주신 분은 아니었지만, 가족을 그렇게 아끼는 분이셨다고 이야기하시는 거예요. 저는 그 말이 참 마음에 와닿았어요. 좋은 직업, 좋은 차, 좋죠. 좋은 집도 좋죠. 작은 집보다 큰 집이 좋고, 작은 중고차보다는 새로 구입한 외제 차가 더 좋은 건 당연하잖아요. 근데 아버지 앞에서는 그 모든 것들이 의미가 없어지더랍니다. 그렇게 자식과 가족을 사랑하던 분이셨대요. 이분도 나이가 들어서 아버지가 되었는데요. 아들이 태어날 때, 손에 짐을 바리바리 싸들고 있다가 아들이 보이자마자 옷가

지고 뭐고 짐을 다 내팽개치고 아들한테 달려가는 자기를 보았답니다. 그 아들을 품에 안으면서 '나도 아버지한테 이런 아들이었겠구나!' 하는 마음을 느꼈대요. 그분에게서 아버지를 너무너무 그리워하는 마음을 느끼겠는 겁니다.

제가 그 이야기를 듣고 바로 아버지에게 문자를 보냈어요. "아버지, 아버지의 인생을 존경합니다." 하고요. 얼마 안 있다가 아버지한테서 답장이 왔어요. "고맙다, 아들아." 하고요.

그 무섭던 아버지가, 그 어렵던 아버지의 마음이, 이분이랑 이야기를 나누면서 조금씩 이해가 되는 거예요. 세상 사람들이 다 내 마음 같지 않잖아요. 상담하시면서 많은 사람들을 만나시니까 더 잘 아시겠지만, 별 희한한 사람도 있고, 아주 괜찮은 사람도 있고, 뭐 그렇지 않습니까? 그렇게 거칠고 힘든 세상 속에서 가족만을 바라보고 살아오시면서 육체와 자존심은 나이가 들면서 풍화風化되었을지언정, 한 번도 가족에게 세상을 두려워하는 모습은 보이지 않으셨던 분이셨어요. 아버지니까 할 수 있는 일이었던 거죠.

지금이야 저도 어른이 돼서 직장도 다니고, 이런저런 일도 해보고 하지만, 학창 시절에는 아주 산만한 학생이었습니다. 한 번도 장학금이란 걸 타본 기억이 없어요. 학창 시절만 그러면 다행인데, 그 성격이란 게 어디 안 가더라고요. 대학교에 다닐 때도 공부보다 엉뚱한 것에 관심이 가더라고요. 사업도 실패하고, 뭐 회사 들어갔다가 사람들 때문에 나오고, 살면서 문제가 없는 날을 찾아볼 수 없을 정도로 문제가 많이 생기는 거예요. 그런데도 아버지한테 저는 '사랑하는 아들'인 거예요. 그게 참 신기하더라고요.

그런 부모의 마음이란 게 교육으로 만들어지는 건 아니겠죠. 자식이 아무리 잘못된 일을 저지른들, 마음에서 자식을 끊어낼 수 있는 부모가 얼마나 되겠습니까? 부모님이 그런 분들인데, 마음을 활짝 열고 대화를 나눌 수 있다는 게 참 중요한 일이죠. 어릴 때는 몰랐는데, 아들을 키우면서 알게 된 겁니다.

처음으로 사업이 실패, 라기보다는, 지금 돌이켜 생각해보면 그냥 흐지부지 돈만 날린 28살의 어느 날, 처음으로 아버지한테 이런저런 이야기를 해봤습니다. 그동안 힘들었던 이야기, 어려웠던 이야기, 학창 시절에 차마 하지 못했던 그런 이야기들. 그냥 주절주절했던 것 같아요. 그리 대단하지도 않은 시시콜콜한 이야기들. 근데 그런 이야기를 듣고 계시는 아버지의 표정이 지금도 잊히지 않아요. 그 기쁨을 어떻게 감춰야 하는지 모르겠다는 그 표정. '내 아들이 이런 이야기를 한다고? 내가 아들이랑 이런 이야기를 나눌 수 있다고?' 하는 그 아버지의 행복해하시는 표정이 마음에 너무 크게 남는 거예요. 아버지는 전형적인 경상도분이시거든요. 평생 자식 앞에서 눈물 한 방울 흘리지 않은 분인 데다 어려운 일이 있어도, 힘든 일이 있어도 그냥 허허, 하고 웃어버리는 분이셨거든요. 그런 아버지랑 이야기를 나누다 보니까 참 좋더라고요. 아버지에게는 자식이 결코 알 수 없는 마음의 세계가 있다, 내가 그걸 몰랐을 뿐이다, 하는 걸 그때 발견한 거죠.

물론 부모가 다 옳은 건 아닐 겁니다. 늘 좋을 수 없잖아요. 저도 그런 기억들이 있습니다. 내가 이때 아들에게 왜 그렇게 행동했을까, 조금만 참을걸, 하고 생각되는 순간들이 있어요.

그해에, 그러니까 7살 되던 해에, 아들이 귀에 문제가 좀 생겨서 병원에 간 적이 있어요. 중이염인 줄 알고 갔는데, 의사가 '중이염은 아니고 꽤 큰 귀지가 귀를 막고 있는데 그걸 빼야 된다.' 하고 이야기하더라고요. 뭐 그런가 보다, 하고 진료를 했죠. 근데 이 녀석이 난리 난리를 치는 거예요. 아프지도 않은데 소리를 지르고, 자지러질 듯이 땅바닥을 뒹굴고 하는 거예요. 의사 선생님도 얼굴이 붉으락푸르락하고, 지켜보는 간호사도 짜증이 나는지 말투도 퉁명스럽고, 뭐 그때는 그랬습니다.

저는 아이들을 가르쳐본 교사잖아요. 그때는 먼저 잘 달래는 게 우선이라고 생각하거든요. 사실 맞잖아요, 아이들도 마음이 있으니까요. 무섭다는 생각, 두렵다는 생각을 먼저 없애준 다음에 진료를 받으면 문제가 없는데, 의사 입장에서는 무작정 '꽉 잡고 있어라, 부모님이 꽉 안 잡으니까 애가 이러는 거 아니냐.' 하는데 엄청 화가 나는 거예요. 진료가 끝나자마자 대성이를 데리고 문밖으로 나와서 제가 엄청 뭐라고 했어요.

'너 아까 진료하면서 아팠냐, 따갑거나 날카로운 거로 찔러서 피가 났냐?' 물으니까 고개를 절레절레 흔들죠. "안 아팠지? 누가 아프게 한 것도 아니지?" 그러니까 응, 해요. '거봐라, 아프지도 않고, 따갑지도 않고, 피도 안 났다. 다만 무서운 것이었을 뿐이다. 무섭다는 거 이해한다, 아빠도 그랬다, 그러나 무서워서 못 하겠다는 그 생각 하나 버리지 못하면 그때는 엄청나게 큰 주사를 엉덩이에 맞아야 한다', 뭐 그런 이야기를 하면서 소리를 고래고래 질렀어요.

그리고 "너, 잘 들어! 저 사람은 네가 아프고 불편한 부분을 고쳐주는 의사지만, 아빠보다 너에 대해서 잘 아는 사람은 아니야. 네가 어떤 마음을 가지고 사는지도 모르고, 네가 어떤 꿈과 희망을 갖고 사는지도 몰라. 저 사람은 돈 받고 아픈 사람, 병든 사람을 고치는 사람일 뿐이야. 아빠가 돈을 줬으니까 아빠한테 돈을 받고 자기 일을 하는 사람이라고. 우리가 돈 주고 저 사람을 쓰는 건데, 왜 저 사람한테 우리가 욕을 먹어야 돼? 너한테는 저 사람을 다스릴 수 있는 힘이 충분히 있는데, 왜 저 사람을 다스리지는 못하고 도리어 야단을 맞고 있어? 너, 다시는 병원에 와서 울지 마. 다음번에 병원 왔을 때 한 번만 더 울고 떼쓰면, 그때는 진짜 더 크게 혼날 줄 알아!" 뭐 그렇게 소리를 쳤어요.

나중에 아내가 '평소에 아들한테 화도 잘 안 내는 사람이 오늘은 아주 강하게 야단을 치는 걸 보고 가만히 뒤야겠다'라는 생각을 했다고 하더라고요.

시간이 지나고 나서 그때 일이 조금은 후회가 되는 거예요. 그 녀석이 얼마나 무서웠으면 그랬을까, 싶기도 하고요. 그때 제가 아들을 품에 안고 진료를 봤는데, 손을 아들의 가슴에 얹고 있었거든요. 근데 그 작은 심장이 얼마나 빨리 뛰는지, 얼마나 무서웠으면 그랬을까 싶은 거예요. 그 아들이 차에 와서 재잘재잘 장난을 치는데, 그러면서도 제 눈치를 보는 걸 알겠더라고요. 자기도 미안한 거죠. 자기가 너무 떼를 써서 아빠랑 엄마가 당황해하고, 난처한 상황에 빠졌었다는 걸 자기도 아는 거죠. 그러지 않아도 되는데, 엄마 아빠가 아들이 아프면 병원에 데려가서 진료를 보는 게 당연한 건데, 내가 괜히 아들한테 그랬구나, 하는 생각이 드니까 아들에게 참 미안하더라고요.

다만 저는, 기본적으로 부모님은 내 편이라는 사실을 아들이 이해하는 게 제일 중요하다고 생각했습니다. 어떤 상황에서도 부모님은 내 편이셨고, 또 제가 행복한 게 제일 중요한 거라고 늘 이야기하셨거든요. 저도 그랬습니다. 그날 병원을 나오는 길에도 대성이는 제 손을 꼭 잡고 나왔거든요. 이런 상황에서도 아버지는 내 편이고, 엄마는 내 편이고, 그렇기에 세상 그 무엇도 두렵지 않다는 사실을 알고 있었던 거겠죠.

　그날 차를 타고 집에 가면서 아들한테 이렇게 이야기했어요.

　'아까 아빠가 너무 속상했다, 우리 아들이 충분히 용기 있게 할 수 있는데, 무섭다는 생각을 버리지 못해서 용기 있게 도전하지 못한 게 참 속상했다. 하지만 엄마랑 아빠는 우리 아들을 너무너무 사랑하고, 다음번에는 충분히 잘할 수 있을 거라 믿는다.' 뭐 그런 식으로요. 그리고 다음번에 똑같이 병원에 진료를 갔을 때, 울지도 않고 꾹 참고 진료를 받더라고요. 분명히 심장이 이전처럼 빨리 뛰고 있고, 한 손으로는 제 손을 꼭 잡고 있는데도, 꾹 참고 진료를 받는 거예요. 의사 선생님이랑 간호사도 치료 잘 받는다고 어찌나 칭찬을 하든지 몰라요. 진료 끝나고 저한테 와서 "아빠, 나 오늘 아빠가 말한 대로 용기를 내서 치료 잘 받았어." 하는데 어찌나 마음이 뭉클하던지. 아, 아들아."

10

여덟 번째 날

아들을, 좀 일찍 재우는 편이었어요. 그냥, 그렇게 되더라고요. 저녁 8시 전후로 재우고, 9시쯤 완전히 잠들면 저는 11시까지 2시간 동안 남은 공부를 했습니다. 딱히 자격증을 준비하거나 그런 건 아니고요. 주식 공부도 좀 하고, 부동산 공부도 좀 하고. 그러다 11시가 딱 되면 잘 준비를 했습니다. 양치질도 하고, 간단하게 스트레칭하고, 그리고 대략 11시 반쯤 되면 잠자리에 들었습니다. 그리고 새벽 4시 반에서 5시쯤 되면 일어나요. 컨디션이 좀 안 좋으면 좀 더 자기는 하는데, 대개 그 시간에 일어났습니다. 지금도 그래요. 습관이란 게 일단 한번 들여두면 오래 유지가 되잖아요.

아침형 인간이어야겠다든지, 아니면 무슨 대단한 결심 때문에 일찍 자고 일찍 일어나는 식으로 일상이 바뀐 건 아니었습니다. 특별한 계기가 될 만한 건 없었는데, 그냥 어느 날 문득, 자는 시간이 좀 아깝다는 생각이 들더라고요. 누구나 다 똑같이 일어나는 아침에 일어나는 건 좀 아니지 않나, 싶은 생각이 그냥 문득 든 거예요. 아침 일찍 일어나서 아무도 없는 새벽에 출근하면 차도 안 밀리니까 괜찮겠다 싶었고, 그래서 그냥 그 시간에 출근하게 됐습니다. 되게 피곤한 날도 있죠. 그런 날에는 그냥 푹 잤습니다. 그래도 대개 아침 6시, 6시 반 정도 되면 일어났어요.

일 때문에 그런 것도 있을 겁니다. 아들을 키우면서 생긴 나름의 좋은 습관이었던 거죠. 아들이 여덟 살이 되던 해에 창업을 했거든요. 지금 하고 있는 일인데, 온라인 도매몰을 운영하고 있습니다. 그쪽 분야에서 일하는 분이 계셔서 어깨너머로 좀 배워서 해봤는데 재밌더라고요. 적성에도 맞고요. 새벽에 일어나서 일하는 게 처음엔 좀 힘들기도 했는데, 지금은 적응이 됐어요. 새벽에 물건 발주 넣고, 주문서 넣고 하는 일을 하다 보니까 아들 보랴, 집안 정리하랴 하면서 정신없이 일할 때보다 좋기도 하고요. 집중할 수 있는 시간이 있다는 것도 도움이 많이 되고요.

제가 아들을 재우던 그때나 지금이나 알람이 똑같아요. 아들을 재울 때 쓰던 자장가 음악이었거든요. 알람이 신나거나 활기찬 음악이어야 기분 좋게 일어날 수 있다는 사람도 있던데, 저는 그렇지 않더라고요. 아들이 잠들기 전에 듣는 자장가 음악 소리로 알람을 설정한 것도 그것 때문입니다. 제가 일어나는 시간이지, 아들이랑 아내가 일어나는 시간은 아니니까요. 아들이랑 아내한테는 잠결에라도 '지금은 자는 시간'이어야 하고, 저는 일어나는 시간임을 알리는 알람이었던 거

207

죠. 아들이랑 와이프가 편안하게 잘 수 있도록 나름 고민을 한 거예요.

그때나 지금이나 아침에 일어나면 하는 일은 늘 똑같습니다. 따뜻한 물로 샤워하고, 스트레칭 좀 하고, 책이나 신문 30분 보고, 그리고 별일 없으면 사무실로 출발하거나 서재에서 업무를 봅니다. 사무실 나가는 날은 아침 6시에서 6시 반쯤 도착해요. 새벽에 사무실로 출근하면 업무 효율성이 상당히 올라갑니다. 아까 말씀드린 것처럼 발주 넣고, 주문서 쓰고 뭐 이것저것 하는데, 직원들이 출근하고 업무를 시작하는 9시가 될 때까지 3시간 동안 일도 하고, 공부도 하고, 사색도 하고, 그렇게 시간을 보냅니다. 주말에도 비슷한 시간에 일어나요. 심지어 주말에는 더 일찍 일어날 때도 있어요. 출근을 안 한다는 여유로움 때문인지는 모르겠는데, 아무래도 심적으로 더 편하더라고요. 한 3시나 3시 반쯤 일어나서 서재에서 공부하고, 책 읽고, 신문도 읽고, 그렇게 주로 아침 시간을 보냅니다. 아, 택배회사 운영할 때도 일찍 일어나긴 했죠. 그때는 어쩔 수 없이 강제적으로 일어나야 했던 때잖아요. 솔직히 생각도 하기 싫습니다. 지금은 자율적으로 일찍 일어나는 거다 보니까, 그때랑은 느낌이 많이 달라요. 어쨌거나, 지금은 가벼운 마음으로 일어납니다.

새벽은 조용하잖아요. 서재도 그렇고, 사무실도 그렇고, 엄청 조용하고 적막감이 맴도는 그런 공간에 혼자 앉아서 일하고, 또 묵상하는 시간이 제가 제일 좋아하는 시간들입니다. '젊은 사람이 어떻게 그렇게 빨리 일어나서 공부하고 일하느냐.' 주변에서 이야기하는데, 저는 아침 시간이 그렇게 좋아요. 일단 새벽 시간은 뭐든지 다 운치 있게 만듭니다. 사무실 책상도 그렇고, 서재도 그렇고요. 분명히 전쟁과 같은 하루를 보냈던 그런 공간들이고, 어떤 날에는 '제발 내일이 안 왔으면 좋겠다.' 싶을 정도로 힘든 날들도 있었는데, 그래도 새벽에 만나는 서재나 사무실의 풍경은 늘 아늑하고 따뜻하거든요. 굳이 무슨 대단한 일을 하는 것도 아니고, 막 정리하려고 마음을 들이지 않아도, 그냥 보고만 있어도 마음을 차분하게 하는 힘이 사무실이랑 서재에 있더라고요. 아주 조용한, 그 적막감이 맴도는 서재와 사무실에서 보내는 시간을 저는 정말, 정말 좋아했어요. 제가 참 사랑하는 시간이었다고 생각합니다.

새벽에 혼자 사무실에서 일하다 보면, 아무래도 다르더라고요. 조용하니까 그만큼 집중력도 생기고, 일도 잘되고요. 어떤 날에는 하루 종일 해야 되는 일들이 새벽 2, 3시간 안에 다 끝날 때도 있어요. 그럼 아들을 데리고 가까운 공원에 가기도 하고, 미술관도 가고, 그렇게 시간을 보냈습니다. 물론 아쉬운 것도 많이 있습니다. 그해에 아들이 학교에 들어갔는데, 아침에 아들이 학교 가는 모습을 못 본다는 게 지금 생각하면 너무 아쉽습니다.

아들이 학교를 배정받을 때, 참 뭉클하더라고요. 아들이 태어나서 자라는 모습을 저는 처음부터 봐온 거잖아요. 아버지니까요. 그 녀석이 걷고, 뛰고, 웃고, 그러다 글자를 쓰고, 노래를 흥얼거리고, 친구들 이야기도 하고. 그러다 다시 정신을 차려 보니까 학교를 간대요. 가방 사고, 운동화 사고, 첫날 학교에 입고 갈 옷도 한 벌 사면서 줄곧 드는 생각이 '이제 이 녀석도 우리의 품 안에서 벗어나겠구나.' 하는 생각이 막 드는 겁니다. '품 안의 자식'이라는 말이 괜히 나온 건 아니겠구나, 싶기도 하고요.

입학식 하기 한 일주일 전에 아들이랑 가방을 사러 갔어요. 어떤 게 좋나, 어떤 게 이쁘나, 하면서 여기저기 둘러보는데, 어디서 로봇 장난감이 그려진 가방을 하나 들고 오더라고요. 그냥 적당한 가격의 가방이었어요. 딱히 비싼 것도 아니고, 너무 싼 것도 아닌 그런 가방 있잖아요. 그 가방을 메고 거울에 이리저리 비춰보는 아들의 모습이, 사실 별것도 아닌데, 왜 그렇게 가슴에 앙금처럼 남는지 모르겠더라고요. 아마 이런 감정이었던 것 같아요. '이 녀석도 얼른 어른이 되고 싶은 거구나. 마치 아버지 양복과 구두를 신고 어른인 척하고 싶어 하는 아이들처럼, 엄마 화장품 찍어 바르고, 루주 바르고, 엄마 구두 신고 숙녀인 척하고 싶어 하는 아이들처럼, 이 녀석도 가방을 메고 학교에 가는 자신의 모습이, 비로소 어른으로 향하는 첫 관문이라는 것을 알고 있는 건지도 모르겠구나.' 하는, 뭐 그런 감정이요. 근데 그런 생각, 뭔가 당장이라도 어른이 되고 싶어 하는 마음과 생각을 가지고 있는 녀석이 고른 가방이라는 게, 무슨 고급 가죽으로 만들어진 유명한 브랜드의 값비싼 가방이 아닌, 고작 로봇 장난감이 그려진 가방인 거예요. 색깔도 파랗고, 빨갛고 뭐 그런 색이고. 자기 기준에서 가장 어른스러워 보일 법한, 아니면 자기 기준에서 가장 괜찮아 보이는 선택이라는 것이 저 가방이구나, 싶으니까 마음이 참 뭉클한 거예요. 한눈에 봐도 값비싸 보이는, 그런 고급 가죽으로 만들어진 가방을 골랐더라면 어땠을까, 누가 보더라도 어른스러운 그런 가방을 골랐더라면 마음이 좀 편했을까, 싶은 생각이 많이 들었죠.

그해에 아들이 학교 가는 모습을 본 게 딱 3일이었어요. 입학식 한 날, 그다음 날, 그리고 그다음 날. 그 3일 동안은 학교 마치고 하굣길에도 아내랑 같이 학교 앞에서 기다렸어요. 무사히 학교생활을 잘했을까, 친구들이랑 다투지는 않았을까, 혹시나 무슨 문제가 있었던 건 아닐까, 그런 생각을 하면서요. 다행히 적응을 잘하는 것 같더라고요. 모르긴 해도, 힘들고 어려운 이야기는 항상 저나 아내한테 이야기했었으니까요.

그렇게 3일 등하굣길에 아들을 본 뒤로는 매일 새벽에 출근했어요. 일해야 했으니까요. 그때는 그게 맞았고, 또 그래야 된다고 생각했던 거예요. 그 3일이 아들이 학교 가는 모습과 오는 모습을 본 유일한 시간이었습니다. 저는 아들의 자는 얼굴을 보고 출근을 하죠. 늘 해오던 습관처럼 곤히 잠든 아들의 귓가에 대고 "우리 아들은 엄마 아빠의 소망이고, 기쁨이고, 행복이고, 즐거움이야." 하고 속삭여준 뒤 출근을 했습니다. 그리고 집에 오면 저녁 먹을 시간이잖아요. 밥 먹고 재우면 끝인 거예요. 아들이랑 보내는 시간이 고작해야 하루에 2시간 정도밖에 되지 않는 겁니다. 주말에는 같이 여행도 가고, 캠핑도 하고, 그렇게 시간을 보내기도 하는데, 그래봐야 1주일에 이틀 정도에 불과한 겁니다.

새벽의 사전적 의미가 '먼동이 트려고 하는 무렵'이라고 하더라고요. 여기에서 '먼동'의 의미가 '날이 밝아오는 무렵의 동쪽'이랍니다. 그러니까 새벽은 동쪽에서 해가 떠오르기 전 어스름한 어느 시간대를 의미한다는 거죠. 새벽이라는 의미가 계절에 따라서는 약간 다르긴 하겠죠. 여름에는 아침 6시라고 해봐야 그냥 아침이고, 겨울에는 아침 7시가 되어도 어둑어둑하잖아요. 그래서 여름에는 아침 04시 정도가 새벽이 될 것이고, 겨울에는 아침 06시 정도가 새벽이 될 수도 있겠죠. 굳이 정리를 하자면요. 무슨 어려운 이야기를 말씀드리려는 건 아니고, 좌우지간 저는 아들의 기준에서, 늘 새벽을 전후로 아들 곁에 없었던 아버지였다는 겁니다.

20대 후반에는 늘 새벽에 일어났어요. 결혼하기 전에요. 밤 11시나

12시쯤 잠자리에 들면, 3시 반~4시면 일어났습니다. 그 시간에 일어나서 책도 보고 기도도 하고 그랬습니다. 친구들이랑 술 마시고, 여자 만나고 하는 건 저랑 거리가 멀었어요. 그런 일에는 별로 재미를 못 느꼈거든요. 아무리 늦어도 5시 반에는 일어났습니다. 저한테는 새벽이 영 어색한 단어가 아니었던 거죠. 젊을 때부터 그 조용함과 적막함을 꽤 사랑했습니다. 그 새벽 시간이 얼마나 좋았는지 몰라요. 뭔가 맑고 개운한 정신으로 어느 한 가지에 깊게 몰두해서 생각할 수 있는 기회가 내 인생에 있다, 그게 저한테는 굉장히 큰 축복이었고, 즐거움이었거든요. 그걸 아들이 태어나서도 꾸준히 지켜냈던 건 좋은데, 좋은 습관이었는데, 그만큼 아들이랑 같이 할 수 있는 시간도 줄어들었던 겁니다.

20대 때는 사람들이 이야기하는 성공에 별로 관심이 없었어요. 돈을 많이 벌거나, 좋은 집에 살거나, 좋은 차를 타거나 하는 건 전혀 관심이 없었어요. 대신 공부하는 걸 좋아했습니다. 늦바람이 든 거죠. 학창 시절에는 그렇게 공부를 싫어했는데, 머리가 좀 굵어졌다 싶으니까 그런 데 관심이 생기는 거예요. 조용한 음악 듣고, 새벽에 일어나서 오래된 고전 읽고, 답지 없는 수학 문제 푸는 걸 좋아하고, 사색하고, 묵상하고, 뭐 그런 거요. 그런 것들이 저한테는 돈이나 명예, 뭐 그런 것들을 가지는 것보다 인생에서 더 중요하다고 생각이 되더라고요. 막연히 좋은 이야기나 이론이 아니라 정말 그랬어요. 근데 나중에 이런저런 사업도 해보고 경험도 해보고 나니까, 사람들이 이야기하는 그 성공한 사람들이 대부분 그런 사색을 하면서 자신도 돌아보고, 사업도 크게 키울 수 있는 힘을 기른다는 걸 알게 됐습니다. 제가 인생에서 중요하다고 생각하던 것들이 실제로 성공한 사람들한테도 성공의 도구가 되고, 나름의 밑바탕이 되는 좋은 습관들이었다는 걸 알게 된 거죠. 그래서 사회적으로 크게 성공한 사람들 대부분이 이른 새벽에 하루를 시작하는 게 아닐까 싶더라고요. 저도 이것저것 해봤는데, 잘 안 되더라고요. 말씀드렸잖아요. 지금 생각해보면 그냥 과정이었다 싶은데, 여하튼 그런 과정 속에서 내가 부족하니 더 노력해야겠다, 조용히 생각하고, 독서하고, 봉사하는 일들에 더 착념해야겠다고 생각했던 것 같아요. 물론 늦잠 자면서 성공하는 사람도 있겠죠. 저는 그러고 싶진 않았고요.

지금도 그렇지만, 새벽에 일어나면 제일 먼저 하는 게 양치질입니다. 양치질한 뒤에 소변을 보고, 물을 한 잔 마셔주고요. 500ml 컵으로요. 그리고 뜨거운 물로 샤워를 하고 나와서 간단하게 스트레칭을 하고, 아침밥을 먹고 나면 아침 업무가 대충 준비됩니다. 그 정도만 해도 아침에 아주 차분하고 집중력 있게 뭔가 할 수 있는 힘이 생기더라고요.

새벽의 장점은 뭐, 엄청나게 많죠. 기본적으로 새벽은 만물에 감사하기에 아주 좋은 시간입니다. 새로운 하루를 시작할 수 있음에 감사하고, 심장이 건강히 뛰고 있음에 감사하고, 아내와 아들의 잠든 얼굴을 볼 수 있는 것도 감사할 수 있는 시간이죠. 또 가장 맑은 정신으로 나를 돌아볼 수 있는 시간이 나에게 주어진 것에 대해서 감사하고, 뭔가 일을 할 수 있는 기회가 내 인생에 주어진 것에 대해서도 감사할 수 있습니다. 하루 중에서 가장 감사와 소망으로 가득한 시간이 새벽이었던 거죠.

근데 그 새벽 시간에 제가 제일 중요하게 생각했던 게 하나 있었는데, 그게 뭐냐면 기도였습니다. 20대 때부터 아주 간절하게 기도를 해왔어요. 20대는 단순하잖아요. 좋은 회사 취직하게 해달라, 엄마 아버지 건강하게 해달라, 또 뭐, 시시콜콜한 기도도 많이 했습니다. 좀 갖고 싶은 신발이나 옷이 있는데 살 수 있는 돈이 생기게 해달라, 뭐 그런 기도도 해보고요. 나중에는 사랑하는 사람들, 또 좋아하는 사람들, 친한 사람들을 위한 기도도 많이 했습니다. 어떻게 사람이 기도를 안 하고 살 수 있느냐, 저는 그런 생각을 하고 살았거든요. 그래서 주변에서 누가 어렵다, 힘들다 하면 똑같이 이야기했어요. "야, 기도해라. 부처님한테 하든지, 하나님한테 하든지 기도해라. 그럼 된다. 믿는 신이 없으면 제우스한테 하든지, 알라신한테 하든지 해라. 뒷산에 가서 나무뿌리나 바위 붙들고 기도해도 된다." 하고요. 기도의 힘을 믿었던 거죠.

그 무렵에 친하게 지내던 동생이 하나 있었는데요. 이 친구는 고등학생 때 양궁선수였습니다. 체육계다 보니까 매일 맞고, 기합 받고, 그래서 학교생활이 그렇게 힘들었다고 이야기하더라고요. 선생님이랑 선배들이 그렇게 많이 때렸나 보더라고요. 이 친구 말로는, 중고등학교 다니는 6년 내내 아침마다 죽고 싶다고 생각하면서 일어났대요. 씻고 밥을 먹으면서도 심장이 막 터질 것처럼 두근거렸답니다. 학교만 가면 기합 받고, 두들겨 맞으니까요. 가방을 싸서 학교에 가는데, 막 도망치고 싶을 정도로 심장이 막 뛴대요. 그러다 저 멀리 학교가 보이면 그때부터는 정신이 반쯤 나간다고 하더라고요. 그렇게 학교를 6년을 다녔다고 하더라고요. 결국 운동은 그만뒀지요. 지금은 캐나다에서 한인식당을 하면서 살고 있거든요. 아무래도 멀리 있으니 자주는 못 만나지요.

이 친구가, 양궁선수는 활을 쏘는 순간 점수를 안다고 하더라고요. 활시위가 손에서 떠나는 순간, 그 순간 느껴지는 바람의 세기를 보고 점수를 안다고 하더라고요. '아, 이건 8점이다', 하면 8점이고, '이건 9점이다', 하면 9점이라는 거예요. 인간이 컨트롤 할 수 없는 바람의 흐름에 따라서 점수가 나뉘는데, 1점, 2점 때문에 국가대표가 되거나, 지역대표가 되거나, 예비후보가 되거나 한대요. 그러니까 엄청난 스트레스를 받는 거죠. 저 사람은 정말 실력이 보통이 아닌데, 활을 쏘는 그 순간 바람이 살짝 불어서 10점 받을 걸 9점이나 8점 맞으면 국가대표

216

에서 예비후보로 떨어져 버리는 거예요. 결혼하고 얼마 안 돼서 그 이야기를 해주더라고요. 저는 그 정도인 줄은 몰랐죠.

이 친구도 결혼하고 지금 셋째가 2살인가, 그럴 거예요. 둘째 태어날 때 연락이 와서 이런저런 이야기를 했는데, "형님, 저는 아직 어린 아이 같고 아버지의 자격도 없는 사람인데, 제가 아버지가 되었습니다. 이제 어떤 아버지가 되어야 할지 고민하고 있습니다." 하고 이야기하더라고요. 멀리 있어서 가보지는 못하고, 메시지로만 축하한다고, 건강히 잘 지내라고 이야기했습니다.

대학생 때, 이 친구가 저희 집에 와서 며칠 동안 지낸 적이 있어요. 무슨 일이 있었던 건 아니고, 그냥 친한 형 동생 사이니까 온 거였어요. 그때 부모님이 차려주신 밥을 먹으면서 "부모님이 차려주신 따뜻한 밥을 오랜만에 먹습니다. 정말 감사합니다." 하고 이야기하더라고요. 스물서넛 정도 되는 대학생이 할 만한 인사라고 하기엔 아주 예의가 바른 인사잖아요. 반면에 동생들한테는 아주 엄하게 대했나 보더라고요. 이 친구한테 남동생이 둘 있는데, 결혼식 할 때 동생들도 보고 인사를 나눴거든요. 그때 동생들이 '첫째 형은 항상 무섭고 엄격한 사람이었다.'라고 이야기하더라고요. 근데 저는 이해가 되더라고요. 이 친구가 중학생 때인가, 그때 부모님이 이혼하셨거든요. 큰형이고, 또 첫째 아들이잖아요. 그래서 동생들을 그렇게 아꼈어요. 나이가 들어야 동생들도 형 마음을 알고 이해를 하겠지요.

이 친구가 캐나다로 이민 가기 전에 제가 이민 가방도 들어주고, 공항까지 직접 태워다 주기도 했거든요. 그만큼 각별한 동생이었어요. 공항에서 같이 점심 식사를 하고, 수속절차를 밟고, 마지막 인사를 나누고, 그렇게 비행기 타러 들어가기 전에 공항에 서서 같이 기도하는데, 이 친구가 막 울면서 기도를 하는 거예요. 우리 형을 지켜주시고, 형수님도 지켜주시고, 대성이도 지켜주시고, 막 그러면서 기도하는데, 둘이 기도하다가 엉엉 울었어요. 마음이 착잡하죠. 더 많이 못 줘서 미안하고, 또 고맙기도 하고. 그래서 기도할 때마다 늘 이 친구를 생각하면서 기도를 했어요. 아버지가 된 이 친구의 건강도 지켜주시고, 아이들도 지켜주시고, 사업도 잘되게 해주시고, 뭐 그런 기도를 참 많이 했던 기억이 나요. 그러다 보면, 그때 그 친구가 저를 위해서 했던 기도들이 막 생각나요. 이 친구가 어떤 마음으로 기도를 했을까, 이 친구는 나에게 어떤 사람이었나, 그런 생각도 하고요. 정말 친형제처럼 가까운 동생이었기 때문에, 그렇게 멀리 이민을 가고 난 뒤에 참 많이 그리워했던 기억이 납니다. 혹시나 대성이를 보내기 전에 앞서 예행연습이었나 그런 생각도 들 정도로, 힘든 시간이었거든요.

사실 새벽 시간은, 혼자만의 시간이잖아요. 사람들은 전혀 모르는, 아주 깊은 곳에 숨어 있는 내 마음의 이야기를 할 수 있는 게 새벽에 하는 기도다 보니까, 저는 그 새벽 시간에 하는 기도를 아주 중요하게 생각하거든요. 제가 새벽마다 기도를 할 때, 늘 하는 기도가 있었어요.

"아내의 영혼을 지켜주시고, 우리 아들의 영혼을 지켜주시고, 우리 가정의 행복을 지켜주시고" 뭐 그런 내용인데, 제가 일을 하러 가거나 아니면 어디 출장을 가거나 하면, 아들 곁에 있어 줄 수가 없잖아요. 아내도 마찬가지고요. 아들이 학교에서 무슨 문제가 생기거나 어려운 일이 생기면, 집에 와서 이야기를 하겠죠. 오늘 이러이러한 게 힘들었다, 이런 게 문제였다, 그러면 대개 저나 아내 선에서 해결되는 문제이겠죠. 선생님들도 있고요. 근데 학교에서 일어나는 그런 문제들 말고, 진짜 내가 어떻게 할 수 없는 문제가 생겼을 때, 그때는 내가 어떻게 해야 하나, 그런 생각을 하다 보면 기도를 안 하려야 안 할 수가 없는 거예요. '내가 아버지인데, 내 아들이 정말 위험한 상황에 처해 있거나 힘든 상황에 처해 있을 때 내가 뭘 해줄 수 있을까, 해줄 수 있는 게 아무것도 없구나.' 그런 생각을 많이 했던 것 같아요.

이른 새벽에 서재 스탠드 조명만 켜놓고 기도하던 제 모습을 보는 그 장면이, 영 어색하게 느껴지지는 않더라고요. 아들이 그렇게 가고 난 뒤로는 하루라도 기도를 안 하면 정말, 저 스스로가 무서워질 때도 있는 거예요. 혹시나 나도 모르게 아들 앞에서 부끄러운, 그런 잘못된 선택을 하진 않을까 싶고, 기도하는 동안 제 심장 뛰는 소리 말고 아무 것도 안 들릴 때는, '왜 이 심장은 아직도 아무런 죄책감 없이 이렇게 잘 뛰고 있나', 싶은 생각도 들고요."

가만히 한숨을 내쉬며 조용히 침잠해 들어가던 그의 영혼은 그의 어린 육체처럼 파리하게 느껴졌고, 결코 왜소하지 않았던 그의 체구 역시 아홉 살 어린아이처럼 작아지는 듯했다. 뜨거운 커피가 차갑게 식어버리고, 마지막 남아 있던 열기마저 다 빼앗길 만한 시간이 지난 후에야 비로소 입을 연 그가 나지막한 목소리로 이야기했다. 그의 목소리는 약하게, 그리고 분명하게, 떨리고 있었다.

"그렇게 마지막 밤이 지나갔습니다."

11

아홉 번째 날

"사고 나고 얼마 뒤에 경찰서에서 이것저것 조사를 좀 받았어요. 어쨌거나 피해자니까. 조사 받고 나오는 길에, 딱 대성이만 한 애가 할머니 손을 잡고 경찰서에서 나오고 있었어요. 그냥 한눈에 봐도 아들 또래로 보이는 어린애 있잖아요. 9살, 10살 정도. 근데 옷차림은 그렇지 않더라고요. 머리는 빨갛게 염색하고, 허리춤에 무슨 금속체인 같은 거 있잖아요, 그런 것도 하고 있고, 한눈에 봐도 좀, 뭔가 껄렁해 보이는 그런, 근데 그냥 어린아이였어요. 걔가 할머니 손을 잡고 이끌리다시피 어디론가 막 가더라고요. 한 손은 바지 주머니에 찔러넣고요. 그 모습을 가만히 보는데, 도저히 눈을 못 떼겠는 거예요. 그 어린애가, 한 번도 주머니에서 손을 빼지도 않고, 할머니의 손도 놓지 않고 가만히 이끌려 가는 거예요. 그 어린애가요. 한참을 그냥 지켜봤어요. 눈 밖에 사라질 때까지. 근데 꿈에서 그 어린애가 나온 거예요. 그리고 그 어린애가 저를 빤히 바라보고 있더라고요. 그 얼굴에, 아들의 얼굴이 보이는 거예요.

그 어린애가 무슨 문제를 저질러서 경찰서에 온 건지, 아니면 그냥

221

할머니를 따라서 경찰서에 온 건지는 모르겠어요. 옷차림만 보고 편견을 가질 필요는 당연히 없겠죠. 근데 저는 애들을 가르쳐본 경험이 있잖아요. 어린애들은 겁을 먹거나, 어떻게 해야 할지 모르는 그런 상황에서 표정 관리나 행동 관리가 어른처럼 잘 안 되거든요. 눈알을 막 굴린다든지, 손을 막 비빈다든지 하는 행동들이 있단 말이에요. 그 어린애가 딱 그랬거든요. 아무렇지 않은 표정으로 할머니 손을 잡고 어디론가 가고 있긴 한데, 주머니에 꽂은 손을 빼지도 않고 꽂아 넣은 채로 그냥 할머니만 따라가는 거예요. 그렇다 보니까 저도 그런 생각을 해보는 거죠. '아마 그 녀석도 어떤 나쁜 실수를 해서 경찰서에 방문한 것인지도 모르겠다.' 하고요. 어른들도 잘못을 저지르면 죄의 심판을 받잖아요. 경찰서에 갈 수도 있고, 법원에 갈 수도 있고, 여차하면 구치소나 교도소에 들어갈 수도 있고요. 어른들도 그런 데 들어가면 두려움을 느끼고, 겁을 먹는데, 애들이라면 더 그럴 거 아니에요.

학창 시절에도 그런 친구들이 있었어요. 어느 시대에나 그런 애들은 다 있잖아요. 머리는 노랗고 빨갛게 염색하고, 담배 피우고, 오토바이도 타고, 여기저기 싸움질하러 돌아다니고 하는 그런 애들. 그 나이대에서만 할 수 있는 행동일 수도 있겠죠. 근데 돌이켜 생각해보면, 탈선이라고 해야 할까, 그런 행동을 일삼았던 게 비단 그 친구들의 문제가 아니었을 수도 있겠다 싶은 거예요. 그 친구들 중에는 가정에 어려움 없는 친구들이 없었거든요. 부모님이 맨날 싸우셨다든지, 가정폭력이 심했다든지, 이혼을 했다든지, 너무 강압적인 부모님 때문에 어려움을 겪는 친구들이 대부분인 거예요.

아들이 네 살인가, 다섯 살쯤 됐을 때, 어떤 계기로 인해서 아내랑 제가 되게 놀란 게 하나 있었거든요. 우리가 보기엔 그냥 어린 아기 같은데, 아직 옹알이나 해야 될 것 같은데, 이 녀석이 어른들이나 가질 법한 아주 세밀한 감정과 분위기까지 이해하고 느낄 수 있구나, 그런 걸 인지하고 감각할 수 있는 인간이 되어 가고 있구나, 하는 걸 정확하게 한번 느낀 적이 있어요. 그러면서 '이제 불과 4, 5년만 더 지나면 내 아들도 아홉 살이 되고, 열 살이 되고, 열한 살이 되겠구나, 그럼 세상에 존재하는 더 많은 두려움들을 알게 되고, 문제들도 경험하게 되겠구나, 그럼 이제 우리가 어떻게 해야 할까', 하고 고민하던 기억이 납니다. 대성이라고 그렇게 되지 않으리라는 법이 없잖아요. 아들을 하나의 인격체로 대할 수 있는 방법을 배우지 않는다든지, 아내랑 맨날 돈 때문에 싸운다든지, 단 한 번도 아내에게 손찌검을 한 적은 없지만 혹시나 저도 모르게 폭력을 휘두른다든지, 그렇다면 아들도 충분히 잘못된 길로 갈 수 있는 거잖아요. 저는 그런 생각을 참 많이 하면서 아들을 키웠거든요. 제가 어린 시절에 겪은 그런 경험들, 아버지를 두려워한다거나 무서워하는 그런 경험들을 절대 남겨주고 싶지 않았어요. 그냥, 그냥 잘 키우고 싶었어요.

근데 아들이 그렇게 떠나가고, 제가 했던 다짐이나 생각들이 다 아무것도 아닌 게 되어 버리니까, 너무 힘이 들더라고요. 학창 시절에 그 난리를 치던 친구들 생각도 나고요. 그 친구들의 부모란 작자들은 무슨 생각을 했을까, 자기네 자식들이 오토바이 타고, 담배 피우고 할 때 '자식이 웬수다, 자식 키우기 너무 힘들다', 그런 소리도 입에 달고 다녔겠지. 친구 잘못 사귀어서 그렇다고, 제대로 된 친구 좀 사귀라고 소리치고 그랬겠지. 정작 자기들은 자식이 건강히 살아 있고, 자식의 심장이 아직 뛰고 있다는 사실에 대해서 전혀 감사함이란 걸 느끼지 못하고 평생을 살겠지. 그 양반들은 제대로 꽃 한 번 피워보지도 못하고 세상을 떠난 자식을 평생 품고 사는 부모 심정을 평생 이해하지 못하고 말썽쟁이 자식이라고 평생 원망이나 하고 살겠지, 뭐 그런 생각도 들고요. 자식이 아무리 잘못하고 죄를 지었던들, 자식이 살아서 심장이 뛰고 있는데, 자식이 잘못한 거나 실수한 게 뭐 그리 큰 대수겠습니까?

앞서 말씀드린 것 같은데, 아들이 실수할 때마다 제가 아들한테 했던 말들이 있어요. "아들, 이건 그냥 실수한 거고 잘못한 게 아니야. 그리고 실수는 언제든지 용서받을 수 있는 거야." 하고요. 근데 실수는 용서받을 수 있는 거라고 항상 이야기했는데, 아들이 먼저 세상을 떠난 그건 실수가 아니었다고 이야기하고 싶은 거예요. 어떻게 자식이 부모보다 먼저 갈 수 있느냐, 그건 우리 가슴에 비수를 꽂는 큰 잘못이었고, 너무 큰 죄악이었다고 말하고 싶더라고요. 그렇다 보니까 꿈에 나왔던 그 어린애가 할머니 손을 잡고 가는 모습을 아들이 왜 나한테 보여준 걸까, 나한테 뭘 이야기하고 싶어서 그 장면을 마지막으로 보여준 걸까, 생각하게 되더라고요.

그 어린애가 경찰서에 다녀간 이유는 저는 모릅니다. 모르긴 해도 잘못해서 갔겠죠. 근데 '실수는 누구나 할 수 있는 거고, 실수는 용서받을 수 있는 거다.' 하는 걸 아들이 보여주려고 했던 걸까, '엄마 아빠보다 먼저 가게 되긴 했는데, 이것도 용서받을 수 있는 실수니까 용서해달라'라고 말하고 싶었던 걸까, 하는 생각이 드니까 너무 마음이 아픈 거예요.

제가 아홉 살 때, 한번은 죽을 뻔한 적이 있어요.
학교 마치고 문방구로 뛰어가다가, 승합차가 저를 못 보고 친 거예요. 다행히 세게 부딪히진 않아서 먼지만 털고 일어났거든요. 운전하시는 아저씨가 놀라가지고 나오셔서 바지를 벗겨보고, 머리도 만져보고 하시더라고요. 혹시 멍이라도 든 건 아닌지, 많이 다친 건 아닌지 막 보시는 거예요. 저는 어릴 때라서 그냥 가만히 있었고요. 저도 그런 상황이 처음이라서 겁이 났던 거죠. 아저씨가 아프지 않으냐 물으시길래 괜찮다고 하고, 그리고 그냥 뛰어놀았던 기억이 나요. 그냥, 무서웠으니까요. 초등학교 2학년 때니까 그런 사고가 나면 어떻게 해야 할지도 모르고요.

근데 주마등走馬燈이라고 하죠. 차가 저를 향해서 달려오는 그 순간에, 엄청 많은 생각들이 머릿속을 막 스쳐 지나간 기억이, 지금도 생생하게 남아 있어요. 그러면서 '아, 사람이 이렇게 죽는 거구나.' 하고 생각하던 그 기억이 너무 생생하거든요. '이제 엄마, 아빠도 못 보겠구나, 여동생한테 좀 잘해줄걸, 아빠한테 그 장난감 안 사줘도 된다고 이야기할걸', 하고 생각하던 그 순간의 기억이 지금도 또렷하게 기억납니다. 충격이 컸던 거죠.

그날 집에 와서 가만히 바지를 갈아입었어요. 바닥에 넘어지면서 어디가 찢어졌거나, 먼지가 묻었거나 그랬을 거 아닙니까? 그거 엄마한테 걸려서 혼날까 싶어서요. 엄마 아버지 걱정시킬 것 같기도 하고, 혼날 것 같기도 하고, 그땐 그랬던 거죠. 한편으로는 '나 같은 자식 하나 없어도 엄마 아버지는 그냥그냥 행복하게 살지 않으시겠나', 싶기도 하고요. 어린애니까, 생각도 어렸던 거죠. 이놈도 그런 생각으로 그 모습을 나한테 보여준 건가, 싶은 거예요. 나 없어도 엄마, 아빠는 행복하게 잘 사세요, 이런 거요.

아들이 죽고 나면 두려움이나 걱정 같은 게 없을 거라고 생각했습니다. 자식이 죽었는데, 부모가 두려울 게 세상에 뭐가 있겠어요? 근데 가끔은 정말 말로 다 할 수 없는 잔인한 걱정들, 너무너무 끔찍한 두려움이 마음을 에워싸는 것을 느낍니다. 예를 들면 이런 거예요. 아들이 죽기 전에는 비 오는 것도 좋아했습니다. 먼지도 씻겨나가고, 여름철 장맛비는 시원하기도 하고요. 근데 지금은 달라요. 비가 오잖아요? 우산도 없이 비를 맞고 있을 아들의 무덤이 생각나는 겁니다. 칠흑같이 어두운 밤에 비라도 내리면요, 아들의 무덤이 비에 젖을 생각에 밤새 가슴을 쥐어뜯습니다. 바람이라도 세게 불면 무덤 속에 누워있을 아들이 춥지 않을까 싶어 잠을 못 잡니다. 죽은 자식이 무덤 아래에 누워 있는데 제정신으로 잠을 잔다는 게 이상하죠.

> 통치란 법을 만드는 권한을 의미한다. …(중략)… 어떤 것이든 처벌을
> 가하는 데는 오직 두 가지 방식만 가능할 것이다. 법원이나 법무장관
> 에 의해서이거나 아니면 군대에 의해서. 또는 집행관의 강제에 의해서
> 이거나 아니면 군사력의 강제에 의해서.
> -[페더럴리스트(연방주의자)], 1장 15번, 제임스, 매디슨 외

자식이 죽고 보니까, 정말 죽음이야말로 만물의 통치권자구나, 싶더라고요. 죽음 안에는 아무것도 없잖아요. 인간뿐만 아니라 모든 생명체들이 죽음의 지배를 받습니다. 죽음도 법이라면, 죽음이라는 법을 피할 수 있는 생명체는 세상에 없는 거죠.

지난 상담 때 제가 그런 말씀을 드린 적이 있었죠. '아들의 심장 소리를 듣고 난 뒤에 비로소 죽음이 두려워지더라.'라고요. 사실 죽음 그 자체가 두렵다기보다는, 세상과의 단절이 두려운 거겠죠. 아니, 세상이라기보다는 가족이라고 해야 더 적절하지 않나 싶습니다. 가족은

모든 단위 중에서 가장 상위에 존재하는 최소의 기관이잖아요. 가족이 있으니까 가장은 돈을 벌고, 아내는 밥을 하고, 가정을 화목하게 만드는 일을 하죠. 또 가족이 있으니까 더 정직하게, 순수하게 살기 위한 노력도 하고, 이성적으로 판단하고, 또 올바른 선택에 순응하면서 살수 있는 기회도 가지게 되는 거겠죠. 근데 죽음이라는 게 찾아오면, 같이 밥을 먹고, 숨을 쉬고, 손을 잡고 행복하게 이야기를 나누던 그 수많은 시간들이, 그냥 한 줌의 재로 사라져 버리는 거예요."

그는 휴대폰을 꺼내 들고 뭔가 찾기 시작했는데, 이윽고 한 문장을 읽기 시작했다.

시간은 차갑게 식혀주고 명확하게 보여준다. 변하지 않은 채 몇 시간이고 지속되는 마음의 상태는 없다.
-마크 트웨인Mark Twain

"이 양반이 말하기를, 시간은 차갑게 식혀준대요. 그리고 어떤 상황을 두고 완전히 객관적으로, 그 뭐라고 하죠? 전지적 작가 시점全知的作家視點이라고 합니까? 뭐 그런 것처럼, 시간이 지나면 어떤 상황이든지 익숙해진다는 말을 하는 모양이더라고요. 이걸 다른 말로 하면요, '시간이 약이다.'라는 말이 됩니다. 맞잖아요. 제 말이 틀렸습니까? 자식 죽은 사람한테 가서 "시간이 약입니다. 훌훌 털고 잊어버리세요." 이런 소리 하면요, 정말 따귀 맞습니다. 저는 이 말이 정말 하나도 공

228

감이 안 되거든요. '이 사람은 자식이 죽는 고통을 당해본 적이 없겠지. 그냥 뭐 유명한 소설가라고 하니까 이런 말도 대단한 무슨 명언처럼 사람들이 씨불여댔겠지.' 저는 그렇게밖에 보이지가 않는 거예요. 그 많은 사람들이 위로랍시고 이따위 소리나 씨불이고 앉았으니, 자식이 죽은 이후에 남은 가족들이랑 친구들은 하루하루 피가 마릅니다. 정말, 그 씨발 좆같은 황천길을 혼자 걸어간 아들 생각만 하면 당장이라도 혀 깨물고 확 죽어버리고 싶은데, 남은 가족들을 생각해서 그렇게까지는 할 수 없다 보니 지나가는 시간들을 그냥 그냥 외면하면서 사는 수밖에 방법이 없는 겁니다. 뭐가 그렇게 부끄럽고 두려운지도 모른 채로요.

아들을 키우다 보니까 참 재미있는 경험도 하고, 즐거운 일들도 많이 겪게 되더라고요. 그런 게 다 추억이 되고 그리움이 되잖아요. 근데 즐겁게 보낸 그런 경험들도 다 좋은데, 아들이 보여준 그런 주옥같은 시간들이 지나고 나니까 참 기억에 많이 남더라고요. 아들이 제 손을 잡고 다니면서 보여준 장면들도, 우리끼리 웃고 떠들고 신나게 놀았던 기억보다는, 뭔가 잊으려고 하기엔 너무 아쉬운, 마음에 막 깊은 슬픔을 남기는 그런 장면들밖에 없는 거예요.

그때 한 번만 더 아들을 끌어안아 주었더라면! 병가를 내든지, 사표를 내든지, 무슨 수를 내서라도 아들 곁에 조금 더 있어 주었더라면 어땠을까, 생각해봅니다. 그 쥐꼬리 같은 돈이 뭐라고, 무슨 부귀영화를 누릴 거라고 내가 그렇게 악착같이 하루하루를 살았을까, 생각하면 너무나 후회스럽습니다. "오늘 아빠는 아무 데도 가지 않고 아들이랑 재밌는 곳에 놀러 갈 거야."라고 했었더라면 이렇게 사무치는 후회가 남지는 않았을 텐데…."

그녀가 이야기했네. '사람들은 좋은 것을 사랑한다고 단적으로 이야기해도 되는 것인가요?'

'그렇습니다.' 하고 내가 말했어.

'어떤가요? 그들은 좋은 것들을 사랑함으로써 좋은 것들이 자기 것이 되기를 바란다고 부연해야 되지 않을까요?'

'그래야겠군요.'

그러자 그녀가 이야기했지.

'그뿐만이 아니랍니다. 그들은 좋은 것이 영원히 자기 것이 되기를 바라는 것일까요?'

'그것도 덧붙여야 하겠군요.'

'그렇다면 한마디로 사랑은 좋은 것을 영원히 소유하기를 바라는 것이라고 말할 수 있겠습니다.' 그녀가 말했어.

그녀에게 내가 대답했지.

'더없이 옳은 말입니다.'

-[향연] 206A, 플라톤

소크라테스, 그리고 디오티마는 사랑에 대해 이야기하고 있다. 소크

라테스와 디오티마에 의하면, 사랑이란 좋은 것을 영원히 소유하기를 바라는 것이다. 자식은 소유물이 아니다. 신에 의해 창조된 하나의 불길이며, 육체라는 그릇에 담긴 순수한 영혼이며, 하늘의 별보다 빛나는 작은 세계다. 그러나 부모는 자식을 사랑한다. 살아 숨 쉬며 존재하고 있는 것만으로도 충분히 아름답기 때문이다. 그렇다면 자식을 사랑하는 사랑은 무엇이란 말인가? 단지 좋은 것, 아름다운 것이라고밖에 표현할 수 없는 그 무엇이란 말인가? 아니면 그것보다 훨씬 더 크고 깊은 의미를 담고 있는 결정체라는 것인가?

> 내가 일어나 아버지께 가서 이르기를 아버지여 내가 하늘과 아버지께 죄를 얻었사오니 지금부터는 아버지의 아들이라 일컬음을 감당치 못하겠나이다 나를 품꾼의 하나로 보소서 하리라 하고 이에 일어나서 아버지께로 돌아가니라 아직도 상거가 먼데 아버지가 저를 보고 측은히 여겨 달려가 목을 안고 입을 맞추니 아들이 가로되 아버지여 내가 하늘과 아버지께 죄를 얻었사오니 지금부터는 아버지의 아들이라 일컬음을 감당치 못하겠나이다 하나 아버지는 종들에게 이르되 제일 좋은 옷을 내어다가 입히고 손에 가락지를 끼우고 발에 신을 신기라 그리고 살진 송아지를 끌어다가 잡으라 우리가 먹고 즐기자 이 내 아들은 죽었다가 다시 살아났으며 내가 잃었다가 다시 얻었노라 하니 저희가 즐거워하더라
>
> -[성경] 누가복음, 15:18-24

축축한 공기가 대지를 에워싼 늦은 밤, 호두의 껍데기처럼 거칠고

단단하게 보이던 그와 나눈 대화들은 가슴을 저미는 슬픔과 작고 소중한 행복이 함께 어우러져 놀랍도록 슬픈 선율을 만들어내고 있었다. 애틋하고 순수한 아버지의 꿈결 속 이야기. 그리고 간간이 들썩이는 그의 어깨에서, 눈이 시리도록 아픈 사랑과 그리움이 어떠한 것인지도 나로 하여금 알게 했다. 그건 사랑이었고, 놀라움이었으며, 결코 사라지지 않는 깊은 슬픔이었다.

12

끔, 그 이후

지난 두 달간, 나는 지독한 불면증에 시달렸다. 평생 단 한 번도 불면증이라고는 시달려본 적이 없었던 나였지만, 이유를 알 수 없는 두통과 메슥거림, 어느 한 가지에 잠시라도 집중할 수 없는 복잡함 때문에 무척 고통스러웠다. 혹시 나도 공황장애가 온 건 아닌가, 싶을 정도로 심각했는데, 그가 내게 남긴 상흔傷痕이라고 해야 할까, 뭐라 이름 붙이기 어려운 그 시간들로 인해 나는 꽤 오랜 시간을 헤매었고, 방황하기에 이르렀다. 그렇다고 내 마음을 속 시원하게 어디 이야기할 수도 없는 노릇이었다. 직업 특성상 개인의 정보와 신상이 노출될 만한 특정 사실을 외부에 전파하는 건 불가하므로, 그저 내 마음 깊숙한 곳에 고이 묻어둘 수밖에 없었다. 대학생 시절부터 친구였던 준성이에게 연락이 온 것은 그런 복잡한 심정을 가득 안고 퇴근을 준비하던 저녁 무렵이었다.

"오늘 바쁘냐?"

"아, 아니. 바쁘진 않은데, 왜?"

"별일 없으면 저녁 먹자고. 못 본 지 꽤 됐네."

"아, 그래. 저기, 오늘 말고 주말에 볼까?"

"주말이면 더 좋지. 근데 너 요새 무슨 일 있냐? 연락도 잘 안 되고. 쉽지 않은 일인 거 아는데, 괜찮냐?"

"야야, 걱정하지 마. 연말에 신경 쓸 게 많아서 좀 바빴어. 너무 잘 지내서 살이 통통하게 올랐다."

"아, 그래? 그럼 다행이고. 토요일 저녁 어때? 점심도 괜찮고."

"좋지. 금요일 오전에 다시 일정 잡자."

"그래, 오전에 연락 줄게. 그리고 야, 좀 잘 챙겨 먹어라. 우리도 이제 마흔인데 몸 사려야지. 비 온다, 운전 조심하고."

"아이고, 알았어. 너도 저녁 잘 챙겨 먹고. 연락줘서 고마워."

전화를 끊은 나는 화장실로 가서 세수하고 거울 앞에 섰다. 수많은 상념想念이 머릿속을 훑고 지나갔다. 거울 속에서, 어느덧 인생의 중년을 향해 지난至難한 걸음을 걸어가고 있는 한 남자의 얼굴을 보았다. 그리고 그 얼굴에는, 지난 얼마간 내 마음을 깊은 상심과 고뇌에 빠트린 그의 얼굴도 함께 묻어 나왔다. 그는 나였고, 나는 그였다. 한동안 그 모습을 바라보다가, 나는 어두워지는 세상 속으로 찬찬히 발걸음을 옮겼다. 아무런 해답도 찾지 못한 채.

오후부터 하늘이 흐리더니, 퇴근할 무렵에는 제법 많은 비가 내리고 있었다. 겨울비치고는 날씨가 꽤 추웠다. 눈이라도 내리면 집까지가는 길이 보통 막히는 게 아니었기에 혹시 눈이라도 내리지 않을까, 염려스러웠지만, 다행히 눈은 내리지 않았다. 약간의 싸락눈이 날리는 듯하다가 금세 비로 바뀌었다. 거리는 다양한 색깔의 우산들로 가득했는데, 종종걸음으로 퇴근하는 사람들과 자동차 행렬로 벌써 붐비고 있었다. 그 요란스러운 아름다움이 못내 처연하게 느껴졌다. 창문 밖으로 투둑투둑 떨어지는 묵직한 빗소리 역시 제법 아름다웠지만, 내 마음은 심란하기 그지없었다. 나는 아직 내 마음에 얽힌 답답함의 원인이 무엇인지 알지 못했다. 빗방울이 떨어지는 차창을 바라보며, 가만히 생각에 잠겼다.

아홉 살.
단 한 번도 꽃피우지 못한 어린 영혼이 사고로 세상을 떠났다. 사고를 낸 운전자는, 그 당시에는 그가 받을 처벌에 두려워 망창한 마음으로 매일 밤잠을 설쳤을지도 모르나, 지금은 어느덧 익숙해진 공간과 시간 속에서 태안하게 하루하루를 살고 있는지도 모른다. 두 번 다시는 술을 먹고 운전대를 잡는 망패한 짓 따위는 하지 않겠다고 스스로를 향해 마구 족대기며 다짐을 할 수도 있겠지만, 그건 모르는 일이다. 대부분의 사람은 자신의 부주의로 발생한 일에 대해 관대하며, 쉽게 잊는다. 설령 가슴을 치며 자신의 실수에 대해 자책하고 후회한들, 세상을 떠난 아이가 살아서 돌아올 수는 없다. 결국 남은 사람들만 고통 속에서 산다.

조용한 자동차의 행렬 속에서, 나는 그와 보낸 지난 시간들을 생각했다.

당연한 사실인지도 모르겠지만, 내가 겪은 지독한 불면증의 원인은 그와의 상담이었다. 지난 두 달간, 그와 내가 똑같은 시공간에서 함께 존재하고 있다는 사실에, 나는 적잖은 이질감을 느꼈다. 그것은 이전에 한 번도 경험해보지 못한 그 무엇이었는데, 그것은 누군가의 상처와 아픔을 공감해야 하는 일을 직업으로 삼고 있는 내가 결코 다다를 수 없는 너머의 세계에 그가 존재한다는 것이었다.

나에겐 가족이 있었다. 집으로 돌아가면, 세상 그 무엇과도 바꿀 수 없는 귀한 딸과 사랑하는 아내가 나를 기다리고 있었다. 오늘도 어제와 별반 다를 바 없는 대화를 나누고, 가볍게 저녁 식사를 하고, 과일을 먹고, 딸아이에게 굿나잇 키스를 하고, 오늘 하루도 무사히 지나갔다는 사실에 안도하며 잠자리에 들 것이다. 그리고 그런 하루가, 어제와 같이 평범하고, 그다지 색다를 것도 없고, 특별하지도 않은 그 하루가, 나에겐 당연한 것이었다. 약간은 빠듯한 경제적 여건 때문에 이런저런 고민도 하겠지만, 그마저도 나에겐 작은 행복이라는 것을 잘 알고 있다. 그에게는, 이런 평범한 삶도, 작은 행복도 영원히 되돌릴 수 없는 추억이 되어 버린 것이다.

누구보다 타인의 고통을 마음 깊이 이해하고, 신중하게 헤아려야 하고, 때로는 용기와 자신감을, 때로는 잔잔한 위로를 전해야 하는 사람임에도 불구하고, 나는 그가 겪은 참척慘慽의 고통을 마음 깊은 곳까지 이해할 수 있는 사람이 아니라는 사실에 심한 죄책감과 부끄러움을 느꼈다. 그의 말을 조용히 귀 기울여 들어주는 것, 함께 슬퍼하고 울어주는 것, 가만히 그의 손을 잡아주는 것, 그건 내가 아닌 누구라도 할 수 있는 일이었다. 그러나 자식을 잃은 고통을 마음 깊이 이해하고, 그 눈물의 깊이를 이해하기엔 아무래도 역부족이었다. 신神이 아닌 바에야 어느 누가 자식을 잃은 부모의 마음을 이해할 수 있겠나, 나는 속으로 홀로 중얼거리곤 했다.

어쩌면 그에게도 나와의 시간이 여느 사람들과의 대화, 혹은 여느 상담사들과의 상담 시간과 별반 다를 바 없는 그저 그런 상담에 불과했을지도 모른다는 생각에 나는 무척 가슴이 아팠다. 어떻게 해야 이 괴로움을 풀어낼 수 있는지, 어떻게 해야 그의 아픔을 조금이라도 더 이해할 수 있을지 나는 진지하게 생각하고, 또 고민했지만 답을 찾지 못했다. 빗방울은 그칠 줄도 모르고 더욱 거세게 차창을 두드렸다. 라디오에서는 투팍2pac의 Life goes on이 흘러나오고 있었다.

"And brothers miss ya while you're gone
You left your nigga on his own
How long we mourn life goes on"

네가 떠나니 모두가 너를 그리워해
네 친구만 홀로 남겨두고 떠났구나
우리는 또 얼마나 슬퍼해야 할지, 인생은 이렇게 흘러가는데

237

묵직한 빗소리가 창문을 두드리는 소리가 청량하게 느껴지는 것조차 사치스럽다고 생각하는 그 순간, 나는 무언가에 홀린 듯 황급히 인근 주차장에 차를 세우고, 도로로 뛰어나갔다. 그리고 우산을 쓰고 어디론가 황급히 이동하는 사람들 사이에 서서, 가만히 하늘을 바라보았다. 칠흑처럼 어두운 하늘에서는 많은 비가 내리고 있었다. 쏟아지는 겨울비가 온몸을 적시고, 얼굴과 머리도 적셨다. 속옷까지 비가 스며들었고 온몸이 떨릴 정도로 추위를 느꼈지만, 비를 피하기 위해 차에 타야겠다는 생각은 들지 않았다. 그저 더 많은 겨울비를 맞고 싶다는 생각만 마음속에 가득했다. 이상한 눈초리로 나를 바라보며 지나가는 사람들도 있었고, 별 관심 없다는 듯이 지나가는 사람들도 있었지만 개의치 않았다. 지난 두 달 동안 내 마음을 옭아매고 있던 죄책감이 조금은 해방되는 듯한 느낌에, 가만히 서서 머리 위로 떨어지는 겨울비를 온몸으로 감내하고 있었다. 수많은 사람들이 내 곁을 스쳐 지나갔다. 그 순간, 갑자기 눈물이 왈칵 쏟아졌다. 그리고 나는 겨울비를 맞으면서 소리 내어 울었다. 빗방울처럼 많은 눈물이 가슴 깊은 곳에서부터 흘러나왔다.

'아들이 죽기 전에는 비 오는 것도 좋아했습니다. 먼지도 씻겨나가고, 여름철 장맛비는 시원하기도 하고요. 근데 지금은 달라요. 비가 오잖아요? 우산도 없이 비를 맞고 있을 아들의 무덤이 생각나는 겁니다. 칠흑같이 어두운 밤에 비라도 내리면요, 아들의 무덤이 비에 젖을 생각에 밤새 가슴을 쥐어뜯습니다. 바람이라도 세게 불면 무덤 속에 누워 있을 아들이 춥지 않을까 싶어 잠을 못 잡니다. 죽은 자식이 무덤 아래에 누워 있는데 제정신으로 잠을 잔다는 게 이상하죠.'

때때로 나는, 수많은 사람들에게 마음의 빚을 지고 살아간다는 생각을 할 때가 있다. 그리고 죄책감을 동반한 책임감도 함께 느낀다. 그 죄책감과 책임감의 이유를 나는 알지 못한다. 한 가지 분명한 것은, 그들과 나는 같은 하루를 살아가면서, 서로 다른 아픔을 안고 살아간다는 것이다. 그 아픔의 이름이 무엇인지는 중요하지 않다. 누군가에게는 아홉 살의 아픔이 있는 법이고, 누군가에게는 아버지의 아픔이 있는 법이다. 우리가 다시 아홉 살로 돌아갈 수 있다면, 그때는 누군가의 아픔을 진정으로 이해할 수 있는 사람이 될 수 있을까.

깊어가는 밤이었다.
어느덧 겨울비도 조금씩 잦아들고 있었다.

다시 아홉 살로
돌아갈 수 있다면

초판인쇄 2025년 3월 31일
초판발행 2025년 3월 31일

지은이   전준우
펴낸이   채종준
펴낸곳   한국학술정보(주)
주   소   경기도 파주시 회동길 230(문발동)
전   화   031-908-3181(대표)
팩   스   031-908-3189
투고문의   ksibook1@kstudy.com
등   록   제일산-115호(2000. 6. 19)

ISBN   979-11-7318-319-5 03810